想象另一种可能

理
想
国
imaginist

I LOVE DICK

我 爱 迪 克

CHRIS KRAUS

[美] 克丽丝·克劳斯 著　　李同洲 译

九州出版社
JIUZHOUPRESS

代序:克丽丝好不好?

文 / 艾琳·迈尔斯[1]

大学毕业后的一次外国电影体验中,我看了《阿黛尔·雨果的故事》。那次好像是在约会。当我看到特吕弗镜头下的浪漫女性为了一个男人失魂落魄,却遭他抛弃,进而终结了她的生命,她的理智,她的一切,一种惊恐的抑郁感将我充斥。

我当时差不多是个二十五岁的年轻人,但看着看着,我觉得她就是我,尽管坐在我旁边的比尔算是我的朋友,也并没有唤起我同样的感觉。平静之下,我只知道如果我同意自己身为女性,自己就已经被毁了。银幕和书上有太多的证据了。我在文学课上读过多丽丝·莱辛的作品,也让我很抑郁。我就是讨厌读

---

[1] Eileen Myles (1949—),美国诗人、作家,2012年古根海姆奖得主。

女性写的或关于女性的作品,因为读来读去都一样。失去自我、无休止的自我克制,甚至当这位女性想成为艺术家,却还是以怀孕收场,绝望地等待着某个男人。这一切何时才能结束?出人意料的是,就在这本书里,它终结了。

《我爱迪克》是一部关于女性贱斥[1]的杰出研究,其风格让我想起卡尔·德赖尔(Carl Dreyer)的劝诫:"用诡计拆穿诡计"。因为事实证明,对克丽丝来说,大胆走向自我贬弃和自我标榜,不是被离奇诡异地拖拽到那里,同时不情愿地叹着气,或抗拒地踢着脚或尖声叫着,而是径直走进去,这正是一张入场券,让她人生浪漫旅程的感染力更显坚实和崇高。

在克丽丝这里,"贱斥"(而不是从死去多年的女孩日记中,由她著名父亲的朋友窃取……)是一条走出失败的道路。它通向光明和崇高,如同存在。对于表演者来说,那就是天堂,而这位作者已身处其中。

克丽丝的策略兼具勇猛与卓越。她站在人生的悬崖上。差不多就是杰克·凯鲁亚克曾警告尼尔·卡萨

---

[1] Female abjection,也译作贬损、抑斥、厌弃等。

迪（Neal Cassady）不要"白白"越过的那座悬崖。对那些人（五十多岁的酒鬼）来说，那座悬崖是三十岁。对克丽丝来说，则是三十九岁。一个女性的过期日期。为什么呢？克丽丝强有力的叙述让我不禁怀疑，《圣经》故事警告女人不要回头，是否只是因为她可能会看到什么。比如，她的人生。

克丽丝 [我一直把 Chris 拼成 Christ（基督），克丽丝是十字架上的女孩吗？] 既扮演了阿黛尔·雨果，又强迫了英俊的士兵/学者"迪克"倾听"她"的故事，而且神奇的是，故事的结局不是我们站在高处看着克丽丝沉沦，而是她真的成功扭转了局面——扭转的不是某个特定的男人"迪克"，而是扭转了自以为是、无动于衷的观察文化。她迫使人们倾听她描述那些著名女性的内心感受：

> 我紧紧地抓着电话，后悔自己见到你后开始了这个精神分裂症式的项目。你 2 月时对我说："我以前从来没像这样被人紧追着骚扰过。"但这件事能算骚扰吗？爱上你，就如同一种吐真剂，因为你知晓一切。你让我觉得重新构建

一种生活是可能的，因为毕竟你也远离了你曾经的生活。如果我能在自己的控制下爱上你，获得一种完全女性的经验并将其置于一种抽象的分析系统中，那么也许我还有机会明白点什么，可以继续生活下去。

最后一句话（"继续生活下去"）使《我爱迪克》成为上个世纪最令人振奋的书籍之一（也位列本世纪最初的几本）。主题是她生活下去，而不是书名中的迪克，而在讲述她的故事时，克丽丝巧妙地扮演了艺术评论家、历史学家、日记作者、成人关系编剧和行为艺术家的角色。即使是她那段被大肆宣扬的"失败"电影生涯，也留给她了一个强大的工具。克丽丝真的懂（就像英国作家布鲁斯·查特温那样懂）如何剪辑。这是最好的表演。在一部作品中走遍所有能想象到的地方，并使之移动推进。而这一切，都是为了写出一部完全令人发指、不堪入目的诠释性作品。

克丽丝顺便提及了男性主导的文化。这正是美国的科幻现实。如果这完全是男人的世界，如果这是男人自觉承认的出发点，那么《我爱迪克》不就是一种在刽子手面前欣喜若狂般表演的嘲弄吗？如同西蒙娜·薇依的自焚，《我爱迪克》勇敢得既彻底又令人难以忍受，但要酷得多，就像从狂野丑陋的面具后面发出的漫长而深沉的笑声。

克丽丝的终极成就是哲学性的。她将女性贱斥翻转，将矛头对准男人。仿佛她几十年的经历既是一幅画作，也是一件武器。就好像她，一个老巫婆，一个犹太人（KIKE），一个诗人，一个失败的电影制作人，一个曾经跳艳舞的女人，一个知识分子，一个妻子，就好像她有权一直走到这本书的结尾，在感受这一切后，继续生活下去。《我爱迪克》大胆地表明，克丽丝·克劳斯坚持不懈地尝试和感受的女性人生是一部整体艺术杰作，而且这种女性人生并没有杀死她。

因此，当《我爱迪克》问世时，一种新的女性人生也诞生了。克丽丝对一段激情进行了全面的诠释，无论虚假还是真实，她都在护送新的读者和她一起进入那个世界。让我们出发吧……

2006 年于美国纽约/圣迭戈

目 录

第一部分　一桩婚姻中的若干场景
　　一桩婚姻中的若干场景 / 003

第二部分　每一封信都是一封情书
　　每一封信都是一封情书 / 169
　　126 号州道 / 198
　　诠 释 / 243
　　犹太人的艺术 / 272
　　西尔维尔与克丽丝写的日记 / 302
　　怪 物 / 308
　　考虑得失 / 326
　　迪克回信 / 390

致 谢 / 397
代后记：理论小说 / 401

第一部分 一桩婚姻中的若干场景

一桩婚姻中的若干场景

1994年12月3日

克丽丝·克劳斯是一位三十九岁的实验电影制作人，西尔维尔是来自纽约的五十六岁大学教授。二人正同西尔维尔的朋友迪克·——在加州帕萨迪纳的一家寿司店内共进晚餐。迪克是一位英国文化评论家，最近刚刚从墨尔本搬到了洛杉矶。正值西尔维尔的教授年休，克丽丝和西尔维尔来到了位于圣贝纳迪诺山区克雷斯特莱恩的一座小木屋度假，这里距离洛杉矶约九十分钟车程。由于西尔维尔要在1月份开始新学期的教学，所以他们很快就要返回纽约了。晚餐期间，两位男士讨论了后现代主义批评领域的最新动向。而三人中唯一一位不是知识分子的克丽丝，则注意到迪克与自己之间频繁的眼神交会。迪克的关注让克丽丝感到一份自信,当服务员送来用餐账单时,她拿出了自己的信用卡,说道:"就让我来付吧。"广播里的天气预报称圣贝纳迪诺公路附近会有降雪。迪克慷慨地邀请他们二人到自己在羚羊谷荒原的家中过夜,距离这里大约有三十英里远。

克丽丝想独处一会儿,于是她便向西尔维尔夸张地描绘起乘坐迪克那辆华丽的复古雷鸟敞篷车是何等地兴奋刺激。西尔维尔被克丽丝逗乐了,他根本不清楚也不在乎雷鸟和蜂鸟有什么不同,但还是同意了她的建议。就这么定了。迪克喋喋不休、充满关切地嘱咐起克丽丝。"别担心,"她快速摇了摇头,微笑地打断他,"我会跟紧你的。"克丽丝也确实是这么做的。她驾驶的小货车疾驰了一阵后,油门便稳了下来。克丽丝想起了自己二十三岁时在圣马可诗歌项目[1]中的一场名为《追车》的演出。她和朋

---

1 St. Mark's Poetry Project,1966 年由美国诗人兼译者保罗·布莱克本(Paul Blackburn,1926—1971)等人在纽约曼哈顿创立,几十年来诞生了众多实验性诗歌作品。因该项目以纽约圣马可教堂为活动场所,故名。

友丽莎·马丁在95号公路上，开车紧紧地尾随一位开着保时捷的帅气司机穿越了整个康涅狄格州。终于，他在一处休息区停下车。但正当丽莎和克丽丝下车时，他却开车驶离了。这场演出最终以丽莎意外刺伤她收场，没错，丽莎用一把菜刀在舞台上捅伤了克丽丝。只见鲜血直流，每个人都觉得丽莎性感得耀眼，危险却美丽。她上身后仰，穿着网眼丝袜的双腿从绿色塑料超短裙下奋力张开，展示着自己的裆部，肚子从露脐装下凸出来。一个明星就此诞生了。那天晚上，现场没有人注意到克丽丝毫无血色的苍白容貌，没人注意到惹人怜爱的她用锋利的目光远远地看着。有人能注意到吗？这个问题在当时被暂时搁置了。不过，现在已然是一个全新的世界了。汽车收音机里的广播聒噪着，骚乱[1]过后的洛杉矶成了一座悬在视神经纤维上的城市。迪克的雷鸟汽车一直在她视野中某处，像约翰·多恩笔下的眼球一样，两辆车被一根看不见的线穿在一起，驶过公路的水泥河床。但这一次，克丽丝孤身一人。

---

1 指1992年爆发的洛杉矶大骚乱。

来到迪克家，深夜悄然而至，就像是埃里克·侯麦的电影《慕德家一夜》中那个酩酊的圣诞夜。克丽丝注意到迪克在和自己调情，他的高级智慧在努力地超越各种后现代修辞和话语，来表现一种本质上的孤独，一种只有他们二人才能体会到的孤独。克丽丝也同样眩晕地响应着。凌晨2点，迪克给克丽丝和西尔维尔二人播放了一段录像。录像中，他扮成受雇于公共电视台的约翰尼·卡什的模样，侃侃谈论着地震和社会动荡，谈论着他对家的那种焦虑不安的渴望。克丽丝虽然当时没有明说，但她对迪克这段录像的回应也颇让人费解。作为一名艺术家，她发现迪克的作品简直幼稚得令人绝望，虽然她自己也爱好某些糟糕的艺术，这类艺术透明得足以将艺术创作者的希望和欲念完全展示出来。糟糕的艺术让观众变得更加积极主动。（几年之后，克丽丝会意识到她对糟糕艺术的喜爱恰似罗切斯特先生对简·爱的迷恋，那是一种对平庸难看之物的痴迷。糟糕的角色就是这样容易让观众创造出各种想法。）不过，克丽丝并没有把这些想法说出来。因为她从不用理论性的语言来表达自己，没人指望从她嘴里说出太多东西。她也习惯了在完全的沉默中，置身于让人费解的气氛之外。克丽丝对录像那种不能言说的大胆评论，反倒让她觉得迪克对自己的吸引力增加了几分。她整夜里都梦见了迪克。但第二天早上，当克丽丝和西尔维尔在沙发床上醒来时，迪克已经走了。

1994年12月4日，上午10点

那天上午，西尔维尔和克丽丝二人有些闷闷不乐地离开了迪克的房子。克丽丝接受了即兴撰写感谢短笺的挑战，但这一任务也随即被她抛在了脑后。他们在羚羊谷的一家快餐店吃了早餐。因为二人之间早已没有了性生活，他们通过解构的方式来维持与彼此的亲密关系，比如他们之间无话不说。克丽丝告诉西尔维尔，她的确相信自己与迪克刚好经历了一种"观念性交"。迪克一大早的消失恰恰验证了这一点，并为其增添了一种亚文化的潜台词，而且她和迪克都能理解其中的含义。她模糊地想起了自己以前经历过的诸多一夜情。那些男人总是在她醒来之前就早已不见踪影。她向西尔维尔背诵了一首芭芭拉·巴格有关这一主题的诗：

> 你能把凯鲁亚克怎么样
> 只能和他再次回到床上
> 你怎么知道杰克曾经来过
> 你看看你的枕头就能明白
> 杰克早已没了着落……

迪克的电话答录机里还有一条语音留言。当时他们走进了那座房子，迪克脱下外套，给他们倒了饮料，顺手按下了"播放"按钮。接着便传来了一位年轻女子的声音，带有浓重的加州口音：

> 嗨，迪克，我是凯拉。迪克，我……我很抱歉一直给你家打电话，既然现在转到了自动答录机，那么我只想说，我很遗憾那天晚上那么不遂人愿，而且——我知道真的不能怪你，但我觉得自己真正想说的是，谢谢你，你真是个好人……

"我现在尴尬死了。"迪克迷人地咕哝道,打开了一瓶伏特加。迪克如今四十六岁。这条留言是否说明他对某件事一筹莫展?如果迪克果真如此,那么他与克丽丝开始一段观念之恋,会不会从中得以解脱?观念性交会不会仅仅是第一步?接下来的几个小时里,西尔维尔和克丽丝一直在讨论这个话题。

1994年12月4日,晚上8点

回到克雷斯特莱恩,克丽丝一直在想着与迪克度过的前一夜。于是,她着手就此创作了一篇名为《抽象浪漫主义》的短篇小说。这是她五年来创作的第一篇小说。

"故事是从饭店开始的,"她开篇写道,"夜幕刚刚降临,我们都笑得有些过头。"

她断断续续地把自己的故事讲述给戴维·拉特雷听,因为她笃定昨天夜里驾车时,戴维的幽灵一直在她身边,推动着她驾驶的小货车在5号高速路上一路奔驰。

克丽丝对着戴维的幽灵写道:"昨天夜里,当事情似乎向着一种令人兴奋的前景发展时,我真的感觉你就在那儿——飘浮在我身边的空气中,厚实而稠密,就在我左耳与肩膀之间的某处,如同思想一般被压缩得无比简练。"

她昨天夜里一直在想着戴维。有些离奇的是,迪克似乎看懂了她的心思,在他醉醺醺的谈话中提到自己如何崇拜戴维的书。戴维·拉特雷生前是一个无所顾忌的冒险家,一个天才,一个道德主义者,直到他五十七岁去世时依旧沉浸在自己那些最不切实际的痴恋之中。而现在,克丽丝感受到戴维的幽灵推动着她渐渐理解了那种痴恋。无论你有过何种回忆、经历或是想法,都是因为你爱的那个人,它们才没有最终分崩离析。她又开始描述迪克的脸庞:"苍白,表情多变,轮廓分明,泛红的头发,还有那双无比深邃的眼睛。"克丽丝边写边在脑海中想象自己正捧着这张脸。恰在这时,电话响了起来,正是迪克打来的。

克丽丝尴尬极了。她以为迪克打来是要找西尔维尔,但事实并非如此,所以迪克没有挂断这通沙沙作响的电话。他打来是为了解释自己为何在前天夜里不告而别。他起床很早，便开车去梨花镇买了蛋和熏肉。"我有点失眠症，你知道的。"等回到羚羊谷的家，他非常惊讶地发现克丽丝和西尔维尔都离开了。

此刻，克丽丝原本可以告诉迪克自己那些牵强附会的解读。如果她真的这么做了，这个故事可就不是现在的面目了。但电话线路中有太多的静电干扰，而且她已经有点不敢直面迪克了。克丽丝迫不及待地考虑向他提出再次见面，但最终还是未能开口，迪克随后便挂断了电话。克丽丝站在自己的临时办公室中，紧张得直冒汗。然后，她便跑上楼找西尔维尔去了。

1994年12月5日

西尔维尔和克丽丝清静地待在克雷斯特莱恩的住处，昨天晚上（周日）和今天上午（周一）的大部分时间里都在谈论迪克那通时长三分钟的电话。为什么西尔维尔会容忍并接纳这种事情？可能因为这是自去年夏天以来，克丽丝第一次这般兴高采烈、情绪饱满。既然他爱着克丽丝，就不忍心看到她伤心。也有可能是他正在写的那本有关现代主义与纳粹大屠杀的书遇到了瓶颈，或是对下个月即将重返教学工作感到恐惧。还有一种可能，他的性癖异于常人。

1994 年 12 月 6 日—8 日

这星期的周二、周三和周四以一种模糊的方式过去了，没有在记忆中留下什么痕迹。如果没记错的话，周二那天，克丽丝·克劳斯与西尔维尔·洛特兰热在帕萨迪纳的艺术中心设计学院做了讲座。要不咱们尝试重构一下当天的情形？他们早上 8 点起床，从克雷斯特莱恩驾车沿山而下，在圣贝纳迪诺匆忙买了咖啡后赶紧开上了 215 号公路，再进入 10 号公路，开了一个半小时后尾随着滚滚车流来到了洛杉矶。他们二人很可能在车程的大部分时间里都在谈论着迪克。不过，因为他们计划在十天后的 12 月 14 日离开克雷斯特莱恩（西尔维尔前往巴黎继续自己的假期，克丽丝则回到纽约），所以他们一定还简要地讨论了一下运送行李的问题。带着一种令人心神不宁的热情期望,车子从丰塔纳驶向波莫纳,一路上的景色近乎荒芜,似乎一个不确定的未来正在临近。在西尔维尔讲授后结构主义的同时,克丽丝开车前往好莱坞去取自己电影的宣传照片,顺便买些奶酪。然后,他们一起回到克雷斯特莱恩,开着车穿透层层黑暗和浓雾盘山而上。

周三和周四也悄无声息地过去了。显而易见的是,克丽丝的新电影并没有多大的进展。她接下来会怎么做?她最初的艺术经历是在20世纪70年代参与了一些针对吸毒者的心理剧疗法。迪克可能已经提议来一段游戏,这个想法简直让人激动得难以置信。克丽丝向西尔维尔解释了一遍又一遍。她恳求西尔维尔给迪克打个电话,套一套他的话,看他是否对克丽丝有意思。要是迪克真有这个心思,她会主动打电话给他的。

1994年12月9日,周五

西尔维尔,这位教授普鲁斯特的欧洲知识分子非常善于分析爱情的细枝末节。但无论是谁，也没办法一直分析某个夜晚和一通仅有三分钟的电话。西尔维尔已经在迪克的自动答录机上留了两条留言，但都没有得到回应。而克丽丝则陷入了紧张焦虑的情绪之中，而且七年来第一次感受到了澎湃的性欲。所以在周五上午，西尔维尔最终建议克丽丝应该给迪克写封信。她对此有些尴尬，便让他自己也写一封。西尔维尔同意了。

已婚夫妇会经常这样为了写情书而通力合作吗？要不是西尔维尔和克丽丝都极力反对精神分析理论，他们不妨把这次事件看作一个转折点。

展品 A　克丽丝与西尔维尔各自写的第一封信

1994年12月9日
加利福尼亚，克雷斯特莱恩

亲爱的迪克：

一定是沙漠里的风把我的脑袋吹得有些不正常了，抑或是我那想要虚构真实生活的欲念在作祟。我也不知道。我们已经见过几次面了，而且我感觉与你之间有很多共鸣，渴望和你的关系能更进一层。虽然我们来自不同的地方，但我们都尽力与自己的过去决裂。你是一个牛仔，而我在纽约做了十年的牧民。

所以让我们重回在你家度过的那一晚吧：乘上你那辆雷鸟风光地从帕萨迪纳驶向"世界尽头"，我是说羚羊谷啦。我们的会面比原先约定的迟了将近一年，但真正见面时却比我想象中更加真实。可我是怎样陷入其中的呢？

我想聊聊在你家的那个夜晚。我有种感觉，似乎我与你早已相识，我们在一起的时候毫无拘束之感，融洽至极。不过，不知不觉，我现在说起话来就像那天夜里在你答录机里留言的傻女人似的……

西尔维尔

1994年12月9日
加利福尼亚，克雷斯特莱恩

亲爱的迪克：

自从西尔维尔写了第一封信，我就陷入了这种怪异的境地。我的反应太迟钝了！如果我们活在亨利·詹姆斯的小说《金钵记》的世界之中，那么西尔维尔之于我，就如同玫姬之于夏萝。[1] 我好比一个"愚蠢的婊子"，所有男人都能在我心中搅起纷杂的情绪。所以说我唯一能做的事便是讲述我这个愚蠢婊子的故事。但要怎么讲呢？

---

[1] 玫姬和夏萝均为《金钵记》中的人物。小说中，二人自年幼起便是密友，但先后爱上了意大利人阿梅里格。阿梅里格迫于经济压力与玫姬结婚，但同时与夏萝维持着暧昧关系。玫姬发现密友与丈夫的关系后假装不知情，却不动声色地使出手段拆散了二人。

西尔维尔觉得我对你的爱只是一种对拒绝的变态渴求罢了。可我不这么认为，我是个内心非常浪漫的女孩。你在家中呈现出的各种脆弱让我动容……那么简朴，那么刻意。立起来摆放的《绝代佳人》专辑封面、昏暗的墙壁——多么落伍和落魄啊。可我就是对绝望和止步不前入迷得很——每当努力受挫或是壮志难酬之时，我总是满心欢喜，但又因此感到愧疚难当。紧接着，一股难以形容的热烈情感充溢进来淹没了我的愧疚。这也是多年以来我一直崇拜新西兰电影导演杰夫·墨菲的原因，他可真是让人绝望。但你倒没有那么惨：你有名气，有自知之明，还有一份工作。所以我忽然想到，如果能在彼此留有自我意识的同时发展一段浪漫情事的话，也许我们都会从中学到什么。算是一种抽象的浪漫主义吗？

真奇怪，我从来没想了解自己是不是"你喜欢的款"。（从过去我的实证浪漫经历来看，我既不可爱依人，也没有母性光辉，所以我从来都不是牛仔喜欢的那款。）但也许人的行为才真正重要。人的所作所为最终比身份标签更具说服力。如果我无法靠我的身份使你爱上我，那么我懂得的东西也许会让你感兴趣吧。所以我不想知道"他会喜欢我吗",我想知道的是"他是在吊我胃口吗"。

周日晚上你打来电话的时候,我的写作正好进行到对你脸庞的描写。当时我连话都说不出,心脏狂跳,手心冒汗,我就这样被悬在了爱情方程式的一端。这样的感觉让我自己都不敢相信。十年来,我的生活一直井井有条地躲避着这种令人痛苦的状态——任凭内心情感恣肆却无法控制。我也希望自己能像你那样嬉游于罗曼蒂克的传说中。但我不能,因为我总会输,而在这三天的虚构恋情中,我已经输了。我在想是否存在这样一种可能性,能够弥合年轻与年老,或是把曾经那个极度厌食、皮开肉绽的我与现在这个忙着不顾一切搞钱的老女人联系起来。为了活下去,我们杀死了自己。我好想退回到过去,就像你在艺术中做的那样,一直留在原处,还有希望吗?

西尔维尔根据我的口述在电脑上打出了这封信。他说我的信还缺少一个重点。我所希望的你的阅读反应是什么呢?他觉得这信写得太文绉绉了,太鲍德里亚了。他说所有我努力拗出的细碎内容都让他感觉太煽情了。这可不是他心目中对"愚蠢的婊子"的诠释。不过，迪克，我知道当你读到这封信时，你会明白信中所述都是真的。你明白这个游戏是真实的，或者说比现实更真实，比它所意指的一切都更真实。什么样的性爱超越毒品，什么样的艺术超越性爱？超越意味着踏入一种极为强烈的情感之中。与你相爱，准备与你开始一段情事，让我感觉回到了十六岁，那种蜷起身子缩在皮夹克中与朋友依偎在角落里的感觉。这真他妈的是一幅永恒的画面啊。不需要操心其他，不需要担心所有迫在眉睫的事，不需要做些什么。我想，你——还有我——都在寻找那种状态，而且当你在别人身上发现这种状态时，会感到一种扣人心弦的激动。

西尔维尔认为他就是我说的那种无政府主义者。但他不是。我爱你，迪克。

克丽丝

不过，当克丽丝和西尔维尔写完这些之后，他们都觉得自己可以写得更好。有些东西还没有说出来。于是，他们开始了第二轮的信件撰写，坐在起居室的地板上来回传递着笔记本电脑,耗去了周五的大部分时间。他们二人各自又写了第二封信。西尔维尔写的是嫉妒,而克丽丝则写到了风靡20世纪70年代的雷蒙斯乐队和克尔凯郭尔的"第三次跳跃"[1]。"也许我想要像你一样,"西尔维尔写道,"孤零零一个人住在一栋被墓地包围的房子里。我是说,为何不选个捷径呢?所以我也真的参与到了这场幻想之中,当然也有色情的成分,因为我的欲望在膨胀,虽然欲望对象不是你,但这欲望拥有一种活力和美。我觉得当克丽丝因你而性欲高涨时,我也被她撩拨起来了。可过段时间后,忘记发生了什么可就没那么容易了。我猜在我大脑的某个黑暗角落里,我意识到如果我不想嫉妒的话,唯一的选择就是以一种堕落的方式成为这种虚构联系的一员。我还能有什么方法来接纳我妻子对你产生好感这个现实呢?出现在我脑海中的想法真的很让我厌恶:三人婚姻、心甘情愿的丈夫……我们三人都太老练了,不适合组成这种无聊枯燥的模式。咱们是要试着打开新天地吗?克丽丝一直向往着那些拒绝过

---

[1] 克尔凯郭尔认为,"信仰跳跃"包含审美、伦理、宗教三个阶段。

她的男性,情感上不知如何选择,沉默而绝望。而你的牛仔形象与她梦中的男人契合得如此完美。你不回复我的留言,这个做法恰好把你的自动答录机变成了一张空白的屏幕,我们可以尽情地将自己的幻想投射上去。从某种意义上说,我是鼓励克丽丝的,因为多亏有你,她意识到了自己的价值和重要性,就如同她上个月去危地马拉时那样。可能我们都比表面上更重要吧。咱们还有很多东西没聊到。但也许我们会因为这次经历而成为更加亲密的朋友,分享原本不会被分享的想法……"

克丽丝写的第二封信可就没那么高雅了。她在开篇又一次对迪克的脸庞不吝溢美之词:"在餐厅的那个晚上,我开始注视着你的脸——天哪,这多像雷蒙斯乐队那首《心如针刺》第一行歌词啊!'我看见你的脸庞/那张让我爱上你的脸庞/我知道'——我每次听到这首歌都会泛起同样的感觉,当你打来电话的时候,我的心狂跳不止。然后,我想到我们也许可以一起做点什么去翻版青春期的浪漫,就如同雷蒙斯乐队翻唱的这首歌。雷蒙斯乐队赋予了《心如针刺》这首歌一种反讽的可能性,但这种反讽并没有削弱这首歌蕴涵的情感，反倒使情感愈加强烈，愈加真实。索伦·克尔凯郭尔称其为'第三次跳跃'。在他的《一位女演员人生中的危机》一书中，他宣称没有一位女演员在三十二岁之前能够演好年仅十四岁的朱丽叶这一角色。因为表演是一种艺术，而艺术的达成必然要跨越一定的距离。跨越此处与彼处，跨越过去与当下，才能展现出情感上的共鸣。你不觉得现实通过辩证法可以得到最好的实现吗？附言：你的脸庞，表情多变、轮廓分明、美丽……"

等到西尔维尔和克丽丝写完各自的第二封信时，已经下午将尽了。远处的格雷戈里湖波光粼粼，被白雪覆盖的群山环绕着。远处的乡野景色被夕阳映得火红。现在，他们二人感到心满意足。曾经的家庭生活场景仍存留在记忆之中，那是二十年前，克丽丝还年轻：一个中式蛋杯和一盏茶杯，绕着杯子画着各色人物，蓝白相间。透过琥珀色的茶液，可以看见杯底画了一只知更鸟。世上所有的美好都被包含在这两个物件中了。当二人移开东芝笔记本电脑，天色已经暗了下来。克丽丝做好了晚餐，而西尔维尔则接着写他的书去了。

展品 B　歇斯底里
序曲——西尔维尔大发雷霆

1994 年 12 月 10 日
加利福尼亚，克雷斯特莱恩

亲爱的迪克：

今天早上我醒来时，一个想法冒了出来。克丽丝应该发给你一张便笺，摆脱这种沉闷、指涉性的痴想。那张便笺应该这样写：

亲爱的迪克：

　　我周三上午送西尔维尔去机场。我需要和你谈谈。我们能在你家见面吗？

爱你的
克丽丝

我原本以为这会是一个绝妙的计策，但一块现实的碎片粉碎了这张扭曲的情感温床。因为我们的信太以自我为中心了，而婚姻毕竟是两个人的事。实际上，"二人婚姻"恰好是我昨晚入睡前给这封信取的题目，而且我打算等克丽丝一醒来就把这个想法告诉她。但没想到效果与我料想的相反。经过昨天晚上各种天马行空的想象，她似乎已经把对你的痴恋搁置一旁。她又回到了安全地带——婚姻、艺术、家庭——但我的关心又重新燃起了她的痴迷。忽然之间，我们又被扔回了那种不切实际的现实之中，也是整件事中最根本的挑战。按照克丽丝的说法，表面上看是由她即将跨入四十岁的焦虑导致的。我则担心我写的信有些过于品格高尚和居高临下了。总之，我再试试吧——

西尔维尔

* * *

几只加州灌丛鸦在主卧外尖声鸣叫。西尔维尔靠坐在两只枕头上，透过玻璃门看着外面。无论多少次他们想要改变，只要他和克丽丝睡在一起，很少能在中午之前起床。克丽丝还在半梦半醒之时，西尔维尔会冲好这天的第一轮咖啡，然后端着咖啡回到卧室。这时，克丽丝会告诉西尔维尔自己的梦境以及她对这些梦的感受，其间西尔维尔则会化身为她所遇见的最好、最敏锐、最合拍的聆听者。接下来，西尔维尔走开去烤吐司面包，冲这天的第二轮咖啡。随着咖啡因的作用开始起效，谈话也开始偏离最初的内容，变得更加广泛，涉及他们知晓的所有事物与所有人。他们深究彼此的参考来源，并感觉自己比对方更加机智。西尔维尔和克丽丝可以位列他们各自人际圈中最博览群书人士的前五名，这也算是个经久不衰的奇迹了，因为他们俩都不是名校毕业的。与西尔维尔在一起，克丽丝感到一种平和。西尔维尔，或者说是西尔维尔镇静剂，全然地接受了她。克丽丝小口啜饮着咖啡，清空脑子里的残留的晨梦。

西尔维尔从来没做过梦，也很少会了解自己的感受。所以他们有时会玩一种"客观对应物"游戏，设法将他的感受挑逗出来。谁是西尔维尔转喻式的镜像呢？艺术学院的一个学生？他们的狗？还是附近自助寄存服务站的工作人员？

等到 11 点左右，他们完全清醒了。谈话在此时通常会达到高潮——对支票与账单的热切讨论。只要克丽丝还在制作独立影片，他们就要一直花钱如流水，这里付几千那里花几千。克丽丝花了不少时间买下或取得了三间公寓与两座房屋的长期租约，她通过出租这些房产赚钱，而自己和西尔维尔则住在乡下的贫民区。她一直让西尔维尔了解他们各种抵押、税金、租金收入和修理费账单的情况。幸运的是，虽然这种原始简陋的购置行为回报有限，但西尔维尔在克丽丝的帮助下，事业也算是收益丰厚，足以弥补她自己事业导致的亏空。克丽丝，这位铁杆女权主义者经常觉得自己在一个伊丽莎白一世风格的巨型命运之轮上旋转着，她只能笑着相信，为了继续自己的事业必须得到她丈夫的支持。在戈达尔 1980 年的电影《各自逃生》中，皮条客在轿车后座拍打着伊莎贝尔·于佩尔的屁股时质问道："谁是独立的？女仆？官老爷？银行家？没人！"是啊，在晚期资本主义社会，真的有人是完全自由的吗？西尔维尔的追随者主要是年轻的白人男性，他们被更为"越界"的现代主义元素所吸引，着迷于因乔治·巴塔耶而流行的人类献祭与酷刑的英雄主义研究。他们把出现在巴塔耶著作《爱神之泪》中的那张著名照片"凌迟之刑"印在自己的笔记本上。1902年,一名弑主者被凌迟处死,当时在中国的法国人类学家用明胶干版拍下了这个场景。当行刑者割下他仅存的左腿时,这些"巴塔耶男孩"在受刑者痛苦的表情中看到了一种至福。但最无法原谅的是,他们对克丽丝非常无礼。在巴黎、柏林和蒙特利尔,他们课后来到酒吧与西尔维尔·洛特兰热交流思想时,对自己与这位伟大男性之间出现的任何障碍(尤其是一个妻子,而且外表毫不诱人)都感到愤愤不平。而克丽丝则借助西尔维尔日渐增加的名气把讲课的费用越收越高,通过榨取金钱来报复他们。在德国收的钱和在维也纳拿到的两千美元足以支付她在多伦多制作室的账单吗?答案是不够。他们最好还是每天少吃些,省点钱出来。谈话的内容大都诸如此类。差不多到中午,喝完第三轮咖啡后,乱哄哄的脑子已经无法思考任何有关金钱的问题了,他们拿起了电话。

迪克的出现,让二人从金钱算计中得到暂时的逃离。但这也等于闯入了另外一种算计之中。

那个周六,喝完了上午的咖啡,他们早已开始计划着第二回合信件的撰写了。西尔维尔的笔记本电脑在吐司面包和咖啡杯间忙碌着。西尔维尔,这位伟大的审读员并不喜欢他第一封信的腔调风格。于是,他这样写道:

1994年12月10日
加利福尼亚,克雷斯特莱恩

亲爱的迪克:

昨天夜里,我入睡时为我们这封信想到了一个伟大的题目:《二人婚姻》。可等我醒来的时候,这个题目似乎过于结论性但又缺乏说服力。克丽丝和我在过去的一周里过得焦虑而躁动,仅仅就是为了把我们的生活变成文字吗?

我在冲泡咖啡时想到了一个完美的答案,一种立刻重新洗牌的方法。迪克,因为克丽丝和我一直在争论我们是否应该把昨天夜里写的信发给你,信中是对我们精神状态的疯狂提炼。而你,可怜的迪克,你做了什么,非要被迫面对我们如此自慰式的热情呢?我想象着我们总计十四页的信件一行接一行地从你弃置不用的传真机中不断冒出的景象。光是想想把信发出去就已经够疯狂了。这些信不是针对你的,它们是针对一个前所未有的危机的辩证式解决方案。因此,这是我之前会想到发给你这条简短指令的原因:

亲爱的迪克:

  我周三上午送西尔维尔去机场。我需要和你谈谈。

爱你的
克丽丝

你会怎么回应呢?很可能干脆不回应吧!

西尔维尔

* * *

自从十九岁起,西尔维尔·洛特兰热就一直想成为一名作家。他在小摩托车后座上驮着一台巨大的磁带录音机,走遍了英伦三岛,用自己蹩脚的英语为一家法国共产主义文学杂志采访当时所有的文学大师——T. S. 艾略特、薇塔·萨克维尔-韦斯特[1]和布兰登·贝汉。那是他第一次远离在巴黎的家,他住在低贱的鱼商大街,家人都是纳粹大屠杀的幸存者。他感到前所未有的自由。两年后,西尔维尔在巴黎索邦大学师从罗兰·巴特,写了一篇文章,名为《历史中叙事的作用》。这篇文章被刊登在了一家颇有声望的文学杂志《评论》上。此后的事已经成为历史,属于他的历史。他成为叙事研究的专家,但并非叙事研究的缔造者。当时正值阿尔及利亚战争,为了躲避兵役,他离开法国边授课边工作,先后到过土耳其、澳大利亚,最后来到了美国。四十年后的现在,他正在写的是安托南·阿尔托[2],他试图在阿尔托的疯癫与第二次世界大战的疯癫之间找出某种联系。这些年来,西尔维尔真的从来没有写过自己喜欢的或是有关战争

---

[1] Vita Sackville-West(1892—1962),英国女诗人、小说家、记者。她与英国女作家弗吉尼亚·伍尔夫关系甚密。伍尔夫的小说《奥兰多》中雌雄同体的主人公就是以她为原型塑造的。

[2] Antonin Artaud(1896—1948),法国演员、诗人、戏剧理论家。他提出了"残酷戏剧"这一概念,即戏剧如同瘟疫,经历残忍之后,观众才得以超越它。他对20世纪的"荒诞派戏剧"和"先锋艺术"有着重要的影响。

的内容（都是一回事）。他记得戴维·拉特雷曾经这样谈论安托南·阿尔托："就好像对诺斯替主义真理[1]的再发现，认为宇宙是疯狂的……"好吧，阿尔托确实疯狂至极，可戴维不也一样吗？也许现在西尔维尔并不难过，而是疯狂？所以，他继续写道：

"和你一起的那天夜里，我们感染了西部狂热，你的狂热。我是说，克丽丝和我都是理性的人。我们不会没缘由地行事。所以，你必须要负责。我有种感觉，这些天来你始终在远处操控着我们，脸上挂着影星约翰·韦恩那种好莱坞硬汉式的坏笑。我真的对那样的你感到很气愤，迪克。你正在扰乱我们的生活。我的意思是，那个夜晚之前，克丽丝和我生活美满。也许缺少点激情，但绝对很舒适。我们本可以继续那样无忧无虑地过下去，但你出现了，游荡进了我们的生活，把我们在过去二十年间原本失去热情的外来哲学又带了回来。这真的不是我们的问题，迪克。你的人生如同一座孤寂的鬼城，每个接近你的人都好

---

[1] 诺斯替教派认为，肉体与灵魂来自低级能量创造的宇宙，而"灵"则来自宇宙之外的真正的神，因此人必须弃绝这个宇宙。提倡放纵肉体行淫，被正统基督教视为邪教，于公元6世纪灭亡。

像被鬼魅缠住了。迪克，别来打搅我们。我们不需要你。以下是我想到的另外一封传真：

亲爱的迪克：
你为什么要这样对待我们？
你就不能放过我们吗？
你在扰乱我们的生活——为什么？
我要你给出解释。

爱你的
西尔维尔

***

这些信真的可以发出去吗？克丽丝说可以，西尔维尔说不可以。既然不可以，那又何必写呢？西尔维尔建议一直写到迪克回电话。好吧，相信心灵感应的她也这样认为。不过，虽然西尔维尔并不热衷于这种合作，但显然乐在其中，他明白他们可能会这样一直写下去。

1994年12月10日

加利福尼亚，克雷斯特莱恩

亲爱的迪克：

你自己想想吧，周日夜里你竟然会打电话给我们？就是我们与你在羚羊谷"约会"后的第二天夜里。周日那天早上，你本应该很酷地坐在你大门紧闭的卧室里，抽着雪茄，等着我们匆忙离开才对啊。你打来电话，这与你的性格完全不符。所以，你打来电话的原因是什么呢？因为你确实不想就此罢休，没错吧？你想出了这个买早餐的蹩脚借口——在这样小的一个镇子上，刚刚7点30分的早上，明明走三分钟就能到食品商店啊？你花了整整三个钟头去买那顿该死的早餐。你到底去哪里了呢？你是溜出去见那个在答录机上留下凄惨留言的傻女孩了吗？你就不能一个人独自待上一夜？还是说你已经试图抵抗过我们这对贪婪浪荡子对你精神的侵扰了？你是想为自己辩解，抑或这是你设下的圈套，第二天夜里你那通看似无辜的电话，目的就是收紧你的圈套？实际上，那天夜里我也拿起了话筒，听见了你的声音。声音真小，背后的赌注可大着呢。你几天来一直掌握着我们的命运。怪不得克丽丝无言以对。所以说你的把戏到底是什么，迪克？你太过分了，你不能继续这样躲在远处，咬着手指听《绝代佳人》或是别的什么佳人。你得处理你搞出来的这些麻烦。迪克，你必须回复下面这条：

亲爱的迪克：

我认为你赢了。我已经被你迷得无法自拔了。克丽丝会开车穿越美国。我们到时候必须得好好谈谈——

西尔维尔

你觉得怎么样，迪克？我保证不会对你造成任何伤害。我的意思是，我正要回法国去看我的家人，法国机场有安保，我可负不起因持枪被捕这样的后果。不过，这种疯狂现在需要了结。你不能一直这样把别人的生活搞得一团糟。

爱你的

西尔维尔

* * *

克丽丝和西尔维尔坐在地板上狂笑不止。克丽丝可是个每分钟能打九十个单词的打字好手,所以西尔维尔说话时,她仍能与他进行目光交流。西尔维尔从未这么高兴过,面对《现代主义与大屠杀》每周仅约五页这种缓慢的进展,他倒是对写信时的文思泉涌感到精神振奋。他们轮流建构迪克[1]。一切都是那么欢乐,能量从他们的嘴里和指尖散播开来,而世界静止了。

1994 年 12 月 10 日
加利福尼亚,克雷斯特莱恩

亲爱的迪克:

两天前,西尔维尔和我还在讨论处理尸体有哪些方法。我觉得在克雷斯特莱恩,最佳的藏尸地也许是乡下的寄存设施。我们这周专门去看了本地的

---

[1] 此处原文为 dick-tation,与 dictation(意为"口述")发音相同。

一处寄存设施。我突然想到，只要租金付得足够多，它就会一直被藏在这里。不过，西尔维尔不同意我的观点，他认为腐烂后会散发出味道。我们讨论了冷冻的可能，但我发现存储柜根本没有接电源插座。

高速路的中央隔离带倒是经常被使用，这可真是个对20世纪80年代公共建筑设施的绝佳注解啊，你不觉得吗？就像自助加油站（这个名称就够明白了吧），公路的中央隔离带随处可见，但却是个可以神不知鬼不觉地往来光顾的公共空间，似乎无人管理。你不会看到有人在高速公路附近野餐，是吧？那里不是孩子玩耍的去处。只有坐在高速移动的汽车上才会看到那里：简直是最完美的地点了。

很长时间以来，我一直对此很着迷。你知道1989年左右纽约东村那起莫妮卡·比尔勒谋杀案吗？纽约当时因这起案子谣言四起。在曼哈顿，要撇清自己可没那么容易。而且在既没有车又没有信用卡的情况下，逃到长岛的汉普顿就已经够难的了。康涅狄格州的一个飞行员的办法是租来一台碎木机，把它捆在自家小货车的车斗里。在暴风雪中，他开着这辆车行驶在格罗顿的大街小巷。西尔维尔说这个故事让他想到了《骑士珀西瓦尔的传奇》。

说到西尔维尔,他现在认为最佳的方法是用水泥砌在篮筐下那块地里。这样的话,必须身处人迹罕至的郊外(就像你家那里)才能办到。我自己的土地在瑟曼镇,在远离都市的纽约州北部,离这里三千英里——虽然遥远,但我下周就要开车去那里了。

迪克,你意识到没有,你和帕特里夏·海史密斯的"雷普利系列"中那个被雷普利杀害的迪克同名?这个名字蕴涵着纯真与非道德性,我觉得杀害迪克的凶手,也是他的朋友,同样面临过和我类似的问题。

爱你的

克丽丝

1994年12月10日
加利福尼亚,克雷斯特莱恩

亲爱的迪克:

12月15日那天,我会开着我们那辆小货车、带上随身物品和宠物迷你硬毛腊肠狗咪咪回纽约。总共六七天时间,三千英里。我会在开车穿越美国时想念你的。每当路过爱达荷马铃薯博物馆这样的地标,都意味着我距离下一个地标又近了些。而这些地标对我更加鲜活且意义非凡,因为它们会勾起我对你的思念。这次旅行是我们一起完成的。我绝不会孤单。

爱你的
克丽丝

1994年12月10日
加利福尼亚,克雷斯特莱恩

亲爱的迪克:

我敢打赌,要是你和简也做过这种事,你们根本就不会分手了,没错吧?你是在嫉妒我们这种变态吗?你太假正经了,太苛刻了,但在你的内心深处,我敢说你想和我们一样。你难道不想能有别的什么人和你一起做这种事吗?

你的朋友
西尔维尔

1994年12月10日

加利福尼亚，克雷斯特莱恩

亲爱的迪克：

西尔维尔和我刚刚决定开车去羚羊谷，把所有的信张贴在你家周围，挂在附近的仙人掌上。我还不是很确定我们是否会在邻居家附近逗留，用摄像机（大砍刀）记录下你的到来，但我们会让你知道最后的决定的。

爱你的

克丽丝

1994年12月10日

加利福尼亚，克雷斯特莱恩

亲爱的迪克：

我们已经决定了要把这些书信出版，不知道你是否愿意写一篇导言呢？可以这样写：

"我是在一个从羚羊谷旧物市集上淘来的橱柜抽

屉里发现这些稿件的。读起来有些奇怪。但很显然，这些人让我作呕。我认为这部信件拍成电影的可能性极低，因为里面的角色没有一个讨人喜欢。

"尽管如此，我仍然相信这些信件可以作为一种文化档案引起读者的兴趣。显然，它们展现了后现代知识分子最病态的异化。对于这种寄生性生长，我感到非常遗憾……"

你觉得如何？

爱你的

西尔维尔

附言：你可以快递给我们一本你最新的著作《恐惧部》吗？我们觉得如果打算以你的口吻来写的话，应该先熟悉下你的风格。

爱你的

克丽丝

1994年12月10日
加利福尼亚,克雷斯特莱恩

亲爱的迪克:

克丽丝和我整个上午都在躺着想你,把电脑扔在一边。你以为整个事件仅仅是让克丽丝和我能够再次做爱的手段吗?我们早上试了一次,但我认为我们都太过沉溺于自己病态的想象了。放弃之后,克丽丝还是很认真地看待你。她觉得我让她恶心,现在她再也不会碰我了。我不知道该做什么。请帮帮我……

爱你的
西尔维尔

附言:我又想,这些信似乎开启了一种新的文学类型,一种介于文化批评和虚构作品之间的文体。你曾说你多希望按这个思路改造你们学校的写作课。你愿让我在我明年3月的文化研究研讨会上读一段吗?这似乎向着你倡导的对抗性表演艺术前进了一步。

此致
西尔维尔

***

此刻已经是下午 2 点钟了,西尔维尔一副得意扬扬的样子,而克丽丝则感到绝望。七天以来,她唯一渴望的就是有机会亲吻那个迪克·＿＿＿,跟他干上一回,而现在所有的希望都越来越渺茫了。他们相见的机会每天都在变得越来越小,让她打电话的借口也越来越少。显然,这些信是不能发送出去的。撰写信件让西尔维尔兴奋异常,欲望也跟着被撩拨了起来。他也知道,如果再不发生什么,没有另一次与迪克的接触来刺激克丽丝的期待,一切都会结束的。因为所有这些原因,二人决定再写一封传真:

传真收件人:迪克·＿＿＿
发件人:克丽丝·克劳斯 & 西尔维尔·洛特兰热
日期:1994 年 12 月 10 日

亲爱的迪克:

真可惜,我们在周日早上与彼此擦肩而过。真有趣，看过你的录像后，我们两个想了好多——多到我们有了想要和你合作完成一部作品的想法，这部作品受你启发，也希望你能参与其中。有点像是"卡勒艺术"[1]。过去几天以来，我们已经写了差不多五十页的信件。我们也希望在我们离开（12月14日）之前，能和你在羚羊谷拍点什么。

大体上，我们的想法是把我们写下的文本贴满你的车、房屋和仙人掌花园。我们（也就是西尔维尔）会录下我（也就是克丽丝）做这些时样子——很可能会是一个所有纸片随风摆动的广角镜头吧。接下来，如果你愿意，可以进入镜头，看到我正在做的事。

我猜这个作品都是有关痴恋的内容，就算因为你不同意而没有你的画面，也不会构成任何障碍。你觉得怎么样？你想加入游戏吗？

诚挚的问候

克丽丝与西尔维尔

---

[1] 指法国艺术家索菲·卡勒（Sophie Calle，1953— ）高度纪实性的作品风格。她将生命融入创作，运用偷窥、跟踪、采访、拍摄等多种手段，揭露自己或他人高度私人化的一面，不断挑战公众的底线。

不过,这份传真自然也从未发送出去。相反,西尔维尔在迪克的自动答录机上又留下了一条语音信息:

> 嗨,迪克,我是西尔维尔。我想和你谈谈我的一个想法,就是在我周三离开之前合作拍摄一部作品。希望你不会觉得这个想法太过疯狂。给我回电。

没指望过去一周都没有回应的迪克这次会回电话,克丽丝便离开住处去圣贝纳迪诺办点事。但在那个周六,也就是12月10日的晚上6点45分,迪克打来了电话,当时克丽丝大概正驾车往山上开。

那天夜里克雷斯特莱恩北部似乎弥漫着惨淡的气氛。那里有一家酒类专卖店和一家披萨饼店。沿街是一排20世纪50年代风格的木框门面店铺,有一半已经被人用木板封住了,会让人想起大萧条时期的美国西部。迈克尔·托尔金和妻子温迪上个月带着他们的两个女儿来了这里。迈克尔的电影《新纪元》刚刚上映,是继《狂喜》与《玩家》两部杰作后的首部作品。他是一位好莱坞电影圈的知识分子,而温迪则是西尔维尔与克丽丝认识的最睿智、最善良的心理治疗师。二人表达完对克雷斯特莱恩古旧和奇妙的喜爱后，温迪说，住在一个不属于自己的地方一定感觉很孤单。克丽丝和西尔维尔没有子女。她经历了三次堕胎，过去两年，她和西尔维尔一直奔波于美国东西海岸的乡下陋舍，只为把钱省下来投入克丽丝的电影。迈克尔是西尔维尔的朋友，因为西尔维尔对法国思想理论比这位洛杉矶知识分子更加熟悉。不过当然，迈克尔不能也不会做任何事来帮克丽丝完成电影。

等克丽丝回到家，西尔维尔告诉她自己已经和迪克聊过了，她差点儿昏过去。"我不想知道！"她喊道，可后来，她又什么都想知道。"我有个小礼物，一个小惊喜。"西尔维尔边说边向她展示录音带。克丽丝看着西尔维尔的眼神好像是第一次认识他似的。对他们的通话进行录音这种行为绝对是太过分了。这让克丽丝有些不寒而栗，就如同那次在一起喝酒时，作家沃尔特·阿比什发现了西尔维尔藏在桌子下面的录音机，但西尔维尔只是一笑而过，说自己是个外国间谍。但成为间谍意味着成为一个不存在的人。无论如何，克丽丝现在只能听听看了。

展品 C 迪克（姓氏不详）与西尔维尔·洛特兰热电话通话录音的文字稿

1994年12月10日，晚上6点45分

（D——迪克，S——西尔维尔）

D：那么，咱们聊聊你下个学期有可能过来吗——

S：嗯，我觉得最方便的时间是3月10日到20日之间。你想让我讲点文化人类学的内容吗？你现在做的是这个方面的研究吗？

D：如果那不是你感兴趣的话题，我们不妨，呃，干脆别管这个了，但是——（无法听清）

S：嗯？

D：（无法听清）——我不知道你对——你懂的——总结历史学家詹姆斯·克利福德等人有关人类学的

论述是否感兴趣，但你要是想讲点更加原创的，更，呃，基本的内容，也都可以。

S：好的。两次讲座加一次研讨会，费用两千五百美元，可以吗？

D：两次讲座加一次研讨会，也许可以再参观几个工作室。

S：哦，马文说过如果现场点评的话，还要加……五百美元？

D：呃，听我说，我看看我能做点什么。我希望到时候不会浪费你的时间。

S：（无法听清）好吧，我也不想浪费你的时间。

D：几周以后，下学期的安排就会清楚些了。我可以在纽约给你电话。（无法听清）

S：好吧，我就想和你说这个。我们——我想让你听个项目，有点奇怪，但我知道你不介意奇怪的东西——（笑）——（沉默）行吗？

D：我不这么觉得，那得看情况。怪事和怪事还不一样。有普通的怪事，有不可能的怪事。不可能的怪事更有意思。

S：那正好，我要说的可能正是这样。（笑声）好啦，让我讲讲——怎么说呢，我们想在周三离开前与你协力完成这个项目，否则就只能推迟到 1 月底了。还有，呃，这个项目的缘起完全是我们那次去你家过夜，以及第二天早上没能见到你——

D：（无法听清）

S：对，是很怪。那么你——

D：我那天上午 10 点半回去的，但你们已经走了。

S：嗯嗯，嗯嗯。

D：我真的感到非常不安。我没料到你们发现我离开了，我以为你们会等着我回去呢。所以确实奇怪。

S：嗯嗯。克丽丝以为那会儿你还在床上躺着，你只是在等着我们主动离开，因为你的情绪起了变化。

D：（无法听清）

S：哦？

D：我就是出去办了点事——我有点失眠，于是开车转转，去了梨花镇和棕榈谷，买了蛋和熏肉。我出去就做了这些。

S：嗯嗯。实际上，我们这边也有个奇怪的境遇，我不知道该如何概括，但基本上就是，克丽丝被你吸引了。

D：（低声笑，呼气声）

S：啊，接着我们就聊起这个来了，还给你写了不少信。

D：（大笑，呼气声）

S：（大笑）呃，这些信中写到了你，既是你这个人，也是某种以你为对象的——你懂的——诱惑、欲望、迷恋这类东西。然后呢——呃，我写了一封信，她也写了一封信，我们还打算把信传真给你，这样你和我们就可以通过传真来联系。但不知什么原因，我们对这事有点失去掌控了，我们开始反复思考这件事，变得偏执起来，就写下了所有这些信。

D：（大笑，呼气声）

S：而且信写得越来越多……二十页，三十页，四十页，然后情况发展到不能把这些信发送给你、告知你或是把你拉进来（大笑）——所以我们想到也许应该再做点什么，略微极端一些的，好把你牵扯进来。我们，呃，我们想出了个主意，在离开之前，比如周一或周二，我们也许可以带上一台摄像机再去一次你家。你觉得这样可以吗？我的意思是，我不想让你有自己的领地被侵犯之类的感觉，但简单来说，会是这样一部艺术作品，画面就是被张贴悬挂在仙人掌上、你的车上这类地方上的文本。然后你会进入画面发现这个场景。你也知道，大体上我们会在此基础上逐渐完善。

D：（无法听清）

S：可以叫"内心入侵者"，是一部"卡勒艺术"作品。你知道吗，就像索菲·卡勒？（大笑）我是说，我们这几天来一直被困在一种诡异的风暴之中，事态有点脱离了我们的掌控。而这个作品有关我们的情感，有各种我们能或不能体会的起起落落。它可能跟你一点关系都没有，这多少有些奇怪，因为我们曾经完全相信你也身在其中——（大笑）——但那时我们不能掌控你。呃，我不知道你是否也有过这种感觉，但我们的确因此而小事大做了一番。（大笑）

D：你是想说——小题大做？

S：（大笑）没错。反正你怎么看？

D：呃，我、我，呃，我需要一点儿时间来想出一个……先把你告诉我的事情消化一下——（大笑）不过呢，我的意思是——如果我们只是……还是让我考虑考虑吧。

S：这是自然。

D：明天我会打电话给你，说说我的想象有哪些——类似这些——以便做相应的布置。

S：好吧，这再合理不过了。总之，我们非常喜欢你的作品，那段视频，看见你那样语无伦次也让我们语无伦次了。毕竟，克丽丝是个电影制作人，她在制作视频方面也很有经验。

D：也许时间安排上不算太好，但我想这种事总会有瑕疵嘛。咱们好好想一想,我明天再给你电话。

S:好。我们明天一整天都在。

D:感谢你让我参与这个秘密。我会好好考虑的。再见。

S:好的,也谢谢你。对了,别告诉任何人。保重,再见。

* * *

听完了录音,克丽丝一个人走进她的房间写了一封有关性与爱的信,同时想着她要把这封信发出去。她也很疑惑自己为何那么想与迪克做爱,她感觉此刻和迪克睡过后,所有的一切都会结束。未—经—省—察—的—人—生—不—值—得—活,肯·考波兰德这部电影的标题,伴着20世纪50年代基调的强节奏歌曲从克丽丝的脑海中闪过。"一旦发生了性关系,我们便输了。"她这样写道。她思考着,因经验而深知,性会让所有富于想象力的交流发生短路。把性与爱放在一起太可怕了。接着,她又谈到了亨利·詹姆斯。虽然她想同时拥有性与爱。"有什么办法,"她在结尾时写道,"能让性不再低贱,使之像我们自己一样难懂,让它不显得荒诞?"

西尔维尔一定知道克丽丝在写信。在同一时间,他在自己的房间里写道:

"亲爱的迪克:事情反转的方式真是太有趣了。就在我以为我在采取主动时,才发现自己是个蠢蛋,任由他人的生活摆布。事实上,最让我痛苦的莫过于克丽丝的疑惑与无所适从,她面对比自己年轻的心动对象时就会这样,我已经不是第一次目睹了。这时,我们之间的年龄差似乎足有半个世纪。我感觉自己苍老而伤心。但是,我们还是有着同样的感情和经历。"

然而,以夫妻的身份在一起便是他们二人唯一的想象了。他们大声念出自己的"私人"信件给对方听了吗?很有可能。后来,他们做了爱,同时又在想着什么呢?不在场的迪克?不管怎样,他们又回到了婚姻的轨道上,致力于这场游戏。克丽丝与西尔维尔并排躺在床上,克丽丝写下了这封事后信:

1994年12月10日
加利福尼亚，克雷斯特莱恩

亲爱的迪克：

几个小时之前，我们做了爱，而在做爱之前的两个小时内，我们一直在谈论你。自从你进入我们的生活，我们的住处就变成了一所妓院。我们抽烟，打翻烟灰缸也懒得捡起来，无所事事地过上几个钟头。我们只能半心半意地工作，每次只做几个小时就做不下去了。我们对出发前的打包、前方的旅程和未来的日子全都提不起兴趣，甚至连巩固我们的所得或推进工作与事业也无法上心。而你却未受影响，这不公平。你周六晚上考虑过与西尔维尔的电话通话吗？我表示怀疑。西尔维尔说你采取无视的态度是正确的，因为这些信件与你无关。他说与这些信件有关的只是我们夫妇二人，但那不是真的。

我二十三岁时，曾和最好的朋友丽莎·马丁邀请了一位以好奇尚异而著称的摇滚明星来干我们，好像我俩是一个人。在理查·谢克纳和路易丝·布尔乔亚这两位我们崇敬的艺术家的指导下，我们在几间脱衣舞酒吧的后台里搞出了一场双重人格的同台表演。（哎呀，电话响了，是你打来的吗？不是，又是一封新西兰的负片剪辑师发来的传真，有关我电影那混乱的编辑决策表，我早就无动于衷了。）总之，丽莎负责性交的肉体部分，而我则负责语言部分。我们一起化身为那个被文化投射在所有女性身上的赛博格[1]碎片。我们甚至还让＿＿来选择场地：格拉梅西公园酒店或者是切尔西酒店。但＿＿从来没有回复过。我猜干一个傻女人也好过惹上这两个怪女孩。

现在，西尔维尔和我就是那两个怪女孩。我做梦都没有想到我会再做这样的事，更没想到是和西尔维尔一起。但坦白讲，对那部影片的想法，我已经快要穷尽了。我不知道你进入镜头看到那个场景后会发生什么，也许你已经跌入了真空。你不觉得真正了解事物的唯一方式是案例研究吗？上个月，我读了亨利·弗伦泰特的一本著作，内容是危地马拉可口可乐

---

[1] Cyborg 是 Cybernetics（控制）和 Organism（有机体）的组合，意指一种既是机械体又是有机生物体的状态。唐娜·哈拉维于1984年发表《赛博格宣言：20世纪晚期的科学、技术和社会主义的女性主义》。在她的理论中，赛博格神话不仅是构建一个多元、界限模糊、元素冲突的社会，而且是一个关于女性的贴切隐喻。

工厂的工人罢工,作者通过档案与记录复原了整个事件。通过理解一场罢工这件简单的事,就有可能理解公司资本主义在第三世界国家的所作所为。总之,我认为我们与你一同创造的就是一个案例研究。

我感觉我在等待自己的死刑。很可能所有一切都会在明天上午你打来电话时尖叫着戛然而止。离整个故事(什么故事?)的展开只剩下几个小时了。

爱你的
克丽丝

1994 年 12 月 10 日
加利福尼亚,克雷斯特莱恩

亲爱的迪克:

我想知道,如果我是你的话,我会怎么做。

爱你的
西尔维尔

附言:我们决定今天夜里不再想任何与你有关的

事情。

他们是那样亢奋、狂喜。克丽丝之前多少次希望她能够进入西尔维尔的头脑或心中,驱除他的忧愁感。12月10日,周六这天,他们无忧无虑、满身疲惫地放松下来,终于真正地在同一时刻生活在一起。

1994年12月11日,周日,上午
加利福尼亚,克雷斯特莱恩

亲爱的迪克:

这应该算是个迷恋的案例了吧。我之前竟没想到这个词,真好笑!

自从我和西尔维尔在一起之后,你是第四个半(之前有杰夫·墨菲、好伊冯、坏伊冯以及耶稣会信徒戴维·B)让我痴恋的人。基本上,支撑这种迷恋的能量源于想要了解某个人的欲望。

有趣的是,和那两个叫伊冯的女孩相处期间,先是熟悉,然后是爱慕,接着想要以不同的方式与她们在一起，最后性迷恋才到来。虽然对于这几个人中的男性（你、杰夫·墨菲、那个神父）我根本都谈不上认识，但性迷恋就那么毫无来由地出现了。好像性可以让我发现迷失的线索，真的可以吗？就男性而言，我好像感觉到了某种那人是谁的暗示，就漂浮在平静的表面之下。而想要与他性结合就是要验证我的感觉。

我和西尔维尔在一起之前，男人们只要找到了比我更有女人味或不如我聪明的姑娘就会立刻把我甩了。"她和你不一样，"他们会这样说，"她是一个真正可爱的女孩。"这让我很伤心，他们之所以曾让我欲火焚身，是因为我相信他们了解我，我总算遇到了值得去了解的人。可现在，我已经变成了一个老巫婆，或者说我已经接受了生活中的所有矛盾之处，已经没什么需要知晓了。现在唯一能触动我的就是到不同的地方，发掘了解另一个人（你）。

我知道这些信多么缺乏说服力。可我仍想利用你打来电话前最后几小时告诉你我的感受。

爱你的

克丽丝

1994年12月11日

加利福尼亚，克雷斯特莱恩

亲爱的迪克：

我们现在紧张得要死。几个小时后，你可能就要把我们所有的故事击成碎片，并使其原形毕露：一台怪异又乖张、想要认识你的机器。迪克啊迪克，我在做什么啊？我是怎么陷入这个奇怪、尴尬的局面的，竟然在电话中对你说我的妻子迷恋你？（现在我称她是我的"妻子"，我之前从来没这么叫过她，目的是强调我们已经堕落到了什么地步……）

如果不是我在这里碍事，克丽丝会不会已经与你相爱了？了解是接受的一种绝望的形式吗？抑或接受在了解中超越了自身，进而抵达了一种更有趣的境地？"了解"才是我的关注所在……

所以说，我一直在想着你，急切盼望着一场危机的降临，憧憬着一个美好的未来以避免死亡。我们有权强行让你承担我们的幻想吗？有没有一种方法能让我们都受益？我明白我们必须要从这一切中有所得。但如果我是你，我会怎么做呢，迪克？如果你想探究人际关系的复杂难懂,你根本不会孤身一人住到羚羊谷。这让我想起了克丽丝几天前说过话:最佳的藏尸地就在所有人的眼皮底下。而你与所有一切都近在咫尺,却那么难以掌握。

那么你为何要掀开你那脆如卵壳的伪装,进入一场你早已拒绝参加的游戏呢?最尴尬的并不是告诉你我的妻子爱上了你——那只能算是越界,但最终还是可接受的。比之更尴尬的是将一切的把戏剥光,只剩下原始的欲望,恰似克丽丝想象与你做爱时在她故事里出现的那些"……"。了解代表"……"吗?需要通过色情化才能体现它的意义吗?为什么任何意义都应该比我们欲望中那些原始的"……"更好呢?我们知道这些"……"代表什么。而你的名字代表什么呢,迪克?

      来自我的诚挚问候
      西尔维尔

1994 年 12 月 11 日

加利福尼亚，克雷斯特莱恩

亲爱的迪克：

　　我不同意西尔维尔对你生活状态的论断。他认为你在逃避现实，好像一个人生活就能躲过无法避免的二人世界，就能拒绝生活似的。就像有孩子的人谈及丁克时的做派。不过我认为你的人生选择完全正确，迪克。

爱你的
克丽丝

1994 年 12 月 11 日

加利福尼亚，克雷斯特莱恩

亲爱的迪克：

　　（已经）中午了。我们还在等你电话。现在换成谈话模式好了，反正每封信的空当也都在谈论你。

爱你的
克丽丝和西尔维尔

展品D　西尔维尔与克丽丝谈话的同步记录

1994年12月11日，周日，中午12点05分

（C——克丽丝，S——西尔维尔）

C：西尔维尔，要是他不来电话我们该怎么办？打给他吗？

S：不，反正没他我们也可以继续下去。

C：可你忘记了我真的想要他来电话啊。我在等着电话铃响，兴奋得难以自持。要是他没来电话，我会非常失望。

S：好吧，这次你应该亲自和他谈谈。干吗总是让我们两个白人男性来决定走向呢？我把他弄了进来。现在该轮到你了。

C：但我担心他根本不会来电话了。那该怎么办？我

要打给他吗?这简直就是弗兰克·扎帕那首《你没试过给我打电话》。

S:他会来电话的,但不会在今天。等到时机已过的时候,他会来电话的。

C:啊,西尔维尔,我讨厌那样。

S:可是克丽丝,这也是他那样做的原因。

C:如果他今天没来电话,我认为我必须得放手了。因为,你知道,我的尊严会荡然无存。我们已经做了这么多。他只需要打个电话就好。

S:但也许他认识到我们已经替他做了每件事,所以干吗非要掺和进来呢?

C:我不同意。他应该感到好奇才对。要是有人因为我而一夜之间写了五六十页甚至七十页的信,我肯定会感到好奇的。你知道,西尔维尔,我觉得如果迪克这档子事告吹的话，我就要去危地马拉城了。我有生之年总得做点儿什么出来啊。

S：可是克丽丝，羚羊谷就是危地马拉啊。

C：反正如果他没来电话的话，我会失望透顶的。要是一个人连这个最开始、最基本的考验都没有通过，你怎么可能继续爱他？

S：什么考验？通奸考验？

C：不不不。最开始的考验就是来电话。

因为他们的电话有呼叫等待功能，克丽丝打给了她在纽约的那位处变不惊的朋友，安·罗尔。

十分钟后

S：安怎么想？

C：安本来觉得这个项目棒极了，比仅仅有个外遇变态多了。她还觉得这件事会写成一本不错的书！等迪克打来电话，要告诉他我们正考虑做成出版物吗？

S：算了吧。谋杀案还没发生呢。欲望还未达成。先让出版社等等吧。

C：（哭哭啼啼）为什么？？

七个小时后

C：听我说，西尔维尔，没有希望了。我们两天后就要走了，可我还是过不了电话这一关。今天下午想要看我作品的制作人给我发来传真。我看都没看一眼。可能已经被我扔掉了。

（停了一会儿）

现在的处境可真是难办！我甚至不知道我还能从迪克那里得到什么。现在这样的局面根本不会有好结果。我唯一庆幸的是现在不是20世纪70年代,我没有真的和他上床。你明白那种苦楚吗?守在电话旁边等着欲望与折磨慢慢消失?我们唯一的希望就是生活能够回到正轨。曾经貌似大胆冒险的举动,现在看来只不过是幼稚和可悲罢了。

S:克丽丝,我已经告诉过你了,他不会来电话了。他有种抽身而出的倾向。我们已经替他做出了决定。决定他的想法。记得我们替他写的导言吗?就某种意义而言,迪克并不是必不可少的。因为什么都没说,他反倒会说得更多,也许他自己也意识到了这一点。我们一直像对待蠢货那样对待迪克。他怎么会喜欢呢?不来电话恰好说明他进入了角色。

C:你错了。迪克的反应与他的性格无关,是当下的处境使然。这让我想起了十一岁时遇到的一件事。当时电台有个男的对我一直很好。他让我在广播中说话。有一天,我心情很差,就用石头砸碎了他汽车的挡风玻璃。我当时觉得这合情合理,但过后感到疯狂而羞愧。

S：你现在想要用石头砸他的雷鸟汽车吗？

C：我早就想了。不过他早就把我看扁了吧。

S：不会。

C：当然会了。我把自己的幻想全数投射到一个毫不知情之人身上，竟然还要求他给出回应！

S：可是克丽丝，我认为他的尴尬与你我无关，是他自己的缘故。他能做什么呢？

C：我讨厌被置于这种处处受限的境地。吃晚饭那会儿有电话响起时，我的脸一下子红了，心跳加速。劳拉和伊丽莎白大老远地开车来看我们，但我竟盼着她们赶紧离开。

S：这不就是在最大限度地体验人生吗？

C：才不是呢，只是一次没有结果的迷恋。我真羞愧。

S：虽然他的沉默伤到了你，但你得不到他这一事实，不就是你被吸引的原因吗？所以，我认为这里有个说不通的地方，至少你没有什么可羞愧的——

C：我对待他人的方式太随心所欲了。他有充分的理由来嘲笑我。

S：我很怀疑他现在还能笑得出来，更可能是在不安地咬手指吧。

C：我感觉自己像是个十几岁的孩子。当你活在自己脑中那剧烈的情感之中时，你就会真的相信，曾经想象过的事情会发生，是由你自己造成的。之前莱奥诺拉因为过量服用我当时的男友唐纳德的迷幻药入院时，唐纳德、保罗还有我在公园坐了一夜，制定出一个协议：如果莱奥诺拉第二天还没有脱离危险，我们就自杀。当你活在自己脑中那剧烈的情感之中时，你的想象与实际发生的事之间就没有了区别。所以，你可以同时无所不能又无能为力。

S：你是在说十几岁的少年都在无脑似的活着？

C：不是，他们反而太过于活在自己的脑袋里了，以致有脑和无脑已经没有差异了。

S：那么，现在迪克的脑袋怎么了？

C：噢，西尔维尔，他是成年人了。他又没有对我产生分毫的迷恋。他还处于正常状态，呃，反正对他而言是正常的。他正琢磨着怎么处理这个可怕而令他作呕的局面呢。

S：如果他是在琢磨，他今晚就会来电话。如果没在琢磨，他会在周二上午来电话。但他肯定会来电话的。

C：西尔维尔，现在我们好像身处情感研究学院似的。

S：真滑稽，我们追求的东西是那么短暂易逝。激起迪克的反应才是我们重温那种感觉的唯一途径。

C：他是我们想象出来的好朋友。

S：我们需要这个吗？太令人糊涂了。有时候，我们通过牺牲他的方式到达了切实的占有感的巅峰，但在这个过程中，我们对他的观察比他自己更加透彻清晰。

C：别太自以为是了！你谈论迪克的语气，好像他是你的小弟弟似的。你以为你有了他的电话号码——

S：呃，我对他的看法和你可不一样。

C：我没有看法。我爱上他了。

S：这不公平。他做了什么值得让你爱上他的事？

C：你觉得我们现在的所作所为是即将离开加州的焦虑和困惑造成的吗？

S：不是，离开加州是我们的正常日程。不过如果他愿意并参与进来的话，会发生什么呢？

C：那样的话，我早就和他上了一次床，然后他再也不会打电话来了。

S：但使得目前的一切都合情合理的前提就是你们没有上床。考虑下这件事带来的影响才是最重要的。你知道吗？我以前一直把迪克想象成一个恶毒、善于使用手腕的家伙。但也许他这样保持沉默，恰好给了我们时间……

C：摆脱他。他想让我们摆脱他。

S：克丽丝，我们正在踏入一个什么样的陌生区域啊？先是写信给他，现在则是我们写信给彼此了。迪克代表着一种让我们谈话的方式吗？不是与彼此谈话，而是一同对某种东西说话？

C：你是说迪克是上帝？

S：不，也许迪克根本就不存在。

C：西尔维尔，我觉得现在我们正在进行一种后现代的哀悼仪式。

S：没有，我们只是在等他的电话。

晚上8点45分

S：这真不公平。我猜这些无声的打字键盘让你工作起来加倍努力，但这时你更无法逃脱了，因为你给自己造了一个牢笼。也许这就是你感到伤心的原因。就好像他在旁观，旁观着你对自己的所作所为。

C：悲惨与自我厌恶就是摇滚的精髓。当发生这种事情时，你只想把音乐的音量调大。

两个小时后

(迪克还没有来电话。克丽丝又写了一封信,并大声地念给西尔维尔听。)

1994 年 12 月 11 日
加利福尼亚,克雷斯特莱恩

嘿,迪克:

现在是周日夜里。我们像是去了一趟地狱,而且现在还心有余悸。但既然你已经半知晓那个"项目"了,我猜只有告诉你最新进展才公平:我们决定到此为止了。自从西尔维尔昨天夜里和你说了在你家拍摄录像的事情,我们已经穿越了好几个星系……好吧,录像不是关键,我们只是想要找到一个把你拉进来的方法。自那之后,我已经拥抱/抛弃了其他若干个艺术创意,但我们所拥有的就是这些信件。西尔维尔和我在想,是把这些信件发给在"高危出版"的埃米和艾拉,还是在我们自己的出版社 Semiotext(e) 出?在三天的时间里,我们写了八十页的信。但我感到十分凄惨而困惑,我从你的沉默中判定你对这些没有丝毫的兴趣。还是算了吧。

晚安睡觉觉喽

克丽丝

S:克丽丝,你可不能把这封信发出去。完全没有意义。你应该可以写得更明智些啊。

C:好吧,我再写一封。

展品 E 明智的传真
（打印在一张以《重负与神恩》[1] 为信头的纸上）

周日夜间

亲爱的迪克：

怎么说呢？这场"轩然大波"似乎在没有你介入的情况下就这么过去了，我倒无所谓。过去几天我们都在干些什么啊？自从在情感上脱离自己的电影，我就好像身处地狱的边缘。而当这种"心动"的情形出现时，通过自我反省来试着处理无法开口的迷恋好像还挺有趣。结果就是：在两天时间里写了八十页难以卒读的信。

不过，骤然跌入青春期的精神错乱当中还算有趣。当你活在自己脑中极为强烈的情感中时，边界就

---

[1] Gravity & Grace，克丽丝正在拍摄的电影，取自法国哲学家、神秘主义者与政治活动家西蒙娜·薇依 (1909—1943) 的同名文集。在《重负与神恩》中，薇依沿循的是帕斯卡尔的神秘主义信仰之路：信仰不是拿来炫耀之物，而是艰难的重负。

消失了。那是一种乖僻的全知全能，一种负面的精神力量，好像在你脑中发生的事情真的可以把世界推到外面去似的。我的脑袋算是个值得晃悠的去处吧，不过可能对你没有什么吸引力。

在以后的日子里，我不想偶然遇见你时赶紧逃离，所以最好还是不要让事情悬而未决。

如果你想要看这些信（可能只是其中几段）的话，一定要让我知道。至少这些稀里糊涂的文字中，有一些的确与你有关。

一切顺利

克丽丝

午夜时分，两人将传真发送了出去。他们上床睡觉去了，可是克丽丝却无法入眠，感到他们的举动是对自己的背叛。大约凌晨2点，克丽丝溜进她的办公室，匆匆写就了一封"秘密的传真"。

展品 F 秘密的传真

亲爱的迪克：

在这场风波下,我仍然固执地想要在周三西尔维尔动身前往巴黎后的夜里与你相见。我还是想这么做。行或不行,你可以在早上 7 点后传真答复我。周三那天我会独自接收你的消息。

克丽丝

她输入了迪克的传真号码,食指就悬在"发送"键的上方。但不知是有什么东西阻止了她,然后她便回到了床上。

***

1994 年 12 月 12 日

这天上午,他们躺在床上喝着咖啡。那封秘密传真的事,克丽丝没有对西尔维尔吐露丝毫。她反而在琢磨迪克的传真与电话号码的数字前缀有什么不同。几缕怀疑的细微烟云汇聚成了雷暴云。当她查看西尔维尔笔记本中的号码时，喊道："我的天哪！我们把传真发到迪克的学校去了！"（奇妙的是，迪克的学校只有一台传真机，放在校长的办公室中。那个校长很和善，是名犹太裔的自由派学者，妻子是克丽丝在纽约的一个关系不错的熟人。就在两周之前，他们四人一起在校长的家里度过了一个温馨愉快的夜晚……）

当前的局面简直太尴尬了，现在别无选择，只能打电话给迪克警告他传真的事。西尔维尔奇迹般地在打第一通电话时就联系上了迪克。这一次，他倒没有把通话录音。克丽丝把头埋在枕头下面。西尔维尔得意扬扬地回到卧室。迪克态度冷淡，感到恼怒，西尔维尔说道，但至少我们阻止了灾难的发生。克丽丝把他看作一位英雄。她对西尔维尔的勇气充满了敬畏之情，自然而然地，她向西尔维尔坦白了那封秘密传真。

现在，西尔维尔再也不能回避这个现实了。这可不是他们发明的打发咖啡时间的游戏。**他的妻子爱上了另一个男人**。沮丧，被辜负，他怀着这些情绪写下了一篇故事。

展品 G　西尔维尔写的故事
不忠

克丽丝在欺骗自己的丈夫这件事上可谓煞费苦心。她从来就没看懂过马里沃的喜剧中所有在紧闭的门那边发生的偷情故事，但现在欺骗自己丈夫的策略却逐渐成形了。她刚刚和西尔维尔（他后来还感谢了迪克）做了爱，西尔维尔还向她表达了自己对她那深沉不渝的爱。背叛的时机还不成熟吗？

因为就某种意义而言，这个故事必须得这样结束了。说真的，当西尔维尔逼着克丽丝写那封"明智的传真"时，这不就是他想要的结局吗？

西尔维尔和克丽丝在一起已经有十年了，她经常幻想自己向迪克坦白自己在婚外情方面的贞洁——"你可是第一个。"而如今，唯一一个既能得到她想要的（四十岁正迅速地逼近）又不会伤害西尔维尔感情的方式就是偷情。西尔维尔也渴望找到一个结束这场冒险的优雅方式。克丽丝与迪克的关系以上床告终,这不就是露水情缘这一形式所要求的吗?但也仅此而已了。迪克和克丽丝不会想要再来一次,而西尔维尔也永远不必知晓。

不过,西尔维尔忍不住去想的是,克丽丝已经背叛了他们二人共同创造的形式,通过把他排除在外。

(在这里,克丽丝改变了故事的走向,她希望西尔维尔能理解——)

克丽丝认为她在以自己与西尔维尔共同的名义大胆地行动。不是总要有人让故事完结吗?今天下午开车行驶在北方大道时,克丽丝感到自己非常能理解福楼拜笔下那位包法利夫人的处境。形单影只离开克雷斯特莱恩的日子越来越近,她要一个人开车横穿美国。三头饥饿的草原狼守在路边。克丽丝想着包法利夫人那只敏感的意大利灵缇犬,它跑离马车,越跑越远,向着某种厄运奔去。一切都失去了意义。

(他们一起,继续着——)

西尔维尔早晨那通英勇的电话理所应当地惹恼了迪克,自那之后,他们意识到自己已经被处以绞刑了。迪克再也不会回电话了。那个形式再也无法实现,而西尔维尔再也不能在迪克的学校获得授课的机会了。

西尔维尔假装并不介意。他和克丽丝之前不是一直都像真正的贵族,即鲁莽的疯子一样行事吗?还有别的什么人敢把某个人放到迪克的位置上,开启一趟这样的旅程吗?我们可是艺术家,西尔维尔说。所以,我们可以这样行事。

但是,克丽丝却不那么确信。

最终,他们会给这段经历加上一段副标题:书信体标志着资产阶级小说的出现吗?但那是后话了,是在迪克家与一些知名的学术界朋友共进晚餐后发生的。

1994年12月12日，周一
加利福尼亚，克雷斯特莱恩

亲爱的迪克：

我，我们，正在给你写这封永远都不会发出去的信件。终于，我们发现了问题所在：你觉得我们是些半吊子的艺术爱好者。我们之前怎么没有意识到这一点呢？我的意思是说，迪克，你是个单纯的家伙。你没有时间浪费在我们这种人身上。你就像是我交过的所有那些男友，那些男人们啊，和我乱搞了六个月、一年后才大言不惭地坦白说："我遇到了自己喜欢的人。我真的很喜欢她。凯伦/莎朗/希瑟/芭芭拉不像你。她真的非常可爱。"好吧，难道我们在你眼里都算不上"可爱"？

是因为阶级吗？虽然我们与你背景类似，但你认为我们是堕落圆滑之徒，觉得我们有些……不够诚恳。

现在要怎么样呢？我们想要和你接近还有错了？以下是一些我们生活背景中的事件：

我们要离开加利福尼亚了，大概是过去两年间的第一百次搬家了吧。焦虑已经是家常便饭了。

克丽丝收到了一封从柏林发来的信：她的电影没有入围柏林电影节。

克丽丝收到了几封传真，都是新西兰的后期制作协调人发来的，要么是坏消息，要么是隐性的花费，再有就是延期。

这些事情暂时将我们从迪克这堆乱摊子中抽离出来，在这座几乎全都被打包起来的房子里，能回到正轨让我们很欣慰。

接着，西尔维尔接到了纽约当代艺术博物馆绘画部策展人玛吉特·罗威尔打来的电话，询问他是否愿意为安托南·阿尔托编辑一份作品目录。那可是一次重要的展览。我们之间的鸿沟变得越来越大。然后，来了个清洁女工，接着是个推销地毯清洁剂的人。克丽丝在每个人之间来回踱步，为你对她传真的反应紧张得发狂。

迪克，我们怎么就这么厌倦我们的生活呢？昨天我们决定明年夏天不再租这座房子了。也许会在你那个小镇的另一边租房吧？

是你吸引了这种能量吗？我们像那个专门潜入别人家里盗取一包安全套、一把奶酪刀这种小玩意儿的著名窃贼吗？

我们实在是没办法给这封信结尾了。

签名：克丽丝与西尔维尔

晚上10点55分

我们还在想着要不要再打个电话给迪克，告诉他那个录像只是个不成熟的想法。这就是痴想的作用：我们大笑，兴奋异常，此刻觉得打个电话完全说得通。毕竟，迪克在过去的两个小时里一直"和我们在一起"。我们已经忘记了迪克再也不想听到我们的任何消息。现在打电话会成为压垮他的最后一根稻草。

写这篇东西就像在由我们最喜爱的书籍构成的万花筒中穿梭：《去斯万家那边》，威廉·康格里夫、亨利·詹姆斯、居斯塔夫·福楼拜等人的作品。这个比喻让情感显得不够真诚吗？

时间可以疗愈一切伤痛。

迪克，你是个聪明人，但我们活在不同的文化中。西尔维尔与我就如同日本平安时代的贵族女性。

爱情逼迫我们去优雅而暧昧地表达自己。但同时，你还是那个西部农场里的牛仔。

情书；写给迪克的信：一部文化研究。

我们让你去承受考验，但我们输了。

* * *

1994 年 12 月 13 日

周二是在失望中来临的。西尔维尔和克丽丝一整天都在把东西搬到飞镖谷自助寄存服务的 26 号储物柜。每个月支付二十五美元，这样他们就再也不用急着扔掉破损的藤椅、凹陷的双人床和从旧货商店淘来的长沙发了。克丽丝独立将家具从卡车上拖运至二楼，而西尔维尔则在一边大声指挥着，因为他的髋部动过手术，能搬得动的最重物品也就是《拉鲁斯法语词典》了。不过，他认为自己在打包/搬家方面可是个专家呢。等搬到第三趟的时候，他们俨然明白没办法把所有的东西都放入这个四乘以八英尺的 26 号寄存柜。如果当初多花十五美元，他们本可以租用十乘以十二英尺的14号大寄存柜。"我可是很有条理的！"西尔维尔喊道（就像集中营幸存者吹嘘自己如何"善于"夹带鸡蛋或是马铃薯那样）。他不断借助自己的视觉想象把那些落地灯、床垫和三百磅的书籍堆叠在一起。与此同时，克丽丝面对所有乱七八糟的重压有些难以承受了，她一边对他尖叫着（"你这个抠门的犹太人！"），一边把各种破烂杂物从26号寄存柜拖到大厅然后再拖回来。但这使得西尔维尔愈加坚定了。最后，除了一个镀金鸟笼，所有物品总算都被塞了进去。他们决定扔掉这个鸟笼，那还是之前在科尔顿一家宠物商店停业甩卖时花了三十美元买的，可谓物美价廉。笼子里面的鸟儿早就飞走了。去年9月，他们临时起意在墨西哥的巴哈度过了一段简朴、充满尘土气的假期。假期快要结束，回程开车穿过恩塞纳达时，他们在路边买了一只锥尾鹦鹉。为了过安检，他们把鹦鹉藏在了车座下面。他们给它起名叫琭琭，与福楼拜的短篇小说《一颗简单的心》中女仆全福的宠物同名。琭琭曾经是西尔维尔的鸟类转喻镜像。他喂它吃莴苣叶和莴苣籽，对它倾诉，还试着教它说话。但是，在一个阳光明媚的秋日午后，他把放在卧室外平台上的鸟笼门打开,让琭琭可以更清楚地看到被新雪覆盖的群峰俯瞰着格雷戈里湖。正当他凝视着远处的风景时,琭琭从鸟笼里飞到了围栏上,接着又飞向了一棵红松,最终飞出了视野。西尔维尔先是惊讶,紧接着感到心碎。他们买了所有养鸟要用到的物件,但唯独没买翅夹。"它选择了自由。"西尔维尔伤心地一遍一遍说着。

因为大多数"严肃的"虚构作品,依旧包含对个人主体性最充分的表露。如果不能将原本真实存在的配角人物"文学化",不改变他们的名字以及微不足道的身份特质的话,这会被看作一种粗糙和业余的写作。"严肃的"当代异性恋男性小说就是几乎不加掩饰的"我的故事",如同所有的父权制一样贪婪地占用一切资源。当作者自己成为作品中主角/反主角,其他人都被缩减成了"人物"。例如,艺术家索菲·卡勒在美国作家保罗·奥斯特的小说《巨兽》中以叙述者女友的身份登场。"玛利亚一点都不漂亮,但她灰色双眼所透出的浓烈情感却吸引了我。"玛利亚的作品和卡勒最著名的作品完全相同,比如地址簿、旅馆照片等,但是在《巨兽》中,她成了一个流浪汉一样毫无野心或事业心的简单角色。

因为我们的"我"遇到其他人的"我"时并非一成不变,所以当女性试图以直接指名道姓的手法来刺破这种失真的人设时,我们被叫作婊子、造谣诽谤者、色情小说家和业余爱好者。"你为什么这么生气?"他对我说。

那天晚上,自动答录机上没有迪克的任何留言。房子空空荡荡,干净极了。晚饭后,西尔维尔和克丽丝一起坐在地板上,打开了笔记本电脑。

展品 H　西尔维尔与克丽丝在克雷斯特莱恩最后的信

1994 年 12 月 13 日，周二
加利福尼亚，克雷斯特莱恩

亲爱的迪克：

不到二十四小时后，我就要出发去巴黎了。时间在流逝，尽管你可能没注意到。真是完美的悲剧空间。

真他妈是个贱人。今天早上，我感到了某种悔恨，感到对你的某种同情。这个游戏一定给你造成了极大的困扰。不过接下来想起那几十页已经写就的信件，想到那穿越我们脑海的万语千言，而我们所做的一切只不过是给你打了两次电话、发了一封可悲的传真而已。我是说，其间的差异可谓震撼。

昨天夜里，我们觉得这件事搞砸了，而且从某种程度上说是我们搞砸的。通过写信来与你交流是完全不可能的，因为正如我们所知，文本是自足的，所以它变成了一个游戏。而能够交流的唯一方法就是面对面了。克丽丝今天早上醒来时，我就做出了决定。她应该独自回到羚羊谷去见你，迪克。

但是，到了黄昏将尽时，我又开始疑惑了。今天早上，我给你们学校的校长留了一条信息，感谢他带给我们一个愉悦的夜晚。

想象这样一个场景：校长向你提到我明年可能会成为学校的教员，而此时克丽丝刚好来到你的门前，你想到的则是这对恶魔一样的夫妇总算滚蛋了。你会说什么呢？说"嗨"还是伸手去拿你的气枪？可能这个场景算不上什么好主意。咱们再试试另一个：克丽丝在日落时分到达羚羊谷你最喜欢的酒吧。她倚靠着门，拿着一瓶啤酒啜饮着，等着你的车路过。她应该给你家打电话吗？不过她知道你屏蔽掉了她的号码。

还有一个：你开车路过酒吧，看到克丽丝的车停在外面。你把车停在门口，脱下帽子走了进去。她从这家小酒馆空荡荡的长桌那头谨慎地抬起头来，看见你的身影在门口徘徊。接下来的事大家就都知道了。

第三个场景：克丽丝在附近镇上一家旅馆订了房。她纠结要不要给你打电话，最终还是没打，而是心血来潮地开车去了羚羊谷，去了你最喜欢的那间酒吧。过了片刻,她和服务员聊了起来。他会恰巧认识那个独居在镇子边上的外国佬吗?人还不错,但就是有点怪?克丽丝连珠炮似的向这些好脾气的墨西哥裔美国牛仔发问,他们靠管束一群没有合法居留证的危地马拉橙子采摘工人谋生。他们认识你女朋友吗?你有女朋友吗?你经常来这儿?一个人回家?你们说过话吗?你说了什么?"出了啥事?"一位皮肤粗糙的美国白人酒保问,"你是条子?他是犯了什么罪吗?""是的,"克丽丝回答,"他一直不回我电话。"

你懂了吧?躲藏是没有用的。

回见

西尔维尔与克丽丝

1994 年 12 月 13 日,周二
加利福尼亚,克雷斯特莱恩

亲爱的迪克:

这些想法没有一个是对的。我能想到的接近你(我现在仍然想)的方式,最多是拍一张你们镇上那间酒吧的照片而已。那应该是一种运用了广角镜头的照片,有点爱德华·霍普的风格,钨丝般明亮的日光与昏暗的天空对峙着,各不相让,沙漠里的落日萦绕在灰泥建筑的周围,只有一只灯泡挂在建筑里……

你读过乔治·巴塔耶的《天空之蓝》吗?他一直在说着追逐啊,错过啊,还有那首名为《幸福的蓝鸟》的歌……天哪,迪克,我真的要难过死了。

克丽丝

亲爱的迪克:

我也许离开了犯罪现场,但我不能让这事渐渐模糊,化作虚无。

西尔维尔

1994 年 12 月 13 日,周二
加利福尼亚,克雷斯特莱恩

亲爱的迪克:

我不太确定自己是否还想和你来一炮。至少,不再是以那种方式了。西尔维尔一直说我们打乱了你的"脆弱性",不过我不是很同意。多一个女人爱慕你,没什么大不了的。那是你一直都要面对的"问题"。只不过我尤其讨人厌罢了,因为我拒绝循规蹈矩。那就让这幅画变得没那么吸引人了,我再也无法那么直白地、以周六晚上那幅《绝代佳人》的方式渴望你了。然而,我仍对你满怀柔情,毕竟我们一同经历过那么多。我唯一想要的就是给你喜欢的酒吧拍张照片。今天,我给你的同事马文·迪特里克松打了电话,想知道你今天做了什么、你在研讨课上说了什么、你穿了什么。我正在发掘靠近你的新方法。没关系,迪克,我们可以按照你喜欢的方式来处理关系。

克丽丝

1994年12月13日,周二
加利福尼亚,克雷斯特莱恩

亲爱的迪克:

你要想说我太执着了,随便你。但如果你是个艺术家，就不能依赖别人来替你完成工作。明天夜里，克丽丝就要去羚羊谷了。

西尔维尔

* * *

现在已经将近夜里10点了，克丽丝依旧伤心至极，而迪克还是没有回电话。她知道自己不会把车开到迪克家门前，她只会开车驶过。她恨死西尔维尔逼迫她干蠢事了。不过，多亏了迪克，西尔维尔和克丽丝度过了他们共同生活中情绪最为激烈的四天。西尔维尔甚至怀疑，唯一让自己感觉距离克丽丝最近的时候，就是有可能会拆散他们的人出现时。

电话响了。克丽丝惊得跳起来。但打来电话的不是迪克，只不过是自助寄存处的工作人员，说他们的寄存柜没有锁好，所以有些担心。

克丽丝应该给迪克打电话吗？要不要先排练一下？毕竟，上次迪克打来电话时她毫无准备，惊得不知所措。一个主意从她的脑海中飘过，她是从昨天在马文·迪特里克松那里听到的事情想到的。迪克正争取在圣诞假期来临前写完给系里的拨款申请提议。这倒是个可能的"切入点"。迪克知道克丽丝曾经是个专业的拨款申请撰稿人,而且她写好一份拨款申请提议花的时间会比迪克还少吗?她应该主动提出帮忙,来补偿她造成的这些烦恼吗?但他们在哪里见面呢?在他办公室?在他家里?在羚羊谷的酒吧?

亲爱的西尔维尔:

总得有点盼头啊,否则我可没办法活下去。

爱你的

克丽丝

亲爱的克丽丝:

从现在起,关于迪克的记忆会被珍藏于我们所做的每一件事里。在你横穿美国的旅途中,我们会就迪克互发传真。他会成为巴黎花神咖啡馆和得克萨斯油田之间沟通的桥梁……

* * *

1994年12月14日，周三

当克丽丝从棕榈泉机场离开时，身边只剩下长款大衣与旅行袋的西尔维尔看上去伤心而疲惫。他要先飞到洛杉矶国际机场，然后经纽约肯尼迪国际机场转机前往巴黎。到那时，克丽丝已经在克雷斯特莱恩的房子里完成了打包工作。克丽丝停车买了张雷蒙斯乐队的精选CD。等她回到住处时，已经差不多是午饭时间了。答录机还是没有迪克的消息，不过西尔维尔倒是留言说，他已经下了第一航段的航班了："嗨，亲爱的，我打来电话就是想再说声再见。我们在一起的时光太美好了，而且正变得越来越美好。"

他的留言触动了她。不过那天稍晚的时候，克丽丝在和邻居的孩子们聊天时震惊地得知，罗莉和她的家人很确信西尔维尔是克丽丝的父亲。难道他们不再有性生活这件事就那么显而易见吗？还是说罗莉这位自信坚定的洛杉矶黑人妇女无法理解她和克丽丝这样年纪的女性怎么会勾搭上那样一个没什么用的老家伙？罗莉的小男友很帅气，不爱说话但有些刻薄，有点像是个贫民版的迪克。

"亲爱的迪克，"克丽丝在她的东芝笔记本电脑上输入，"今天早上，在我载着西尔维尔前往机场的路上，太阳正在慢慢上升，越过群山。又是灿烂的加州一日，我想到了这里与纽约是多么不同。这片土地充满了黄金般的机遇、自由与闲暇——就哪方面而言呢？比如成为一个连环杀手、一个佛教徒，任心绪变换，还有给你写信？"

1994 年 12 月 15 日

西尔维尔在法国巴黎走下了飞机。十五个小时飞越了七千英里后，他丧失了在加利福尼亚时的感觉，那段经历让他觉得给自己的同僚写情书似乎是个不错的主意。他正在经历一种剧烈的自由落体运动。塑料的髋部差点儿要了他的命。他带了两种止痛药，泰利诺 3 号和达尔丰，指望同时服用的效果可以减少他的痛苦又不致使他麻木。西尔维尔从他母亲位于巴黎证券交易所附近的廉租公寓一瘸一拐地穿过右岸来到了巴士底。当然，他回来后还没睡过觉。中午时分，天色阴暗、冰冷。他觉得自己像一只古老的动物。他第一个见的人是伊莎贝尔，一个纽约的老相识，两人还一度是情人。伊莎贝尔获得了一本来路不明的安托南·阿尔托的重要作品。名义上，伊莎贝尔是一位独立电影制片人，尽管事实上她在信托基金工作，每周工作四天，进行各种数据分析，还曾经染上过毒瘾。西尔维尔之前一直以为伊莎贝拉是那种最狂野不羁、最不计后果的女孩。于是，他等不及想把他在迪克事件上的冒险告诉她。伊莎贝尔认真地听着。"但是西尔维尔，你真是疯了。你把自己置于危险之中。"她说道。

而在克雷斯特莱恩，克丽丝弓着背坐在她的东芝笔记本前。货车被塞得满满的。她隐隐约约地觉得自己会在旅途中给迪克写信。她隐隐约约地觉得写作是逃往自由的唯一出路。她不想错失自己要表达的意思。她在电脑上写下了这篇故事——

展品 I 《昨夜在迪克家》

醒来时我既紧张又疲惫,但紧张的能量仍在继续蓄积。阳光刺痛了我的眼,昨夜的痛饮和香烟让我的嘴仍旧有些麻木。日子并没有为了我而减缓步伐,我还没有准备好。

我们干过了吗?当然……但这一事实与为了达到这个目的而付出的一切相比,实在不值一提。还不如我此刻身处的眩晕真实。有什么好说的呢?毫无感觉,流于形式而已。

当我晚上8点钟赶到迪克家时,他正在等着我。"约会"的安排之前就已经定下来了:昏暗的灯光,立体声音响播放的雷鬼乐,伏特加,安全套早已放在床边待用,不过当然我是后来才看到的。迪克的住处突然像是一处低等宴会厅或殡仪馆——通用的小道具等待被清理以迎接下一具尸体、下一个新娘、下一个女孩的到来。我这个可怜的凯拉[1]难道就这样进入了诱惑的陷阱吗?

我一开始就很尴尬,还有些卑躬屈膝,主动承认我是你的性吸引力与个人魅力织就的蛛网捕获的蝇虫。但接下来,你却偏离了引诱者的角色,开始直率地说出掩藏在面具之下的蔑视。你问了我很多问题,将我的欲望擎到光线下仔细研究,似乎那是一种奇怪的突变之物,似乎那是我独特的混乱性格的一大症状。而我应该怎样回答呢?我要是不想和你上床的话,才不会来这里呢。你的问题让我感到羞耻。当我用同样的问题问你时,你明显感到无趣,不置可否地回答着我。

因为你自觉高我一等,而且无视当时我们处境的可逆性,所以于我而言,不可能如我所感般宣称我对你的爱。你逼得我只好原路撤退,犹豫不决。后来,我在困惑与精神崩坏中坠入

---

[1] Kyla系女子名,在美国俚语中指漂亮、聪明、性格谦虚的女孩,但在面对恋人时往往迷失了自我。

了你的怀抱。万不得已。我们接吻。这是发生性行为前不可或缺的第一次身体接触。

几个月后,克丽丝故事中几个部分会被现实证明具有惊人的预见性。

展品 J 她跨越美国的漫长旅途

1994 年 12 月 13 日，周二
亚利桑那，弗拉格斯塔夫
隐村汽车旅馆

亲爱的迪克：

我是在昨天夜里 10 点或 11 点到这里的，具体的时间就看你按哪个时区算了。我也怀疑自己还能不能继续驾驶剩下的三千英里。这个小镇到处都是汽车旅馆，其广告牌正宣示着一场种族间的战争，一方是本地红脖子农民开的（"由美国人所有并管理"），另一方大部分是来自印度的移民，可以提供"英国式的友好款待"。激烈的竞争把价格压低到了十八美元一晚。

今天早上，我醒得很早，外面阳光明媚却寒冷清澈，那座几乎不受天气影响的山峦似乎也被结霜的大地浸冷了。我冲了杯咖啡，带着咪咪出去转了转。我们循着货车铁轨穿越了一片令人恶心的廉租房屋群和几处拖车公园。花两百美元就能住进鸦巢街。

我边走边想到了你，想到了那个"项目"。我突然意识到，虽然那部电影"夭折"了，但这使我落入了一张更为宽广的自由之网，这种经历我从未体验过。

两年来，我每天都在忍受着《重负与神恩》带来的桎梏，影片的每个阶段都被我拆解为有限的目标，而失败就像雪崩一样铺天盖地地涌来。最终，这片子叫好与否，我是否每天写出十封语气乐观的传真，是否负有责任，是否入围，感受是什么，都无关紧要。

无论如何，迪克，我已经尽力了，但还是会失败。鹿特丹电影节、圣丹斯电影节、柏林电影节……通通都不会有我的影片参展，而在新西兰剪负片时遇到的问题仍然无法解决。两年来，我每天都清醒冷静、无欲无求，我的每一份灵魂本源都输送进了我的电影。而现在，一切都结束了。令人吃惊的是，在你的帮助下，我感觉还不错呢。

（昨天夜里，我在床上醒来时，双脚冰凉，忘记了自己身在何处，我蜷起身子，感到害怕。）

（有时候，我对整件事都会感到很羞愧，你与任何局外人对整件事的观感让我感到羞愧。但这一过程恰好让我赋予了自己一种从内心向外看的自由。我不再被他人的话语所驱动。从现在开始，世界由我做主。)

我想去危地马拉城。迪克，你与危地马拉都是一种逃离的途径。因为你们都是历史的灾祸？我想要突破自我的局限（一种艺术世界中的诡异失败？）来锻炼下我的行动性。

我不必再去裸着上身跳舞或是当秘书了，甚至不必再去想钱的事了。通过在过去五年间构筑西尔维尔的事业与投资房产，我已经给自己戴上了一段长长的链条。所以干吗要弃之不用呢？

今天上午，我给纽约的一家杂志社打了电话，问他们关于我为彭妮·阿卡德的《婊子！女同！腐女！娼妓！》写的那篇文章的事。那个助理也许知道我们是谁，也许根本不知道，但不管怎样，她的语气令人沮丧，而且粗暴无礼。我对身处纽约的某人对我的看法不屑一顾，还有比这更大的自由吗？

该打包和给西尔维尔打电话了。还不错，已经在路上了。

　　　　　　　　　　　　爱你的

　　　　　　　　　　　　克丽丝

传真收件人：克丽丝·克劳斯（由隐村汽车旅馆转交）
发件人：西尔维尔
日期：1994年12月16日

亲爱的：

我昨天夜里突然从黑暗中醒来，给你写了封信。

事情来得似乎有些唐突……

* * *

1994年12月17日，午夜时分
新墨西哥，圣罗萨
十元好价汽车旅馆

亲爱的迪克、西尔维尔、随便哪个人：

要不是我把书遗忘在了车里，我今天夜里才不想写东西呢。我现在太累了，没力气仅仅为了再读几页纪尧姆·阿波利奈尔的传记就穿上衣服出去拿。

今天夜里，我行驶在路上时遭遇了几个低落的时刻。放弃，但这有什么意义呢？但就在那时，我收听到了阿尔布开克一家电台的广播,里面播放着怀旧的说唱歌曲和大概是 1982 年的霹雳舞曲。科蒂斯·布劳的声音和迪斯科合成器让我感觉自己可以开上一整夜的车。

我昨天夜里在盖洛普什么都没写。接到西尔维尔那通可怕的电话后,我今天上路也晚了。从什么时候起,你这么在意伊莎贝尔,竟然连她的想法对我们的所作所为也变得很重要了?接着,我的车需要更换机油,等我吃好饭,都到中午了……

……但我还是在霍尔本拐下了州际公路,为了去看看石化森林国家公园。那里根本不是什么森林,而是一座有大大小小岩石的博物馆。游览的人并不多,我们漫无目的地走在台地之上,没有任何植物的遮蔽。

回到货车里,我开始思考那个收养孤儿的计划,你"想要"的(我们在纽约东汉普顿的生活)竟会突然间变得令人厌恶。一个来自中美洲热带雨林的孩子被带到东汉普顿生活,还要被送进斯普林斯公立中学,这是怎样的折磨啊!

我沿着公路开车行驶,不知到了何处,竟然不再想着与性/迪克相关的事情了。我猜我已经准备好以恢复无性无欲的状态来度过下一年。我现在也不知道自己在向哪里行进……

后来，我又想到了约翰·韦纳《给毒蛇的诗》——

> 很快，我明白条子将会
> 拦住我们，会逮捕吉米，而我
> 竟会被判缓刑。这首诗
> 没有欺骗我们。我们身处
> 它的规则与此刻的魔力之下……

他有过什么样的职业策略呢？呵呵。悲观情绪是林赛·谢尔顿最喜欢《重负与神恩》的地方，可现在一切都已经明了，这部影片没有机会被影评人评论了。我不妨承认这一点，不过，哦，我以为在《重负与神恩》后我会拍摄更多的电影。要是这之后我真的不再拍电影了，我得想想接下来会发生什么。

现在呢，西尔维尔困惑了，准备和这桩荒唐事一刀两断。让-雅克·勒贝尔对费利克斯·加塔利的描绘让西尔维尔很气愤，约瑟芬的男友写的那本讲这一对的书也让他很气愤。不过对他而言，费利克斯·加塔利和约瑟芬就是法国理论圈的"席德与南希"[1]……

明天,我会进入另一个时区(中部时区)和得克萨斯州的狭长地带,接下来是俄克拉荷马州,再接下来就是美国南方了。我昨天在盖洛普买了三对耳环。

迪克,今晚我很难想到你。你那些牛仔/独行侠般的做派看起来蠢透了。

克丽丝

* * *

在向东部行驶时,克丽丝感觉自己被吸进了一个时间隧道。圣诞节临近,电台广播更加频繁地播放圣诞歌曲,沿途小镇上的圣诞装饰也多了起来,好像圣诞节是降临到纽约的一朵云彩,而西部有的只是飞散过来的几丝破碎的云缕。进入东部时区的同时,也是她丢失时间的过程。货车让她远离了自己已知的世界。如同身处一辆位于单行道的汽车时体验到的一种

---

[1] 《席德与南希》(*Sid and Nancy*)是一部根据英国摇滚乐队"性手枪"(Sex Pistols)吉他手席德与其女友的真人真事改编的电影,于1986年上映。席德与南希经由毒品与性而相爱,二人彼此依赖又互相伤害,最终以南希被席德刺死而收场。

空间/视觉错觉。你惊恐于车子在自己移动,后来发现原来是其他车子的移动造成的。你的车纹丝未动。

俄克拉荷马,肖尼
1994年12月18日,11点30分(中部时区)
美国汽车旅馆(每晚房价25美元)

嗨,迪克:

我在俄克拉荷马城迷路了,差点儿燃尽汽油也没找到住的地方。美国汽车协会的小册子里提到的那间汽车旅馆紧挨着一家脱衣舞酒吧,是个专供欲望男女快活的圣殿,其他的都满了。我又开了一个钟头才在肖尼这里找到一间空房,马路对面就是一家屠宰场。

当我意识到自己上错了俄克拉荷马城支路时,正好碰上修道,我想离开却为时已晚。我只好又开车绕了五十英里。恐慌将我带回到了去年穿梭于纽约、哥伦布和洛杉矶的那段时间。

恐慌。那是1993年的晚冬:在哥伦布走下从洛杉矶飞来的航班时已近午夜,突然之间,我被残酷地从商务舱赶到了现实之中，而丽笙酒店和凯悦酒店、航空公司白金卡以及租车公司优先服务却将我与这现实隔绝开来。我从纽约开来的车还在哥伦布的斯巴鲁经销商那里进行保修期内的维修工作。我打了辆出租车前往离市区十五英里远的汽车城工业园区。备用车钥匙已经准备好了。但当我们到达时，我的车却找不到了。忽然间，在密闭的空间（汽车旅馆—出租车—飞机—出租车）里待了七个小时后，我在凌晨1点被孤零零地扔在了车库强光灯照射的雪地里，看门狗朝我狂吠。一位出租车司机载我回到市区，我们之间的屏障全都失灵了，他一路上都在大声抱怨外国佬，强调自己与其他哥伦布出租车司机有多么不同，因为他读威廉·伯勒斯的书，询问我他要是作为一名艺术家的话该怎样谋生。呃，没办法谋生的。

第二天，我在美国东北部的暴风雪中开车穿越了西弗吉尼亚州和宾夕法尼亚州，我感觉自己的内脏都要被撕烂了。那段时间已经是每年的双鱼座月份了。我还以为雪永远都不会融化了呢——到处都是白茫茫一片和在风中摇曳的细瘦树桩。之前那种隔绝让我们愈加难以对天气做出反应了。一整个月的时间，我都被一种无可名状的情感笼罩着。大自然的报复。在哥伦布韦克斯纳艺术中心进行后期制作的那一周，我患上了克隆氏症，我的身体似乎在否定那种势头正旺的错觉。白天在一轮轮阵痛下工作，夜里呕吐不止，如同腹中脏器在歇斯底里，肠壁肿胀到无法进食甚至无法喝水的地步。

再往前一周，我坐在从哥伦布飞往达拉斯的航班上，整个商务舱坐满了百事可乐公司的销售人员。坐在我身旁的那个销售醉醺醺的，一直想要谈论他自己的阅读喜好、他对伦恩·戴顿的热爱，请饶了我吧，天哪。后来，因为暴风雪，从芝加哥飞来的转机航班无法降落，我们被困在了达拉斯……而就是在达拉斯国际机场希尔顿酒店的花园客房，我遇到了耶稣会神父戴维·德鲁洛。

那天夜里，我感觉自己身体里有什么东西被抽走了，而见到戴维·德鲁洛则填补了那处空虚。在餐厅排队时，我与他四目相接的那一刻，我错把他当成，天啊，当成了一个来自阿默斯特的软件工程师，我们就如何修葺乡间宅邸足足聊了四十分钟。我后来才发现他是个可以阅读拉丁文、西班牙文、法文和玛雅文的天才,而且他相信克里西·海特和吉米·亨德里克斯这两位摇滚巨星是基督的化身。戴维·德鲁洛把自己的家当都放在新墨西哥州圣达菲的一个寄存柜里,自己却跑遍全美国为一个危地马拉海边的耶稣会教堂募捐。他并不仅仅是一个解放论者,他将教会看作能够保存玛雅人生活遗迹的唯一力量。德鲁洛当然已经读过西蒙娜·薇依的《重负与神恩》一书。他有这本书的普隆出版社首版,还回忆起来在巴黎买到首版时的兴奋之情。我们滔滔不绝地聊了几个钟头,谈到了薇依的一生、她的行动主义和神秘主义,法国和工会,犹太教和《薄伽梵歌》。我给他详细讲了自己在哥伦布制作的影片片头,告诉他那部电影的名字就取自薇依的书……镜头先摇向中世纪战争地图,然后与静态的第二次世界大战空中侦察目标地图重叠起来……历史不断地演进,有时在当下的表面之下可以明显地看到它的踪迹。遇见戴维·德鲁洛就像是一个奇迹,是对世上仍存有美好的一种确信。

回到哥伦布,韦克斯纳艺术中心的媒体艺术馆馆长比尔·霍里根问我"到底"是怎样养活自己的。我在饭店用餐自己买单,还开了辆新车,很显然我在艺术学校教书这样的托辞谁都骗不了。"很简单,"我告诉他,"我从西尔维尔那里拿钱花。"比尔对我这样一个入不敷出、毫无女人味的巫婆竟然没有流落街头感到奇怪吗?不像他最喜欢的那类女性,比如莱斯利·桑顿和贝丝·B,我很难对付,也不讨人喜欢,还是个糟糕的女权主义者。

啊,比尔,你该看看我 1983 年在纽约街头呕吐的样子。我当时因为营养不良,满身瘀痕,住进了贝尔维尤医院的福利病房,挂着静脉点滴,也不知道自己到底得了什么病,因为纽约那强制性的灾难医保计划不含诊断检查的费用。

"西尔维尔和我是马克思主义者,"我告诉比尔·霍里根,"他从那些不愿意给我钱的人手里把钱拿过来给我。"金钱的概念和我们文化中对金钱的分配都基于某种我不认同的价值观。我忽然意识到自己正在遭受一种矛盾的眩晕:一旦你认定自己比全世界知道得更多,那矛盾就是仅存的乐趣了。

接受矛盾就意味着不再相信"真情实感"的至高无上。一切都是真实且同步的。这也是我讨厌萨姆·谢泼德[1]以及你那些《真实的西部》式的东西的原因——就如同一种分析,好像把被埋的孩子挖出来就能把迷局破解了似的。

亲爱的迪克,今天我开车穿越得州北部的狭长地带。到达阿马里洛西部的平原地带时,我感到难以置信地兴奋,因为我知道"被埋葬的凯迪拉克"[2]很快就要出现了。总共有十辆——这是一座献给汽车的波普艺术纪念碑,拍打着鳍片,车头埋在土中。我从高速公路上开车经过后又掉头回来替你拍了两张照片。

迪克,你可能会纳闷,要是我真那么警惕你信奉的那些错误观点,那为何在距离阿马里洛以西十五英里的地方,我的心跳就开始加速了呢?为何我以前经常打扮一番去夜鸟酒吧见一个法学博士?就为了让他把我干得爽上天,然后说并不爱我吗?今天早上,我穿着紧身牛仔裤,涂着红色的嘴唇与指甲,感觉自己女人味十足,能这样打扮的日子不多了。成为其他事

---

1 Sam Shepard(1943—2017),美国作家、编剧、演员和导演,1979年凭《被埋葬的孩子》获普利策戏剧奖。
2 这个艺术项目的正式名称是"凯迪拉克牧场"(Cadillac Ranch),位于美国得克萨斯州阿马里洛市。十辆废弃或破旧的凯迪拉克轿车以车头朝下、车尾朝上的方式半埋入土里,车子倾斜的角度与埃及吉萨大金字塔相同。

物的一部分，这是一种文化研究。西尔维尔和我的分析倾向如出一辙，我们都喜欢"扰乱编码"[1]。哦，迪克，你把自己色情化了，成了另外一个人，你暗自希望别的人知道你在表演什么，而且他们也在表演。

爱你的
克丽丝

1994年12月19日，晚上11点
阿肯色，布林克利
布林克利旅店

亲爱的迪克：

今天夜里，我的阅读热情和给你写信的热情一样高。给安和家里人打了电话后，才把这股热情抑制下去。

今天早些时候在俄克拉荷马州，周围一切都显得惨淡，让我放弃了开快车赶路的想法。我得适应下东

---

[1] 德勒兹和加塔利认为，欲望是被生产出来的，自我正是欲望的首要编码机器，无器官身体则是尚未编码的身体。"扰乱编码"，即反俄狄浦斯，也就是反自我。

北部的景致才行。到下午 2 点钟时，绿色植被总算悦目起来。我在密苏里州的奥扎克开下了州际公路，来到了河边的一处公园，泛着金色的绿色河水映着蓝色的天空。坐在车里，我开始思考，一旦我接受了《重负与神恩》的失败，我所做的就再也不重要了——一旦你接受了完全默默无闻，就不妨做你想做的去吧。公园里的景色让我想起了肯·考波兰德的电影……伍斯特剧团在《迷幻药》中用的那段录像……摄影机在树林里颠簸前行，冬末，无云的蓝色天空，疮癣般的地表散布着几片残存的积雪……那种感受就像性高潮的那一刻一样让人浮想联翩。肯真是个天才。他的作品充满了意向性，每样东西都毫不费力又意味深长。通过看他的电影，我学会了怎么拍电影。

现在，女性气质的旅程结束了。回到美国东北部后，一切都不一样了。我又回到了日常的伪装之下。今天广播里放的乡村风格西部歌曲还不错："女人俗点儿我更爱。"[1]

---

[1] *I Like My Women A Little On The Trashy Side.* 引自 Chris Wall 创作美国乡村音乐 *Trashy Women* 的歌词。在这首歌中，从小接受精英教育的叙事者表达了他更喜欢"低俗女孩"而非"好女孩"的心声。

因为今夜的信依旧无法寄出,迪克,也许我会把我在车里的一些笔记抄下来:

周六中部时间 12 点 30 分,我还在得克萨斯。看上去很像新墨西哥。我想到了迪克的录像——那种情绪,山姆·谢泼德那套,牛仔什么的,是一种暗号。迪克放这段录像是对我批评西尔维尔在写小说时过于感伤主义的回应。我说,你得从事你最擅长的事,也就是让你保持最饱满情绪的事情。这时,迪克把录像带从录像机里拿了出来,作为一种对感伤的宣言或辩护。

那天晚些时候

我现在到了沙姆罗克——广袤的空旷。这里像是一个驻点或终点。我忘说了,迪克,你冰箱上的大烛台给我们留下了深刻的印象。

第二天早上

我觉得自己好像一夜之间就到了东北部。今天早上，从汽车旅馆走出来时，我就已经不在西部了，而是在东部，在俄克拉荷马州的肖尼——这里有一座座的小山、几棵细瘦的树木、湖泊和河流。一直到我进入纽约之前都会是同样的景色——充满了于我毫无用处的可怕童年回忆。破败的小山和颤抖的树木令人落泪，让我想起了简·鲍尔斯的故事《去往马萨诸塞》，情感淹没了这片景色，因为它实在太过渺小了。但它却引起了一次我还没有准备得当的神游。沙漠用其情感将你征服，但这种景致带来的感觉太过个人化了。这种感觉来自内心，来自我。西部最棒，对吗？我现在恶心犯困，可咖啡壶却放在了我在沙姆罗克买的盥洗架下面。不过，一切都会改变。我想你——

　　　　　　　　　　　　爱你的

　　　　　　　　　　"东方恶女巫"克丽丝

***

克丽丝在美国东部标准时间 12 月 20 日到达田纳西州。她要先暂停旅程在塞维尔维尔住上两晚。她在国家公园的月桂树山林中远足，花五十美元买了一张古董床。22 日上午，她联系上了在巴黎的西尔维尔。克丽丝心境平和而满足地向西尔维尔描绘着他们一同回到塞维尔维尔度假的情景，但西尔维尔却没听懂。"我们从来都没有一起开开心心地玩一次。"她在电话里叹息道。西尔维尔却没好气地回答："哦，开开心心。怎么样才算开开心心呢？"

克丽丝从塞维尔维尔给迪克写了两封信。

在其中的一封信中，她这样写道："亲爱的迪克，我觉得从某种意义上说，我杀了你。你变成了我'亲爱的日记'……"

克丽丝已经开始慢慢意识到了什么，但她那时并没有想太多。

1994年12月22日，晚10点30分
宾夕法尼亚，弗拉克维尔
中央汽车旅馆

亲爱的迪克：

今天一整天，一直到晚上，我都感到孤寂、惊恐和担心。今天夜里，到了差不多8点30分我还没有见到月亮，但就在我沿着81号公路向北行驶时，忽然间它就出现了，深邃而巨大，如同刚刚升起一般，几近满月，泛着橘红色，像是一个血橙。这轮月亮充满了不祥之兆，而我在疑惑你是否也有一样的感觉——一种想要倾诉的强烈冲动。你会对谁倾诉呢？

今天在路上时，我稍微想了想，是否有可能从日记体的现实性材料中创作出几个伟大的戏剧场面。记得肯·考波兰德的视频《风景/欲望》中，所有那些汽车旅馆，每样东西都被压缩至扁平，让你不会有看故事的预期，而只会习惯并进入其中。但还得要有个核心，能够让晾衣绳上随风扑动的衣物和汽车旅馆浴室里的瓷砖这样变换的镜头存在某种意义。也许是因为某件事情造成的创伤？但很少有这种方式展现出来的创伤。你无法感受到这种"创伤",因为总是有其他的内容半路突然出现。

谁先动心谁就会干蠢事。为了你,我真的干了不少蠢事,比如发传真等等。好吧,我很遗憾我们一直未能交流,迪克。用火焰传递的信号。不是挥手而是求救——

克丽丝

12月23日是入冬以来最明亮清澈的一天。克丽丝这天正开车从宾夕法尼亚州的波科诺斯去往纽约州北部。在白色的雪和冬候鸟的衬托下,深红色的谷仓显得格外耀眼。在库珀斯敦和宾厄姆顿这两座小镇上,遍布着带有门廊的殖民地时期建筑,孩子们在雪橇上玩耍着。克丽丝的心在翱翔。眼前是一幅美国式的童年场景,当然不是她的童年,而是她小时候经常在电视上看到的童年。

四千英里之外,西尔维尔·洛特兰热正在巴黎特雷维思大街与他的母亲坐着,追忆犹太人大屠杀。在一间狭小的餐室内,他的母亲为他准备了犹太式鱼肉饼、荞麦片、法式炒蔬菜和犹太羊角面包。一个五十六岁的老男人像一个孩子似的被他八十五岁的母亲伺候，着实有些滑稽，但西尔维尔并不这样看。他早就开始把他们的谈话录下来了，因为战争的细节依然太过模糊。巴黎被德国占领后发生了大规模搜捕行动，各种出逃、伪造证件的行为屡见不鲜，从波兰亲戚那里退回的信件都被盖上了"被驱逐出境者"的印章。

"被驱逐出境者，被驱逐出境者。"她缓慢而庄重地说道，她的声音如钢铁般坚硬，深深的愤怒使她处于情绪激动的状态。但就他自己而言，西尔维尔感到的只有麻木。他当时在场吗？他还只是个孩子。不过这些年来，每当想到那场战争，他的眼泪就会情不自禁地涌上来。

如今，他已经五十六岁了，很快就要进行第二次髋部手术。到下一次七年一回的教授休假年时，他就六十三岁了。街道上年轻的巴黎人则属于另一个光明而他无法进入的世界。

克丽丝来到了位于阿迪朗达克南部瑟曼镇的一座空屋前，这是她和西尔维尔七年前在寻找一处"负担得起的房产"时发现的。有一年11月，他们前往加拿大蒙特利尔参加一位"巴塔耶男孩"举办的艺术节活动,西尔维尔和约翰·乔尔诺是那次活动的主角。在开车回来的路上,克丽丝和西尔维尔偶然发现了这处房产。从离开蒙特利尔开始,他们就因要走哪座桥而尖声争吵着,然后互相不搭理。那位"巴塔耶男孩"看在西尔维尔的面子上,偷偷给克丽丝也安排了一场表演,可他们到达时,却没有在节目册上发现克丽丝的名字。克丽丝的朋友丽莎·马丁在活动的黄金时段当着热情观众的面脱光了衣服;而克丽丝则被安排在凌晨2点对着二十个醉醺醺的闹场观众朗读。尽管如此,西尔维尔还是不太明白克丽丝怎么如此伤心欲绝,而且如何安慰都无济于事。他们俩不是都拿到出场费了吗?在伊丽莎白镇附近的阿迪朗达克北道,一对猎鹰从道路上飞过:这个情景恰好在他们、丽莎·马丁的丁字裤和中世纪法国的《鹰猎者传说》之间构成了一种脆弱的联系。他们停下车在路上步行,西尔维尔急切地想要和克丽丝亲密起来,于是他也跟着对阿迪朗达克山区的景色充满了热忱。两天后,他们在纽约州沃伦斯堡以西的瑟曼镇买下了这座有十间房的农舍。

展品 K　发自乡村的消息

1994 年 12 月 23 日，周五，晚 11 点 30 分
纽约州，瑟曼镇

亲爱的迪克：

我在天黑之前及时赶到了，核桃山和沃伦斯堡西面那两座驼峰似的山进入了我的视野。

沃伦斯堡看上去还是一如既往的破败——波特餐厅、斯图尔特商店、伯爵房地产事务所沿着 9 号州道排列着……美国新英格兰地区那种让我们心动的魅力在这里荡然无存。我沿河开了十二英里，路过瑟曼火车站去我们的那座宅子找泰德，他是和我们一起住在这里的朋友。但他人不在，于是我前往位于石溪的酒吧找他。

正如我所料，房子在欧玛利一家搬走前就已经被毁坏了。整个瑟曼镇也没好到哪里去。多出来的空间给了每个人随心所欲的自由。隔壁现在是一家丑陋的小型家庭自制食品店。没有人疯狂到浪费钱

在阿迪朗达克南部当地主。这里简直就是乡村百年贫瘠的全景复原模型，每一代人都留下了尝试在这片土地上谋生后的废墟。泰德和我喝了几杯酒，然后回去从货车卸货。自从欧玛利一家搬走后，他一直住在这里。

但是，我想要告诉你的是，走出货车感受夜色中的石溪四隅那冰冷的空气，是多么让我激动。这里只有一盏路灯，因此你可以清楚地看到每颗星星。周围十五英里内有五百人，他们来自不同的地方，从事不同的工作。与加州不同，乡邻情谊或者灵修并不适合纽约州北部。很多像泰德这样二十年前就搬到这里的人发现要想熬过此地长达八个月的寒冬只有一个途径，那就是把自己变成当地人。

但那也是从前的情况了。我的双手干巴巴、脏兮兮的，我自己也累坏了。所以迪克，我觉得我们以后再接着聊这个吧。

亲亲亲亲抱抱

克丽丝

1994年12月24日，周六，晚10点30分

纽约州，瑟曼镇

亲爱的迪克：

就在此刻，我坐在宅子正面靠北房间的地板上，倚着枕头，抬头望着我在田纳西州买的古董床。我今晚一直在忙着收拾这张绝美的床。用抹布蘸着核桃油擦拭后，它散发出迷人的光彩。这张床是用白杨木做的，是"给穷光蛋用的硬木头"。泰德说，这张床一看就是有年头的东西了，因为你能看出床的曲面不是用电动工具做出来的。为木床上油，用我的双手感受手工制作的痕迹，给我带来了极大的乐趣。

今天夜里，我对泰德说，我们要在这里建立一个震颤派社区：没有性生活，不停地工作。我一直很享受在此与泰德共度时光所带来的舒适感。今夜，我对他涌起一种巨大的钦佩之情，钦佩他的勇气与乐观。今天是平安夜，这里只有我和他，但他比我更加孤独，因为他没有交际圈，没有家人，也没有计划。泰德是个性情中人。去年，他的前妻带着他们的三个孩子跑去了澳大利亚。此刻，他正在楼下做木工活儿，

完全没有为自己感到任何遗憾。

我发现还没有对你说过这个地方的故事——我能给你讲明白吗？这里和加州非常不一样。今天上午，厄尔·劳恩兹问我在哪儿住。我回答说就在贝克家对面。厄尔说，就住在吉登家的老房子啊。

无论谁搬来又搬走，这栋房子对于当地人而言一直是"吉登家的老房子"。吉登家原本是来自俄亥俄州的一对年长夫妇，他们买下这栋房子时，这块地连农舍加上牧场总计有一百二十五英亩，名为大达特茅斯地带。当时是20世纪70年代，"家庭度假"这一概念一定还在流行，不过当然了，这地方一年中有八个月是关闭的。某年1月的一个夜里，吉登太太一边奔跑一边尖叫着。她赤身裸体地穿过大街，在严寒的天气中连续几分钟狠狠地击打着弗恩·贝克家的房门，直到贝克从床上起来让她进门。就那么赤裸着进去了。两天后，吉登夫妇收拾行李，开车离开了，从此再也没有人见过他们。他们是回到俄亥俄州了吗？

去年跨年夜，一个新泽西州的石油公司高管走进了哈里斯堡的树林中，全身只穿了一件羊毛衫、一条宽松长裤和一双平底便鞋。他很快就因为衣物过少冻死了。

沿着贝克家那条路往前走就是查克和布伦达的家。我喜欢布伦达,她就是一个乡村版的我——一个躁郁症般健谈的人,把自己的精力投入到购买各种破败的简陋住宅中。而查克这个无业的酒鬼,则负责把买来的房子整修翻新。她买下了十五座这样的房屋,甚至还得到了美国住房与城市发展部的拨款,在纽约州的米诺瓦小镇建公寓楼,但就在他们继续筹措资金时,一切都顷刻间失败了。她和查克打算给自己的房屋扩建一千五百平方英尺来安置四个子女。但五年后,布伦达在第一段婚姻中生下的两个孩子就搬回了沃伦斯堡,与他们的生父住在一起,因为他们实在难以忍受查克和布伦达的高声争吵。如今,布伦达在旅馆里做客房服务员,同时售卖安利产品。她商业帝国的唯一留存,是一个粉色的按摩浴缸,闪亮的黄铜水龙头钉在二乘以四规格、没有安装取暖设备的胶合板上。如果你在这里住的时间够久,每样东西都会变成一段故事。

西尔维尔和我从一对年轻的耶和华见证人夫妇那里买下了这座宅子,是男方从父母那里继承的。他的父母来自长岛,买下这里作为狩猎营地。这里没有人记得他们,我怀疑西尔维尔和我也不会在这里留下多少印迹。

迪克,我一直不太擅长写日记,但给你写信却很容易。我唯一想要的,就是你应该知道我,或者知道一点我此刻的所思所见。"我的心之月正向外闪耀着光。"镰仓时代的日本女官二条夫人[1]在她的《自语》结尾如此写道。我从来没想到,写作竟然可以成为如此直白的交流,而只有你才是那个完美的倾听者。你是我的沉默搭档,我持续不断地行进,向你倾诉我脑中的真实想法,而你一直仔细地倾听着。只要有你的倾听,我就不需要任何鼓励、赞同或回应。

今天夜里,我读了一本古怪离奇的书,是关于伊莲和威廉·德库宁的故事。这本书描绘了那个认为女性不值一提的年代——"艺术妓女"和少数几个"女艺术家"全都在围着那些大佬[2]转。和《怪女孩与黄昏

---

[1] 后深草院二条,生于1258年,是日本镰仓时代有名的"恶女",著有五卷本日记《自语》,记录了她从十四岁到三十五岁之间,与自己的养父退位天皇后深草院、宫中实权者西园寺实兼、僧侣性助法亲王,还有白鹰司兼平、龟山院等人的情爱经历,以及后来被迫离开皇宫,出家为尼,周游天下的流浪生活。
[2] 原文为 big Dicks。

恋人：一段二十世纪美国女同性恋生活秘史》对比来看，实在太难以理解我们是如何从当时的境况发展到现在的。

我暂时只能写到这里了。

爱你的
克丽丝

* * *

泰德给了克丽丝一个日记本作为圣诞礼物。这本空白日记本的封面是一张爱德华·霍普的画，画的是一位不幸的年轻女子戴着一顶稻草帽，身着单薄的连衣裙，倚靠在一根柱子上。她是在自寻烦恼吗？

圣诞节的早上，克丽丝沿着泥巴大街路过了乔什·贝克的拖车，想着自己是否可以像戴维·拉特雷写纽约东汉普顿那样，向迪克描述这个地方。迪克有可能理解她对瑟曼镇的感觉吗？这与他那种狂野的西部冒险完全不同，因为她在这里生活过，在这里的学校教过书，半个镇子的人她都认识，而不仅仅是浮于表面地过日子。

那天夜里，克丽丝受邀到她的朋友肖娜在新泽西州的家里共度圣诞。她开车沿着公路行进，体会着寒冷给沿途景色带来的模糊变化。入夜，她在起居室一直留到深夜，写下了自己的第一篇日记。当然，不可能是写给自己看的。日记开头写的是：亲爱的迪克。

在穿越美国之旅的某处，她许下了一个诺言（给自己？给迪克？）——不管她喜不喜欢，每天都要给他写封信。与人类付出努力进行的庞大计划相比，这个诺言实在是微不足道。（十几岁时，克丽丝都是靠想着远方贫困农民的勇敢，才得以熬过一次次艰难的牙科治疗。）

肖娜的父亲威廉刚刚与一群贵格派教徒从危地马拉回来。圣诞晚餐后，全家人聚到一起听他录制的酷刑证词的部分段落。这些录音使克丽丝陷入思考。这些证词讲述的虽然是令人震惊的残暴行为，却无一例外清晰易懂，没有丝毫离题——好像每个说话的人都是一个更大个体的一部分。这便是叙述的凝聚力吗？是因为所有说话的人都同属一个印第安乡村部落吗？克丽丝不是酷刑受害者，也不是贫农。她是一位美国艺术家，而且她第一次想到，她唯一必须提供的东西便是她的独特性。通过给迪克写信,她把自己的生活变成了一宗案例研究。

肖娜的丈夫杰克可真是个人渣。威廉正在讲述他与美国人权活动家詹妮弗·哈伯里的短暂会面。哈伯里参加了绝食罢工,还把自己用锁链拴在了危地马拉城的美国大使馆。肖娜和克丽丝听到这些后对哈伯里肃然起敬。"抱歉打断一下,"杰克慢悠悠地说,"要是我说错了你可以纠正,但是那个詹妮弗不是个在哈佛大学念过书的律师吗?"他用那性感的粗粝声音说道,散发着令人恶心的诚意,就像在跟某个受惊吓的女演员说话时那样:"我是说,她的圈子都是有钱人。你不觉得如果那个詹妮弗真的关心自己的丈夫,早就为那位'游击队长'搞到几十万美元了吗?不应该是这么回事吗?她要是真想自己的丈夫被释放,才不会弄出这样吸引公众眼球的一幕……"杰克·伯曼显然在何为"女性美德"方面是个专家。就是闭上嘴巴,遵守"隐私"规定。杰克的五位前妻都是"女性美德"的典范。威廉被这个问题难住了,一时语塞。就这一次,克丽丝也达到了"女性美德"的要求,因为她不想毁了这个圣诞节。

* * *

1994 年 12 月 26 日

克丽丝周一开车前往纽约肯尼迪国际机场,接从巴黎回来的西尔维尔。他们计划从机场前往东汉普顿的另一个(租来的)住处,去处理地下室渗水的问题,取西尔维尔下学期需要用的书,然后一起回到瑟曼镇度过余下的圣诞假期。航班在 7 点 30 分到达,但他们过了很久才从机场出发。因为克丽丝迟到了十分钟,西尔维尔便走到别处去找她,他们俩就花了两个小时在航站楼里绕着圈子寻找彼此。二人在前往河源镇的途中吵了一路。午夜前后,精疲力竭的他们住进了绿港水滨汽车旅馆(淡季价格)。这是离开加州后第一个克丽丝没有给迪克写信的晚上。她和西尔维尔似乎仍然相隔四千英里,这种距离感让她心力交瘁。不过,当西尔维尔脱下衣服后,他们总算找到了二人共同关注的问题。西尔维尔戴着一个贴身腰带钱包,里面塞满了百元美钞。这个腰带钱包是他做过皮货工人的母亲在他离开的前夜缝制的。他们希望 6 月之前能够付清最贵的那笔房屋贷款。两人坐在床上数了数钱——二十五张崭新的百元大钞——他们激动坏了！因为原本以为只会有二十张。

后来，他们做了两次爱。克丽丝在第二天早上写的信里告诉了迪克这件事。西尔维尔一直想帮着她讲述其中的细节，但克丽丝要告诉迪克另外的事情，有关她拜访安和肖娜这两位女性友人的经历。

"迪克，"克丽丝打发西尔维尔出去倒咖啡后写道，"有关房子的事情太耗精力了，我怀疑到底什么时候才能重新体会电影的单调和挫败。我猜快了。只写这么多能算一封信吗？算吧，我也不知道，也许够了——"

也许是她告诉了西尔维尔自己对他感到如何疏远，也许是他自己感觉到了。因为就在第二天，12月28日，一反他以往准确的判断力，西尔维尔找到了一种将自己重新插入故事中的方法。

展品 L　拜访西尔维尔与迪克共同的朋友布鲁斯和贝齐

1994 年 12 月 28 日，周三，午夜 12 点
纽约州，特伦佩尔山
布鲁斯与贝齐的客房

亲爱的迪克：

　　唉，那座房子真是个灾难，花了十二个小时把地窖里的水抽出后，又接着打包—购物—开车，我已经累得没力气给你写信了。我们本打算直接开到瑟曼镇的，但在途中聊到了你，西尔维尔想到了一个主意，也许我们可以在特伦佩尔山停一下，拜访你们的朋友布鲁斯和贝齐。我的意思是，他们俩也是西尔维尔的朋友（虽说他们要是看了这些信，就不再是了。）虽然听上去有些突兀和牵强，但当西尔维尔使用付费电话打给布鲁斯时，他竟然说："没问题！你们一定要在这里过夜！"

第二天早上

现在是 7 点 45 分,西尔维尔出去倒咖啡了,而我则躺在一叠羊毛毯子下面给你写信。实际上,这里真美,从曲面的玻璃落地窗望出去:一棵枫树、一条被冰封的河流、树林和冬日里的山雀。放在二十年前,这里一定是个一起嗑药旅行的好去处。

昨天夜里,西尔维尔费了好大力气才把你带进那最后只剩下喘气声的谈话中。在那之前,这次拜访太中产阶级调调、太没人情味了……聊的都是些陈词滥调,乡下宅子、学术生涯、通勤的优势与劣势等等。就在我们打算去睡觉时,西尔维尔斗胆抛出了问题:布鲁斯和贝齐是怎样看待你的。贝齐想起了你说过一句很有智慧的话:我不相信平庸之恶,但我相信恶之平庸。迪克和汉娜·阿伦特会有什么关系?我真的很想知道,而贝齐和西尔维尔却在思考你搬去加州后所拥抱的平庸。西尔维尔又开始了他惯常的那一套什么美国对欧洲人有一种神秘的控制力——他干吗就不能把话题从他自己转移到你呢?听上去太惺惺作态了。你曾说"我这辈子都一直想要搬到沙漠去住",以及

"这里表面之下的虚无主义令人恐惧"。反正,迪克,你比这些人更让我喜欢。布鲁斯提问却从不听别人回答。贝齐则唠唠叨叨地把所有没人说话的时间给占用了。她长得有点像澳大利亚名模蕾切尔·亨特:虽然瘦却有一对丰胸,屁股扁平,头发多而蓬乱。布鲁斯看过的每本书她都读过,但只有布鲁斯才是那个从事学术研究的人。你觉得这些人有吸引人之处吗,迪克?布鲁斯看上去比西尔维尔还要老,他们两个让我想起了你在东汉普顿附近经常见到的老摇滚乐手与超模的老少配——他俩都有点蠢,而且自恋。我也不清楚我为什么这么不喜欢他们,迪克。但确实如此。我猜自己是失望了?毕竟,西尔维尔和我来这里怀有目的,那个目的就是接近你。

我还没告诉你,上次与克莱尔和戴维共度的那个晚上怎么样。戴维说了一句有关阿诺德·勋伯格[1]最精微、最智慧的话:当形式适得其所时,其中的一切都会成为纯粹的感受,就像无调性音乐一样真实。他们这样完美的主人我只在书里读到过,与他们共进晚餐

---

[1] Arnold Schönberg(1874—1951),奥地利犹太裔作曲家、音乐理论家和画家,20世纪西方音乐的代表人物之一。

如同一种时间艺术。他们极具教养,充满智慧,但又不是那种令人讨厌的聪明,仍然可以激发他人,让人吐露出自己的想法。所以到了饭后咖啡的时间,你感觉自己刚刚好像经历了什么特别的事情。

可是现在该起床了,再最后一次忍受和布鲁斯与贝齐在一起。

爱你的
克丽丝

1994 年 12 月 30 日,周五,上午 10 点
纽约州,瑟曼镇

亲爱的迪克:

西尔维尔带着咪咪去了宠物诊所,只有我一个人。我想告诉你昨天在布鲁斯和贝齐家发生的事情。

情况变得好了些。贝齐和我做了薄饼,而西尔维尔和布鲁斯则在谈论马塞尔·莫斯和埃米尔·涂尔干。贝齐正在学习成为一名博物馆管理员,我们聊了聊她的工作。她已经算得上很专业了,因为她对我的

工作表现得毫无兴趣,从而谨慎地避免自己发表任何评论。然后,我们一起吃了东西,又到河边走了走。在室外,贝齐和布鲁斯似乎放松了些。四只鹿跑过了曳船道。我们快要冻死了。我开始有点喜欢他们俩了。

接下来,我们去看了布鲁斯和贝齐购置的一座十九世纪老宅。这座宅子因为前房主无力支付房款而被收回,所以布鲁斯和贝齐得以在一次拍卖会上购得。他们打趣了那位可怜的前房主,一位五十岁的老处女烟鬼,独居于此,靠"商业写作"过活。没错,我立刻发现了。贝齐基本上把所有东西都打扫了,唯余几箱毫无价值的平装本爱情小说。多奇怪啊。说不定这些书就是那位"商业作家"写的?无论如何,西尔维尔和我欣喜若狂。这些书名难道不是正好描述了我的感觉吗?我们找到了那个迷失的线索。

以下就是我们从布鲁斯和贝齐那里拿来的几本书:

《重获爱情——恋人未满》

《重获爱情——激情之歌》

《重获爱情——难抑之欲》

《婚姻研究》

《交换妻子》

《无法自持》

《其余困扰》

布鲁斯和贝齐看到我们的反应既困惑又想笑,但我认为他们并没有想到是你的缘故。开车回来的路上,我开始阅读《婚姻研究》,在个别句子下面画线标注,在所有能把我和你联系起来的文章旁边写下笔记和注释。这是一种兼具青春期特质(我!)和学术性(你!)的练习……这是我的第一件艺术品,我要把它作为礼物送给你。

后来,当我问西尔维尔,为何我们喜欢你远胜过布鲁斯和贝齐时,他说因为迪克更为敏感。我认为他说得对。布鲁斯和贝齐不值得你信赖。

迪克,这座宅子里的所有工作今天下午就要开始了,所以我得准备去了。但你一直在我心中,你是我前进的动力。

爱你的

克丽丝

***

1994 年 12 月 31 日

在跨年夜，西尔维尔、克丽丝与泰德和他那曾经是摩托帮一员的女友帕姆在贝尔纳多餐馆共进晚餐。克丽丝一直很喜欢也很钦佩帕姆，这源于她的人生故事、兴趣和艺术追求。喝多了之后，帕姆告诉他们她是多么"讨厌"克丽丝的电影。"虽然，"她说，"我还在想着那部电影。"克丽丝想知道自己的外表或是性格中到底有什么让别人觉得可以当面说出这种话，就好像她没有感情似的。那天早些时候，她和戴维就窗户的价钱问题讨价还价，她主动提出，自己在纽约州北部把窗户买好，开车运到他正在布里奇汉普顿翻修的谷仓，当时她感觉糟透了。戴维出价五百美元。好吧，不行——这也太少了——把两天时间耗费在别人的窗户上，还不是因为她缺钱吗？五分钟后，戴维回电话把出价提高了一倍，克丽丝对此目瞪口呆。低买高卖。她想不到这种事会发生在朋友之间。在狂野西部脱衣舞酒吧工作时，她对想摸她乳头的人要价五十美元。她现在的感觉和后来得知布兰蒂一直要价一百美元时的感觉一样。

那天夜里,西尔维尔与克丽丝的性生活进行得并不顺利。他很焦虑、困惑,不知道自己身在何处,不知道自己是谁。从克雷斯特莱恩到巴黎再到现在的瑟曼镇,三周后,他又将回到纽约,等待他的是一个新学期和接下来七年的教学工作。把瑟曼镇看作他们的"家"只是一种暂时的自欺欺人罢了,就如同他与克丽丝生活中的其他一切一样。这座宅子不是弗吉尼亚·伍尔夫的丈夫在英格兰南部的庄园,只是一处木质结构的乡村陋居,让圣诞节前被他们赶走的一家子老赖乡巴佬糟蹋得够呛。现在,他们给房子涂漆、清扫,而三周之后,他又要走了。他们还能相信什么样的生活呢?他们还能负担什么样的生活呢?

新年刚刚来临几个小时,克丽丝给迪克写了信:

> 我不知道我在哪里,唯一的现实就是搬来搬去。很快,我又要面对这部电影昂贵又不讨人喜欢的现实了。事实上,我连工作都没有。你搬到了加州,是因为欧洲尤其让人感觉到幽闭恐惧。你把生活中的垃圾清空了……你能够

明白这种自由坠落吗?保罗·维希留说得没错——速度与瞬间否定了自身,成为了惰性。

你被缩小了,装在了一个玻璃罐中,你是一个可以随身携带的圣人。认识你就像认识了耶稣。我们这样的人有几十亿之众,但你只有一个,所以说我对你本人没有太多期待。你不会在生活中回应我。但是我却被你触动,因信仰而感到满足。

爱你的
克丽丝

* * *

周日新年这天,又是一个悲伤忧郁的日子。灰黑色的雾霾笼罩了整个下午,直到 4 点 30 分左右,黑暗才悄悄将其取代。西尔维尔和克丽丝中午之前一直待在床上聊天、喝咖啡,最后总算爬起来开车出行。一群乌鸦栖息于河滨道农场边几棵光秃秃的树上。这里的乡村看上去惨淡萧条。这一次,克丽丝理解了伊迪斯·华顿的小说《伊桑·弗罗姆》中的那个世界。所有那些"迷人的"旧时代式的寒酸让她倍感苍凉。克丽丝开车驶过小木屋、树桩和农舍，感受到了一种生活造成的幽闭感。五十年前生活于此的人们已经对这种感觉习以为常，他们几个人挤住在一个房间里，害怕寒冷，挨饿，担心他们之中有人会患上什么传染性的不治之症；他们连纽约州的首府奥尔巴尼都没去过，更别说纽约或蒙特利尔了。车内正在播放一盘难以置信弦乐团的录音带，唱的是一首名为《约伯的泪水》的传统民谣，歌词有关冬季、死亡和天堂。

在甜蜜的告别中，我们会更加理解
在黄金国度的土地上
你无须担忧，你无须哭泣

你还不明白为什么这里的人都向往着死亡吗？一位在学校当教师的朋友曾经告诉克丽丝，为何这里房屋上的雕饰——都是星星和新月——会仿照共济会符号的样式。显然，这里的人感觉自己需要某种庇护。而难以置信弦乐团那四位迷人的嬉皮士在二十来岁的时候是怎样捕捉到隐藏在乡下民间宗教背后的绝望的呢？可能他们只是觉得这些歌好听而已。

克丽丝考虑利用自己去艺术中心访问工作室的机会，公开谈论迪克，让那里的所有学生全写信给他。"你的人生会因此改变！"她会写一篇名为《我爱迪克》的疯狂宣言，并将其发表在西尔维尔的学院杂志上。她的整个艺术生涯不是早就变得这么不专业了吗？

西尔维尔和克丽丝走了几步路来到了法罗湖。他们感觉有些冷，就回家了。喝了热茶，做了爱，打了盹儿。然后，他们起床开始完成整理行李的漫长工作。

接下来的一周内，他们和泰德、帕姆一起住在宅子里，安装新买的旧窗户、铺设樱桃木地板、拆除隔板墙。

展品 M　乡村生活场景

1995 年 1 月 5 日，周四，晚上 10 点 45 分
纽约州，瑟曼镇

亲爱的迪克：

　　今天晚上，我们前往瑟曼镇法院以原告的身份起诉前任房客欧玛利一家，夹在一群老赖和酒驾司机中间。这件事应该可以让你对我们居住环境有点儿概念了吧。我们无法想象换作你会怎样。事实上，我们连自己要怎么做都无法想象。当一切以我们胜诉结束时，我俩都表示我们根本不在意物质财产。我们只是对自己的生活一直被所有人干扰而感到恶心，这些因不付房租而被我们起诉的愚蠢乡巴佬，竟然也和那些终将比我们过得好的人一样给我们添堵。天啊，迪克，我真希望你能够在这里，把我们从乡村生活里拯救出去。

　　　　　　　　　　　　签名：夏尔与艾玛·包法利

* * *

第二天，1月6日，是周五，（顿悟的）克丽丝开车去科林斯替换药箱里碎掉的玻璃瓶。她完全适应了纽约州乡间1月份的气候……耀眼的冰雪因寒冷变得硬脆，被碾过时发出咔嚓咔嚓的响声。靠科林斯本地政府救济金维持生计的人、曾经的精神病人和半自由职业者构成的大军在镇子上游荡着，在接下来四个月的冬日中继续熬下去。下午时，天上的云朵变成了粉色，让克丽丝心生喜爱。她感觉到了季节的变化，细微的转变让1月不同于12月。约瑟夫·克苏斯的生日聚会将要在差不多两周后的周六举行，克丽丝对此颇为期待，但有点儿担心会撞见前男友马歇尔·布朗斯基。"这是我今年在纽约的第一个聚会，但我才不关心呢，"她对迪克倾诉道，"只要有你在，我对未来就充满了憧憬。"这说明她很开心吗？

西尔维尔和克丽丝笨手笨脚地在房子维修现场给泰德和帕姆"帮忙"，可他们大呼小叫的交流方式差点儿让泰德和帕姆这两位非犹太人以为被敌视了。玛杰娅，他们转租出去的那间纽约公寓的租客，打来电话说决定不再续租了。

他们二人都认为迪克会离开镇上去度假,所以开始计划着下一步的行动。一天下午,西尔维尔给在洛杉矶的朋友马文·迪特里克松打电话,想打探下迪克的反应。是的,圣诞假期前马文在学校大厅碰到了迪克,两人还说了话。"我听说你见过西尔维尔和克丽丝了——怎么样?""我不知道,"马文想起迪克如此答道,"当时场面有点奇怪。"

场面有点奇怪。克丽丝听到这句时,感觉自己的胃口骤缩,呕吐了出来。难道在他看来就是这样?"场面有点奇怪"?有什么途径能够跨越西尔维尔与马文的过滤直接问迪克吗?

克隆氏症是一种遗传性的慢性小肠炎症。与其他所有慢性的小病一样,它的诱因可以是生理上的、精神上的或是环境方面的。对于克丽丝而言,则是一种绝望,与沮丧、抑郁有很大不同。绝望如同被逼到一个角落里,只能一动不动。绝望来临时,小肠会收缩、膨胀,形成梗阻导致呕吐。同时,梗阻还会带来剧烈的腹痛,她只能驯顺地躺在那里,任由高烧和脱水接连对她发起攻击。那种感觉就像是过山车:一旦疼痛到达某个顶点，她就开始不受控制地向下跌落。这时，必须要把她送至医院进行药物镇定和静脉注射治疗。

在对付克隆氏症方面，西尔维尔俨然是个专家了。唯一能够使过山车停下来的方法，就是让克丽丝镇静下来，让她睡着。几杯混有麻醉剂的茶、几只毛茸茸的狗和几段故事。

那天下午，西尔维尔给克丽丝买来一支笔和一个便签本。"给你，"他说，"咱们给迪克写信吧。"这反倒让她病得更严重了。于是，他轻抚着她的头发，倒了杯茶，讲了一段故事，有关他们深爱的那只名叫莉莉、一年前死于癌症的狗。西尔维尔的故事有种难以言明的无尽悲伤，两人都流下了泪水。

克丽丝睡着了，西尔维尔退回"自己"的房间，也就是主卧。从纽约长岛来到这里之后，两人十年来第一次在不同的房间睡觉。"一个非常民主的安排。"西尔维尔愠怒地评论道。克丽丝说什么最好能单独……和迪克分享她的想法之类的话？虽然克丽丝住在了带有坡式屋顶和小窗户的西北房间，西尔维尔住在了俯瞰池塘的东卧房，仍然有四间房是空着的。一间房给未来收养的孤儿,一间给驯马师或管理员,一间给保姆……但所有这些角色都还没出现,还没来一起分担这浮华空洞的幻想。

十二三年前,最初诱俘他的是克丽丝的病。倒不是因为那些生理上的特征,比如晦暗的头发、不知来由的瘀青、腿上蓝色的印记等。他对此很反感。"通常,和我一同出门的女孩都穿得更为讲究,长得也更好看。"巴塔耶讲到与西蒙娜·薇依的初次见面时如是说。的确,与西尔维尔其他的女友相比,克丽丝的身体并不能带来任何快感。她既非金发华贵,也非黑发性感,而是瘦削、神经质、骨瘦如柴。虽然克丽丝很聪明,甚至举止修养非同寻常,但西尔维尔认识的聪明男人太多了。那时候,好像全纽约的女孩都任由他挑选。他们刚刚认识的那一年,西尔维尔一直与克丽丝保持着距离,很少邀她出去过夜。他喜欢的,是午休性爱后进行某种脱离肉体的哲学讨论……这种安排正好可以把她赶出门。

直到那年夏天,戴维·拉特雷打电话给他,说克丽丝住进了明尼阿波利斯的一家医院,西尔维尔此时才意识到克丽丝的病可能与自己有关:接受她也许可以救她一命。接下来的事就众所周知了，或者说克丽丝至少做对了一件事：虽然在穆德俱乐部[1]，西尔维尔作为专研变态性行为的哲学家而闻名，但在这个面具背后，他则是一位不为人知的人道主义者。在他的生活中，负罪感与责任远比SM更重要。

而现在，克丽丝深陷迷恋之中，她的肉体变得越来越充实丰满，愈加性感。她现在是那么羸弱，那么触手可及。克丽丝身着带有花朵装饰的缎子睡袍，蜷缩在床上，透过褶饰窗帘凝视着雪路对面贝克家的车库和垃圾场。她就像是弗吉尼亚·伍尔夫在《阿弗小传》中所写的失去了西班牙猎狗的伊丽莎白·巴雷特·布朗宁。三十年前，西尔维尔曾经与薇塔·萨克维尔－韦斯特谈论过伍尔夫的这部作品。

傍晚降临，克丽丝下床来到西尔维尔的房间。"有你在，我不会病倒的。"然后，她泡了个澡，西尔维尔像以前经常做的那样坐在浴缸旁边。他坐在那里，看着她的身体若隐若现地与热水融为一体，一只手肘被抬起，乳头刺出水面，浓密的阴毛构成了一张

---

[1] 位于纽约的一家夜总会，于1978—1983年营业，是地下音乐和反文化运动的重要场所之一。

厚实的网。室外成堆的积雪映衬着室内她苍白的身体。当她伸手去够毛巾时，她躯体的白色曲线与窗外远山上的雪线完美噬合。冒着蒸汽的热水漫过了浴缸，同时窗外的风掀起了积雪，好似一团白色的云朵。此刻，仿佛冷热没有了区别，内外没有了分隔。

接着，他们躺倒在西尔维尔房间的床垫上，开始做爱。这一次，一切都是如此真实，可以自然而然地感受到不断袭来的温柔与欲望。结束之后，他们休息片刻，再一次开始做爱，其间二人一言不发。

展品 N　西尔维尔感谢迪克让他重获性生活

1995 年 1 月 12 日,周四
纽约州,瑟曼镇

亲爱的迪克:

我是夏尔·包法利。艾玛和我已经一起生活了差不多九年。每个人都明白这意味着什么。激情化为了温存,而温存也越来越微弱。性欲被瓦解为温馨的亲密关系。我们可以几个月没有性爱,而就算我们偶尔做次爱,也都非常短促,半途而终。是因为欲望已经离我而去了吗?还是说,伴随着亲密而来的是一种感情的脆弱?我也不知道。总之,结果就是往昔"坚挺"的光荣岁月一去不返了。

艾玛经常建议我找个性治疗师看看。你能看出她因为提出这个建议有些得意:等一个白人老头子最本能的爱好渐渐崩塌,就把他送去修理店。

几年来,艾玛一直热衷于将我的性欲(当年可是闻名纽约的)变得不再那么福柯,将其控制成一种更为克制和服从的东西,类似于没有勃起的那团软肉。而我与她意见一致。艾玛和我开始挑战主宰了几个世纪的男性至上与阳具崇拜。我躺在那里,比女人还要被动,等待着艾玛用她坚挺的欲望来征服我。但很快,她变得欲求不满起来。我并没有性唤起。(我从来不觉得她的求爱有多少诚意。)因此,我一度光辉的勃起开始慢慢地消退了。

性生活变得短暂,摇摇欲坠。艾玛起先对我的计划感到很兴奋,但渐渐地也开始对我微弱的性冲动失去了耐心。我们很少有性生活,假装这并不是个问题。我们的友谊得以巩固,我们的爱情也得到了加强,而性则升华成一种颇具价值的社交努力:艺术、事业、财富。不过,一对不上床的夫妻哪里算得上是夫妻,这种令人苦恼的想法偶尔也会袭上我们的心头。就在这时,迪克,我们本来已经说服自己没有性会让生活变得更加美好,但你如同一位仁慈的天使进入了我们的生活。

艾玛刚开始迷上你时,简直是对我残存自尊(多亏了你让我愿意承认,自尊确实存在而且事关紧要。没有自尊怎么能算是美国人呢?)的严重打击。我们的性生活又变得充满活力，起因却是一项全新的色情行为：给你写信，迪克。每一封信不都是一封情书吗？迪克，自从我开始给你写信，我写的都是情书啊。而我之前并不知道的是，这些情书其实是我写给爱情的信，其实是我在腼腆地重新唤醒在相当压抑的情感下休眠的力量。

说来话长啊，迪克，你可是唯一一个我可以倾诉的人。艾玛对你的爱恋是对我性欲的最后一击。我一直明白，无论我们如何无视性生活，总有一天它还会像一条蛇再次探出那丑陋的脑袋。从某种意义上说，你就是那条蛇，迪克。我的朋友，那曾是一段白板期：没有欲望，没有未来，没有性。但矛盾的是，这次挫败开启了一系列新的可能——艾玛长期以来对性爱都没有什么兴趣，而现在却一直对你那东西充满幻想，迪克，她触发了一种获得新生的可能。既然世上有这么多迪克（Dicks），我们或许也会找到属于自己的那根迪克（dick）。

这可不仅仅是一种性治疗。我信任你，但并不是作为一个垂头丧气的忏悔者准备接受无耻罪人的罪名。不是，复兴来临了，是否与你有关还值得商榷。

艾玛渴求的那个身在别处的人，却让我重燃起了激情。这到底是如何发生的，只能用奇迹解释。性欲之灵，就像是一个小小的罗马神祇，在大约一周前突然现身了，触碰我身体的每一处角落，唤醒它们神圣的快感。如同一帘纱幕被拉起，人类可能性的一块崭新领域显露了出来。

我可以向你保证，迪克，促使我发生这种转变的，绝不只是和你那种神话般的性力量一较高下的企图。你可以称之为自欺欺人，你也可以对让我们受益的疗愈效果感到自豪。不过，迪克，你一定会因此与我们产生某种接触，虽然你一直在谨慎地设法避免。所以，别太急着把这种奇迹般的性力量归因于自己这位"爱情基督"。平心而论，你是艾玛与我从无到有创造出来的，或者说基于少得可怜的现实。所有一切都是你欠我们的。当你在日常中不知所措地挣扎时，我们已经将你塑造成了一个真正强大的情欲整全性的象征。

我把这封信献给你，迪克。

致以我全部的爱
夏尔

* * *

但是对艾玛来说，与夏尔的性爱无法代替迪克。西尔维尔还在忙着整理他的书稿和箱子，克丽丝却陷入了一种只能持续一周左右的谵妄。下周一，她会同意把窗户运到东汉普顿；她和西尔维尔会再从那里飞回洛杉矶，因为西尔维尔还要去艺术中心的工作室参访。接着，西尔维尔在纽约的工作也要开始了，他们俩会在曼哈顿的东村一直住到5月。

克丽丝读了各种无脑爱情小说，写日记，在西尔维尔珍藏的海德格尔著作《技术的追问》里写下有关自己对迪克爱情的潦草注解。这部著作是德国法西斯主义思想根源的证据，而克丽丝则称之为《迪克的技术》。

时间不多了。克丽丝需要回应，所以就像包法利夫人在永维镇时那样从宗教中找到了慰藉。爱上迪克帮她明白了耶稣与圣徒之间的区别。"你爱上圣徒，是因为他们的所为，"她给迪克写道，"他们是一群创立了自己的人，因勤勉刻苦而获得了某种恩典。比如住在瑟曼镇伯恩山的伐木工乔治·莫舍尔，就是个圣徒般的人。但耶稣却像个小女生。他不用做任何事。你爱他只因为他长得美。"

1月13日,周五,克丽丝的朋友卡罗尔·欧文和吉姆·弗莱切开车来瑟曼镇看他们。二人一直待到深夜,大声朗读着保罗·布莱克本翻译的游吟诗人诗作。朗读埃默里克·德勃勒努阿的作品时,四周始终飘荡着吉姆那深沉的中西部鼻音:

> 当我将她优雅的身体置于心里
> 其中柔软的思绪是那么让我欢喜,让我
> 痛苦,我切望着喜悦——

听到这里,他们想到爱情就像死亡,犹如罗恩·帕吉特曾经称死亡就是"人进入了自己的内心之时"。而作为专家的西尔维尔则对他们的看法持保留态度,觉得他们诚挚的谈话太过幼稚空洞。这时,安打来电话,读了她正在写的新书中的一段。真是个完美的夜晚。

***

1995 年 1 月 19 日

西尔维尔和克丽丝周三夜里住进了加州帕萨迪纳的君豪酒店汽车旅馆。周四下午,西尔维尔给迪克打了个电话,他本以为又会转到自动答录机上,却出乎意料地被迪克接听了。他的两位来自纽约的朋友——米克和蕾切尔·陶西格夫妇正在加州访问。问西尔维尔和克丽丝愿意周日来迪克家共进晚餐吗。

"顺便说一句,西尔维尔,"迪克在挂断前说,"克丽丝那天发的传真我并没有收到。因为和圣诞邮件混在了一起,所以我是两周后才读到那封传真的。"

"啊——就算小小的圣诞礼物吧。"西尔维尔笑道。

"呃,已经过去有一段时间了,"迪克回答说,"我猜这事也差不多过去了吧。"

"对对对,当然。"西尔维尔不安地说。

***

1月22日，周日，西尔维尔和克丽丝开着他们租来的车去往羚羊谷。克丽丝带着信件的打印稿——整整九十页，单倍行距。西尔维尔觉得克丽丝一定是疯到一定程度了，竟然要把这些信给迪克。但是迪克在门口拥抱她的方式，那种超越社交礼节的碰触，甚至带有性的意味，让克丽丝都不会走路了。那时的迹象已经够明显了。

和迪克、米克、蕾切尔——两个盖蒂艺术中心策展人，一个艺术评论人——还有西尔维尔的晚饭也很煎熬。晚餐有一种反文化式的随意氛围。作为当晚除克丽丝外唯一的女性，蕾切尔泰然自若，光彩夺目。坐在她身旁，克丽丝感觉自己像只蟑螂。迪克紧挨着克丽丝，坐在蕾切尔对面。也许迪克注意到了克丽丝一直沉默不语，连食物都没碰一下。总之，他带着浅笑转向克丽丝，问道："那个……项目进行得如何？"蕾切尔微笑着，专注地听着。克丽丝放弃了给自己的回答找个合适音高的企图："实际上，已经有了变化。这个项目变成了一本书信体小说，真的。"蕾切尔接过话："哎哟，那也太资产阶级调调了。""嗯？""哈贝马斯不是说过，书信体标志着资产阶级小说的出现吗?"克丽丝的思绪突然闪回到在蒙特利尔的一次会议期间,她、西尔维尔、安德鲁·罗斯和康斯坦丝·彭利。她出色地纠正了克丽丝对亨利·詹姆斯拙劣的赞美,每句话都有事实或理论依据。这个女人竟然在早上 8 点 30 分就这么能言善辩!但话说回来,她心中疑惑道:蕾切尔,这句话不是卢卡奇先说的吗?

反正到午夜时,那两位客人已经离开了。克丽丝和西尔维尔留下来喝今晚的最后一杯酒。似乎西尔维尔和迪克永远都讲不完新媒体技术的话题。克丽丝摸到自己的手提包。"这个,"她说,"我一直在说的是这个。"

好了。迪克惊得嘴巴大张,而西尔维尔今晚也第一次哑口无言。但迪克是个大度善良的人。他接过那九十页的信件。"克丽丝,"他说,"我保证我会读完的。"

* * *

1995 年 1 月 26 日

回到了冬日里的纽约,西尔维尔和克丽丝最后一次开车前往瑟曼镇。他们要在周六那天及时把宅子关门锁好，开车南下回到纽约参加约瑟夫·克苏斯的生日聚会。

1月29日，周日一早，他们带着余醉未醒的眩晕感醒来，很开心能回到纽约。约瑟夫的聚会很完美，参加的都是好友，规模庞大。西尔维尔在穆德俱乐部时的老友也有不少到场。他们慢条斯理地从床上起来，在拉特纳犹太餐厅吃了早午餐后去往下东区。西尔维尔要和纽约现代艺术博物馆的几位理事第一次共进晚餐，讨论有关阿尔托作品编目的事宜。所以，他当然要穿得正式些。

西尔维尔在果园街的服装店花几百美元买了意大利缝制的衣物，店主是个很有见识也很不寻常的人。他住在布鲁克林的皇冠高地，研究卡巴拉犹太神秘哲学。他与西尔维尔就十七世纪的犹太神秘主义、雅各布·弗朗克和列维纳斯交换看法时，顾客从他们身边进进出出。

傍晚时，他们离开了果园街。天气温和，阳光明媚。二人拎着购物袋，穿过最近实施过宵禁的汤普金斯广场公园，这里刚刚完成了景观美化。突然，克丽丝想到自己在这里竟然成了个陌生人，而东村还是她曾经住过的地方。昨夜在约瑟夫的聚会客人名单上没有克丽丝的名字，不过也没错，20世纪70年代纽约各种迷人的场景中从来都没有她的身影。但是她在这里还有过朋友……这些朋友大部分要么已经去世，要么已经放弃成为艺术家，消失在了各自的生活与工作中。她在遇到西尔维尔之前，一直是个奇怪又孤单的女孩，可现在她不再是了。

"谁是克丽丝·克劳斯？"她尖叫，"她什么都不是！她是西尔维尔·洛特兰热的妻子！她只是他的'附加品'！"无论她制作过多少电影，编辑过多少书籍，只要她和西尔维尔在一起，她就一直被一切有点名望的人视为无名小卒。"这不能怪我！"西尔维尔喊了回去。

但是克丽丝一直记得，每当她与西尔维尔一同工作，她的名字就会被省略，而西尔维尔一直含糊其词，不太情愿去冒犯任何付钱的人。她还记得那几次堕胎，记得每次假期她都会被要求离开住所，以便给西尔维尔和他女儿独处的时间。十年来，她已经把自己抹除得一干二净。无论西尔维尔多么一往情深，但他从来没有爱过克丽丝。

（他们第一次在西尔维尔的 loft 公寓过夜时，克丽丝问他有没有思考过历史。那时，克丽丝将历史看作类似纽约公共图书馆那样可以见到已故朋友的场所。"一直都在想。"西尔维尔回答道，脑子里想到了纳粹大屠杀。就在那时，克丽丝爱上了他。）

"没有什么是不可更改的。"西尔维尔说。"不，"克丽丝叫喊道，"你错了！"这时，她已经哭了："历史不是辩证的，而是本质的！有些东西从来都没有走远！"

第二天，1月30日，周一，她离他而去。

第二部分 每一封信都是一封情书

每一封信都是一封情书

爱情引领我至此

使我低微地活着

因为我即将死于欲望

再也无法为自己感到难过

而且——

——十四世纪普罗旺斯诗歌,作者不详

1995年2月1日,周三

纽约州,瑟曼镇

亲爱的迪克:

我是在纽约州北部的瑟曼镇乡下给你写这封信

的。昨天，我一路开车来这里，中途只在卡茨基尔的斯图尔特商店加了一次油。泰德搬回了帕姆在沃伦斯堡的家。这座宅子现在空荡荡的，我还是第一次独自一人住在这里。尽管如此，有意思的是，我并没有感到寂寞。也许是有吉登太太的鬼魂陪着我吧。也可能是因为我购买木材、修理房子和在学校工作，整个瑟曼镇的人没有我不认识的。《阿迪朗达克时报》报道的都是些本地新闻，像什么伊维·考克斯去格伦斯福尔斯看足科医生这种。然而，这个乡下小镇却可以让一位来自纽约的中年女性独自在房子周围上蹿下跳，比伍德斯托克或东汉普顿更加包容。这里是一个流亡者的社区。没有人问我任何问题，因为不存在能将答案放入其中的参照系。

几天以来，我一直想要告诉你上周在纽约看到的一个装置艺术作品，名叫《米内塔巷，一则鬼故事》。作者埃莉诺·安廷是一位我不太了解的艺术家/电影制作人。那个作品简直是一种纯粹的魔法。我在里面坐了一个钟头，感觉可以待上一整天。它位于梅塞街的罗纳德·费德曼美术馆。你要从一段逼仄狭窄的走廊进入，美术馆的白色石膏墙面突然变成了斑驳的灰浆、腐烂的木条和木板、几捆铁丝网,以及其他战前那种经济公寓的废墟残片。如果你幸运地在20世纪50年代的纽约城里住过的话,就知道当时人们还居住在这种房子里。你磕磕绊绊地走过这些,很像参加聚会或拜访朋友时磕磕绊绊爬楼梯的样子。当你经过最后一个拐角,会来到一个类似门厅的地方,有一堵半圆形的墙,一边装有两扇大窗户,另一边只装了一扇窗,但比对面的窗略高些。

两扇窗户前放着一把木质椅子,你别扭地坐在椅子上,不想让脚碰到灰浆粉(我记不清椅子旁边的灰浆粉是不是真的了)。三个窗口里同时播放着三部影片,是投映在窗户的玻璃上的。刚才那段走廊引领你至此,如同参加了一场降灵会,把你变成了一个偷窥者。

透过最左边的窗户,可以看到一位中年女性正在一张巨大的画布上作画。她背对着我们,我们只能看到她那皱巴巴的衬衫、遍布皱纹的身体和卷曲凌乱的头发。她画着,观察着,思考着,抽着一支香烟,弯下腰从地板上零落的占边威士忌中拿起一瓶喝上几口。这个场景很平常。(但就是这种表面的平常,使其具有了一种颠覆性的乌托邦感:你能从20世纪50

年代的老照片里看到几个不知姓名的女性作画到深夜并拥有着自己的生活呢？）这种平常感突然释放出一股历史怀旧的洪流，一种对我不了解的往昔岁月的暖意和亲近——我几年前在圣马可教堂的一次摄影展中也体会过与之相同的怀旧感。那次展览上大概有一百幅照片，是由影像／口述历史项目征集来的，内容都是下东区这边的艺术家在居所内生活、喝酒、工作的场景，时间跨度是1948年到1972年。这些照片被细致地标注了入镜艺术家的姓名和工作领域，但其中百分之九十八的名字我连听都没听过。安廷的那件装置艺术也一样，这些照片发掘出了那个未被文字记录下的时刻——多亏了《退伍军人权利法案》提供的津贴，中下阶层的美国人在美国历史上第一次有机会过上艺术家的生活，有闲暇时间来打发。安廷回忆道："因为《退伍军人权利法案》，就有了足够的钱在低租金的地区生活和工作……租个工作室很便宜，颜料和画布、酒和香烟也不贵。整个纽约东村的年轻人都在写作、绘画、接受精神分析和反布尔乔亚。"他们现在在哪儿？影像／口述历史项目的这个展览把东村的大街小巷变成了一个部落。我突然有了一种共情性的好奇，想要了解那些籍籍无名者的生活、那些也在这里待过的艺术家未曾被记录过的欲望和野心。艺术工作者与明星艺术家的比例是多少呢？一百比一，还是一千比一？第一个窗户里呈现的是一种萨满教式的艺术，把上百种迥然不同的思想和联系（展览中的照片、生活和艺术家中也有女性这一事实）聚合成了一个单一的形象。一个衣服皱巴巴的女人作画，抽烟。你不觉得一个"神圣空间"之所以神圣，就是因为它提炼出了共同性吗？

同时，这扇窗户还有一种非凡的魔法：可以将其余两扇窗户描绘的完全不同的状态同自己联系起来。几分钟之后，一个身穿天鹅绒连衣裙、戴着巨大蝴蝶结的小女孩走进了窗框中，就是女画家那个"房间"。她是画家的女儿吗？还是她朋友的女儿？但立刻就能看出，与她的母亲/看护人/年长的朋友相比，这个小女孩活在一个全然不同的、不断变化的感性世界中。那块画布对她而言没有什么特别的吸引力，虽然她也不是刻意要不感兴趣。小女孩看着画布，然后便走开去看窗外（我们？）的什么。不过，后来窗外的景色也让她厌倦了。（她精力好充沛！）于是她开始跳上跳下。直到这时,画家才刚刚意识到这个小女孩的存在。她放下手中的画笔,自己也加入到了女孩的游戏中。女人和女孩一起跳上跳下。游戏时刻也很快过去,女人又重新投入到她的画作中。

(这个装置艺术在结构主义巫术的基础上,融合了不同密度的细节和消逝的时光。而唯一赋予这些场景意义的,则是穿越他人生活的历史与时间……)

画家右边第二扇窗户里,一对年轻男女在经济公寓厨房内的浴缸里玩乐。女孩大概只有十六岁,金发白肤,大笑着将水泼到她的男伴身上。男伴是个二十来岁的高大黑人。他们二人在浴缸里缠抱扭动着,在湿滑的相拥中手臂交缠。看不出到底是谁住在这里。(也许他们都住在这儿,抑或这间公寓是他们借来的?)在某一时刻,刚刚在画家那里出现的小女孩也出现在了这扇窗中,她大口吃着三明治,来到窗台上坐下,边吃边看着下面浴缸里的两个人。

小女孩的进入给我们的窥探行为带来一种奇怪的变形:我们看着她注视着浴缸里的人。不过当然,这不是什么实时色情片。其中也毫无情节可言。这些人是谁,他们来自何方,并不是我们想要窥探他们的原因。不管有没有被揭露出来,但这恰恰暗示了一个事实。我们是局外人,在把目光移到另一扇窗户前,要选择观看多少这种介于尴尬和电影式生活点滴之间的内容。那对年轻男女无视我们的窥探,继续自己的欢愉。他们比我们更加强有力地存在着。

过了片刻,小女孩离开了。年轻女人也从浴缸里出来,走出了视野。她再次回来时,身穿着大号的羊毛裙和棉质吊带内衣。她套上一件白色的罩衫(是天主教学校制服还是标准的波西米亚风嬉皮穿着?总之,这个场景所体现的亲密感是如此不经意,并毫不越轨),同时她的男伴也抓了一条毛巾从浴缸里爬了出来。

在第三扇窗中,你得转过头或移动下椅子才能看见一位欧洲老人,不发一语,目不转睛地盯着放在他前方地面上的一个装饰精巧的空鸟笼。虽然住的也是这种战前的经济公寓,但他的房间装修得很华丽。他身后的墙是深绿色的。显然,他已经在这里住了许多年了。鸟笼上方是一盏水晶吊灯,一束暖光照射到他的脸上,留下斑驳的光影。这一场景超越了时间,浓缩了时代,是一个脱离了爱憎或其他情感的存在。我们并不知道那人正注视或假装注视着什么，但我们能看到他所注视之物在脸上留下的阴影。所有窗户中最令人难以抗拒却又难以描述的就是这扇了。从窗外往里看，我们看到了一个人完全被某种我们无法看到的东西吸引了：一只失踪的鸟、一个陌生人的过往和衰老的奥秘。

后来（也许就是2号窗中的情色气氛达到高潮和小女孩来到画家房间的同时），一个女人的脸出现在了老人专注凝视的鸟笼上方。她有一头珍·哈露式的金发，在吊灯的照射下颇有20世纪30年代的风韵。这个女人像是个天使，或是来自上天的馈赠，而老人似乎对她没有任何反应。她一直都在房间里吗？老人的表情是一种麻木，还是一种满足？他只是一直盯着鸟笼看。

"城市面貌比人心变得更快。"埃莉诺·安廷援引波德莱尔的话说道。这件装置艺术品是一个魔法般的康奈尔盒子[1]，一部小型史诗：所有的年龄、模式下的

---

[1] 指美国超现实艺术家约瑟夫·康奈尔（Joseph Cornell, 1903—1972）的"盒子系列"装置作品。他将一些不起眼的边角余料和短暂易碎的物品，通过一种神秘的方式组合在一个精巧的小手工盒子中，以表现超现实主义的核心主题。

生活,平等地共存于逝去时光的锁眼之中。这件装置艺术作品令人不安,令人入迷。

* * *

迪克,现在是夜里 10 点 30 分。今天早上向你描述完第一扇窗户后,我就中断了正在写的这封信。可现在,我疲惫得难以继续写下去。今天下午,我出门散步,感觉愉快而又清醒。"多么晴朗的日子啊。"我想道,记起了一个曾经的电影拍摄计划,有关旧金山诗人卢·韦尔奇自杀的电影。他也是一位《退伍军人权利法案》的受益者。20 世纪 70 年代中期的一个冬日里,他走进了内华达山区,之后再也没人见过他……纽约州北部的冬日景色与这个事件简直太相配了。我甚至已经在考虑使用何种类型的摄影机,使用什么胶片,从哪里弄到胶片和三脚架,要不要加入另一条故事线,演员的人选……这时,我走到了伐木道的尽头。

但我并没有停下来,一边思考着我为何最喜欢冬季,一边沿着一条小径踩着冰层前进。直到穿过一处滑梯游乐设施,我才意识到迷路了。地面被冻得硬邦邦的,几乎没有积雪,所以不可能依靠脚印走回去。我翻过一道旧的铁丝围栏,接着向我认为的南边行进,穿过一条小溪,来到一片空地,我以为这里离主街已经不远了。但事实并非如此,树木越来越多,高低不同的树木生长在这片过去一百五十年间几经砍伐和蹂躏的土地上。鹿的脚印被荆棘丛吞没了,我发现自己正在毫无目的地兜圈子。

上坡又下坡,我看到了一只松鸡从树干下方昂首走过。这一场景美得让我喘不过气,过了好一会儿才想起自己已经迷路了。我往回走,找到了那道围栏。当时是下午 3 点左右,天气多云但并不算太冷。我花了将近半个钟头回到围栏,所以那时差不多是 3 点 30 分。我不知道这道围栏的尽头在哪里,可也许我应该沿着它走下去吧?但好像不应该。我再次尝试寻找回去的路,但一切看上去都是那样陌生。树林,树林,树林,还有冰冻的地面。我看不到走出去的路,也看不到任何动物的标记,反正即使有,我也看不懂。于是,我小心地循着来时的路回到了铁丝围栏边。我四处搜索着,感觉自己的眼球快要飞出眼眶了。到此刻为止，我已经在零散的残雪上留下了太过纷乱的鞋印，也分辨不出到底跟着哪些走才能回到家。

我从树林往外看，感觉孤单又惊慌。什么事情都可能发生。再过九十分钟，天就要完全黑了。如果我到时候还没有发现回去的路，会怎么样呢？我想起了有人在冬季的树林里迷路的故事，意识到自己对此不够重视。一个接近零下十度的无风冬夜，冻死几成定局？在荆棘丛里休息下还是继续走路呢？

恰好在这时，我听到远处传来电锯的声音，方向大概在树林北面。我应该循声而去吗？树林很茂密，声音被树木阻隔得时有时无。我应该找到来时遇到的那条小溪，指望沿着它走到我屋后的河床吗？但是去年的木材外运时在地面上留下了很多车辙，根本不可能分辨出哪里是河床，哪里是结冰的溪流。那么围栏呢？我不知道这道围栏有多长，通向哪里，但邻居说过这道围栏划分出的是北方乡间猎犬俱乐部拥有的财产，大概有几百英亩没人要的土地。

三年前，我的朋友伐木工乔治·莫舍尔和一个纽约州环保部的人在我的房子后聊了一些傻瓜在林子里迷路绕圈子的故事。（但就我的回忆，那些故事可不是在冬天发生的。）八十岁的乔治在这里住了一辈子，他说：要想找到走出树林的路，只要看铁杉树的顶端就行，因为铁杉的树顶指的是北方。可是我无法区分铁杉和香胶木，我也不知道镇上的大街在哪个方向。反正树林里长满了顶端指着四面八方的树，哪面是北？哪面是东？哪面是南？

我忽然想到，所剩无几的日光只够做出一个选择。如果我选错了，天黑之后我还是走不出去，那么西尔维尔从纽约打来电话发现我不在时会报警吗？希望渺茫，因为西尔维尔说他坚决支持我的独立举动，支持我开始新的生活。所以如果直到午夜甚至明天早上都没有人想起我，该怎么办呢？我戴了一条羊毛围巾，穿了长款黑色外套和树脂手套，但没有火柴，也没穿保暖袜。入夜后到明早8点前，我能靠一直原地跑来保暖吗？

我还是选择了围栏：沿着围栏往左边走。因为我知道猎犬俱乐部的领地向右沿着兰菲尔路一直延伸到几英里外的石溪。我从一棵树上扯下一节分叉的树枝插在围栏上做记号。围栏并不是笔直排布的。为了防止偏离围栏，我翻越倒下的树木，爬过堆积的树枝和有刺的冰冻荒草丛。

穿过树林时，我开始奔跑起来，衷心地感谢自己上了有氧操课程。电锯的声音变得越来越微弱，越来越遥远。我跑了十或二十分钟，脑子里没有在想死亡或是与上帝的约定，而是想着夜色会在几个小时后降临，如何才能挺过去。最后，透过层层树木，我看到了一个被积雪覆盖的斜坡，上面的树木被采伐光了。再远处，有一辆拖车。

我走出森林的地点是埃尔默森林路，这条路边只有一栋房子的路把穆德街拦腰斩断。我又沿着穆德街走了两英里来到史密斯路。路上没有什么汽车。我想起了住在拖车里的九岁男孩乔什·贝克给我讲的故事，他妈妈在一个冬夜孤身一人沿着穆德街行走时，一个幽灵跳进了她的喉咙。这个故事听上去永远是那么有趣，但现在看来似乎也并非完全不可能。

亲亲抱抱

克丽丝

附言：迪克，现在是周三夜里。整整一周我都在想着打电话给你，我知道如果要给你打电话，必须马上就打。现在你应该收到我周二发的信了吧。你要，什么？——在明天，周五？——离开美国十天。我已经不记得在给你的信里写了什么，但我在电话里把信读给安·罗尔听后，她向我保证并不算太婆婆妈妈。我觉得我说过，那九十页单倍行距打印的信件让我很难堪。还有什么"仅仅是单独和你共度时光这个想法就让我感到了单纯的幸福和喜悦"这种话。天哪，我现在都要哭了。不过，我知道自己说2月23日那天将"不得不"去洛杉矶的帕萨迪纳艺术中心是在撒谎。西尔维尔和我明天会出发，周五到艺术中心参观工作室。而我只想随意些，但打电话这个行为太粗暴了。万一我打过去时你在万里之外呢？我能像在树林里迷路时那样泰然应对吗？不能。好吧，也许。我在把你看作写信对象还是一个能够交谈的人之间有些撕裂。也许还是随它去吧。

　　　　　　　　　　　　　　　　爱你的

　　　　　　　　　　　　　　　　克丽丝

* * *

1995年2月2日，周四
纽约市

亲爱的迪克：

我现在正坐在白老汇的西区酒吧里喝着咖啡抽着烟，等下要去见西尔维尔。路上走了快一天了：我10点15分左右离开家，冒着大风雪开车到了奥尔巴尼，然后再换乘永不到站的火车。

昨晚对你说完那些话之后，我到凌晨3点才睡着。心与性的脉轮[1]剧烈地跳动着，汇成一体，直到心轮将性欲压制下去后才平静下来。也可能是性欲从心里涌出了。反正那时有一种让我兴奋的极致喜悦，自从爱上西尔维尔之后，我已经十年没有过这种感觉了。在那时，这段感情进展得很糟糕——那些情感几乎无法表达，也从未被接受。我只好求助于其他的手段，比如做一个最聪明而且有价值的女孩。

不考虑其他可能发生的情况，我个人的目的就是尽可能清晰、诚实地表达自己。所以从某种意义上

---

[1] 在印度瑜伽的观念中，指分布于人体各部位的能量中枢。

说，爱情就像是写作：活在这样一种剧烈的情感中，精确与洞察是至关重要的。当然，这可以套用到一切事物上。而风险是，这些情感会被嘲讽奚落，或是被拒绝。我觉得我第一次理解了风险：做好愿赌服输的充分准备。

我认为我们昨晚在电话里聊得挺顺利，虽然你的问题带有一种暧昧的狡黠："你只是想聊聊，对吧？"我已经不记得自己回答了什么，当时答案就那么从我嘴里说了出来，但我相信我们都清楚说的是同一件事。

克丽丝

* * *

1995年2月3日，周五
加利福尼亚，菲尔莫尔
秃鹫保护区，傍晚，气温35℃

亲爱的迪克：

艺术，如同上帝或统治者，只要你虔诚信仰，它就是美好的。

与你的外遇对象要做的事情清单：

1. 二人一起拍张大头贴

（未完待续）

我在车里时想的是：

我不想成为那个一直什么都清楚、为二人的未来打算、制订计划的人。我以前从来不理解为什么有人会这么做（也就是说，完全改变他们原来的生活）——我以为这是一种懒惰，一种自我放纵，是这世上另一种避免行动的方式。但现在，意志和信仰都破碎了……我也这么做了。

这就是我所能想到的解释：我之所以和西尔维尔在一起，因为我知道自己可以帮助他弥合他的生活。而我被你吸引，则是因为我知道你可以帮助我拆解我的生活……

* * *

1995年2月4日，周六
加利福尼亚，帕萨迪纳

"Maktub"在阿拉伯语中意为"命中注定"。

写一个故事，其中的叙述者开始理解，当那些事件发生在她/他的生活中时，不能被看作意外，而应被看作一种揭示———一种命运的系统性启示。

* * *

亲爱的迪克：

我现在正坐在艺术中心的图书馆里，开始系统地阅读你关于苏黎世艺术博物馆馆藏目录中《媒体与魔法时代》的论文，是我上次在这里旅行时偶然发现的。我认为我是你的理想读者——或者说，理想读者是一位爱着作者，并能从文本中梳理有关作者及作者想法的线索的人——

（通过爱情，我教会了自己如何思考）——研究文本可以作为一种进入的方式。有了这种方法，任何文本都不会过于艰涩，所有一切都成为了研究的对象。

(研究是有益处的,因为它将一切都微观化了——如果你能明白你研究界限内的一切,那么你就能识别出其他的界限,其他领域。万物都是分离且松散的,没有什么整体,真的。如果没有界限,就没有研究,只有混乱。因此,你要划分出界限。)

我认为在那篇论文中,你(可能其他很多人也是如此,但因为我爱你,所以我会假装认为你是独一无二的)差点儿揭晓一项重要的发现:如何不落窠臼地将政治与列维-斯特劳斯的宗教狂喜、鲍德里亚的迷狂虚无主义联系起来。政治意味着承认凡事发生都有缘由。如果我们研究得够努力,就可以理解其中的因果联系。政治难道不可以用一种令人激动的结构式话语代替老掉牙的陈词滥调来表达吗?我认为其中的关键是一种同时性,一种对此的新奇感,即政治可以成**为一种并行的信息源**,而且越多越好:把政治意识和事情是如何发生的相结合,可以让我们进一步明白当下的事件如何突然发展成当前的时代。我思考着你援引列维-斯特劳斯的一句话:"在信息世界中,野性思维的法则重新占据了统治地位。"这话说得好像信息的瞬时传输会把我们带回到中世纪。"中世纪的基础是长达七个世纪的狂喜,这种狂喜从最高等级的天使一直传递到地上的马粪。"(德国诗人胡戈·鲍尔)所以,当你把政治性的信息引入你的文本中时,不应仅仅由"然而""但是"来引出介绍,仿佛政治可以是最后的补充性信息。(我在思考你的著作《恐惧部》中的那篇关于后现代复古坎普风[1]的论文。)政治应该跟在"与此同时"这种并列意义的词后面。屏住呼吸,维持运转——你可以同时应付有关一个主题的多少信息呢?

你在艺术方面的论述写得太棒了。

但很明显,我不同意你有关框架的看法。你争辩称,框架仅仅是通过压制和排斥来达到内在的连贯性。但关键是,你必须在体系框架设定的范围内才能发现"所有的一切"。"再仔细想想!"这是理查德·福尔曼早年经常对助理吼的一句话。或者说,再仔细看看。

---

[1] 坎普风(camp)是一种挑战现代主义精英式高雅艺术的审美取向,推崇的是主流和传统所不屑的"庸俗文化",提倡一种幽默的游戏精神。

***

1995年2月7日,周二

纽约市

最甜蜜的舌头有着最锋利的牙齿。

亲爱的迪克:

我昨天夜里在狭窄的飞机座位上睡了大约二十分钟后突然惊醒。醒来前,我做了一个非常生动的梦。

我与劳拉·帕多克晚上一同出门,她是我在艺术中心的学生中最好的(也是唯一的)朋友。我们在某人的家里(某个学生的家?)。很多人在一起吃晚餐,而劳拉和我计划着早点离开,这样我就能去找你了。我需要和你确认一下,于是就在那个聚会上给你打了电话。可等我打通电话,你却神秘地把咱们的所有安排都取消了。我挂上电话,在一屋子二十来岁的学生面前无法自已地大声抽泣起来。没人理我,只有劳拉立刻明白发生了什么,搀扶住了瘫倒的我。

***

劳拉和我周六上午在帕萨迪纳见面，一起喝咖啡。我们坐在距离科罗拉多河不远的一座庭院内，假装我们身处墨西哥或西班牙的伊比萨岛，继续着我们数月前开始的有关神秘主义、爱情和迷恋的对话。我们的谈话与其说是关于爱情与欲望的理论，不如说是它们在我们共同喜爱的书和诗歌中的流露。我们就像是在爱好者俱乐部碰面似的一起探讨研究——也只有这种形式了。

我们两人之间有一种未言明的默契，就是我们接受爱、极端和欲望，同时以交换最喜爱的名言警句和诗歌的方式来分享某些个人的信息/视野。是劳拉告诉了我这个关于牙齿与舌头的谚语——"那句话的意思，我认为，"她那冰蓝色的双眼直视着我，"你最爱的人最有能力伤害你。"我们同时点头，微微笑着，好像我们都清楚似的。但因为这是学术性的谈话，并不是什么闺蜜聊天，我们彼此都很努力地让谈话维持在一种有据可查却又颇具暗示性的层面。和劳拉见面就像是吸入了乙醚，我们如同日本平安时代的宫廷女官,时时刻刻意识到"形式"的重要。

我第一次见到劳拉·帕多克时,她记下的好几本厚厚的笔记给我留下了深刻的印象。笔记中都是她最喜欢的名言、素描以及她自己的话。我想起自己多年前也是如此啊,可如今——

* * *

1995 年 2 月 9 日
纽约州,瑟曼镇

——昨天一整天都是在火车上度过的。今天我一直在读你最新的书《恐惧部》,是从艺术中心图书馆借来的。这本书令人称奇之处在于它出版于 1988 年。虽然书名是从乔治·奥威尔的《1984》中获得的启发,但这本书让恐惧"多花了四年",把所有人重新赶回了奥威尔原著中人人自危的状态。1988 年,有一本名为《七日》的有关房产和餐厅的杂志风靡纽约,到最后,露宿公园在那一年也变得并非不可能了。著名艺术家参加的晚餐会上,人们开始谈论曾经的同行被人目击在捡垃圾。金钱重写了神话,一些我敬仰的人的生活成了充满警示的故事。保罗·塞克1988年死于艾滋病,戴维·沃伊纳洛维奇也时日无多。但你的书中却充斥着一堆有关"身体"的学术屁话,好像身体有多么与众不同似的。而其中你写的最令人惊奇的内容莫过于看清恐惧本质的必要。

你援引列维纳斯的原话写道:

> 人的生物属性及其暗含的必然性,不仅是精神生活的客体,还是其核心。血液中的神秘……让自由的自我失去了修复自身故障的能力。而自我就是由包括血液在内的元素构成的。我们的本质不再存在于自由之中,而存在于一种束缚里。要成为真正的自我,就意味着接受这种无法规避的、我们身体独有的原始束缚。最重要的,就是接受这种束缚。

接下来,你在《外星人与厌食症》这篇中写了你自己的身体经验——患上了轻微的厌食症,这并非源于自恋这种对自己身体的着迷,而是源自一种身体的孤独感：

> 如果我的身体没有被碰触，就不可能进食。主体间性存在于性高潮的瞬间，这时界限被打破了。如果身体没有被碰触，我感觉皮肤就像一块带有磁场的磁铁。有时只有性交之后才能吃点儿东西。

认清你身体的孤独，才能抵达身体之外，成为一个外星人，逃离这个已被命运决定的世界：

> 厌食症是一种主动的态度。一种对复杂身体的创造。如何把自我从食物与餐食的机械符号中抽离出来呢？这种抽离的行为与想法几乎同时发生，比光速环绕地球的时间还要短。草莓奶油蛋糕、马铃薯泥……这些食物很快便成为了遥远的记忆。

* * *

这是近几年来我读到的最不可思议的作品之一。

* * *

现在是下午 2 点。当我从你的书中抄录内容时，我忽然感到一阵战栗，因为我想到了二十四五岁时的自己。我好像立刻回到了纽约东 11 街的那间屋子里，看到了我用圆珠笔写在褶皱的洋葱纸上的细小字迹，内容有关乔治·艾略特、分子间运动和引力的图解、乌尔丽克·梅茵霍夫和莫里斯·梅洛－庞蒂。我当时相信自己创造了一种新的文学形式。这是个秘密，因为我连说话的人都没有。**孤独女孩现象学**。那是我第一次一个人生活，我曾经的每个身份（记者、新西兰人、马克思主义者）都已崩塌瓦解。我那时的写作最终都被修改后组稿（心智对愚蠢情感的报复！）成为我第一部真正意义上的剧本《迥异行为／绝望行为》。

用来写字的手和胳膊中的动脉血管直通心脏，我上周在加州时这么想，但当时我却没有意识到，通过写作可以让你再次见到自己过往的游魂，犹如你十五年前的躯壳又被召唤出来。

我昨天回到家时，房子周围的雪堆高达三英尺。水管也被冻住了，所以我只好在院子里大小便，融化积雪烧水来煮咖啡。在我写这封信时，汤姆·克雷菲尔德和他的妻子蕾妮拖来了一堆柴火。我迅速穿上大衣，戴上手套，出门吸入冰冷的空气，把柴火扔到地上。忽然间，我像是在完成北方密林生存考验——这就是在此生活不可逃避的一部分，无关好坏，你就像一下子身处别的什么地方……虽然今年冬季非常真实，但看上去却没有那么真实……至少，这一时刻并不真实。

这位穷困的汤姆·克雷菲尔德（三十二岁的他有一张饱受摧残的面庞，仅剩的几颗牙齿几乎烂光了）到来之前，我正要下笔用**第一人称**来写。在我看来，现在和十五年前的差别是，我当时还不会用第一人称写下那些笔记。我不得不给自己寻找一套密码，因为无论何时当我尝试以第一人称写作，听起来总像是别的什么人，要不然就是我一直很想超越的最老套、最神经质的那部分自己。我现在无法停止用第一人称写作，感觉这是我写出来点什么的最后机会了。

西尔维尔一直在向外界宣扬我和你的事。借助他人的角度给这件事打上标签:**学术圈的通奸,当约翰·厄普代克遇到马里沃**……其中含有一种假定,即女性气质和欲望具有一种固有的怪诞和无法言说的特点。但我与你之间正在发生的事却是真实的,是第一次发生。

(这里能容我说一下自从八天前和你在电话里聊过之后,我一直在多愁善感的泪水中度日吗?说话、写作、教学、在这座房子里忙上忙下,那个感伤的我正在融化成一摊水。)

回到第一人称的话题:我以前还编造了一套解释自己为何无法以第一人称写作的艺术理论。我过去之所以选择了电影和戏剧这两种完全基于冲突并且只通过冲突来实现意义的艺术形式,是因为我那时从来都不相信(我自己的)第一人称的完整/至高无上。想要写出第一人称叙事,需要有一个固定不变的自我或角色。因为拒绝相信这种说法,于是我慢慢与时代的破碎现实融为一体。可是现在我觉得可以了,没错,没有什么固定不变的自我,但它存在着,而借由写作,你可以设法捕捉到自我的变化。也许第一人称写作同一幅人物拼贴画一样碎片化,只不过更加严肃:

将改变与碎片聚拢起来,带回你真正所处的地方。

我不知道自己会怎么处理写下的东西,我也不知道假如因为你的原因,迪克,当我无法与你取得联系时我会怎么做。开始写作之前,我遐想两周前在你家做客期间的一幕:第二天一早,独自躺在梨花镇最佳西方酒店的床上,手里有一瓶苏格兰威士忌和两片止痛药。当我被困住时,我会有自杀倾向(很少发生),而此刻,我感觉非常有活力。

但是撇开其他不说,现在我唯一想要的,就是让你读读我写的这些东西,这样你至少会知道你都为我做了什么。

爱你的

克丽丝

126 号州道

后来,几乎每件事都是以我预想的方式发生的。预先布置好的灯光和音乐、带有烟草味的亲吻、床。第二天早上绕着行车道蹒跚而行,被阳光刺得看不清路。汽车旅馆里的苏格兰威士忌、止痛药。但那只是个故事。现实存在于细节里,即使你能预料到将要发生的事,也无法想象你自己的感受。

自从上次我们到你家做客后,我花了十一个月的时间写这封信。开头是这样的:

1995 年 2 月 24 日

梨花镇最佳西方酒店

亲爱的迪克:

昨天下午，我在悲痛与愤怒中开车前往加州的卡西塔斯湖。我并没有哭，只是盈眶的泪水流了下来。车子一路颠簸，心情颓丧，让我无法看清前方的路，无法直线行驶在正确的车道内……

*＊＊

安·罗尔说："你在事情发生的同时实时地进行写作，肯定得修改很多东西。"我认为她这句话的意思是，每次你尝试写下事实时，事实就已经变了。更多的事情发生了。通过这种方式，信息持续不断地膨胀着。

1996年1月17日
洛杉矶，鹰岩

亲爱的迪克：
见你的三周前，我搭乘一架旅行社的包机去了墨西哥的坎昆,然后一个人前往危地马拉。在差不多四十摄氏度的高温中,我因为患有喉炎只好用毯子裹住自己。飞机降落时,我哭了出来:透过泪水模糊的双眼可以望见机场低矮的混凝土建筑。整个秋天,我和我的丈夫西尔维尔都住在加州的克雷斯特莱恩,这个安排并非如我所愿。我原以为整个9月会待在惠灵顿完成《重负与神恩》的后期工作,然后直接把影片带去鹿特丹、柏林和法国参加电影节。但我在新西兰的联络人扬·毕尔林加从8月开始就不再回我的电话了,直到10月,她才从一座机场给我打来电话,说影片的项目中止了。赞助方不喜欢这部片子,欧洲各大电影节主办方也不喜欢这部片子。而当时濒临破产的我坐在克雷斯特莱恩的住处,还在为完成影片缺少的一万四千美元发愁。精剪工作室的米歇尔从奥克兰发来传真说,加拿大那边的编辑决策表上有上万个值都被搞乱了。我可以告诉她干脆撒手别管这部电影吗?

有三周时间,我经常会突然就哭了起来。这成了一种现象学的问题:什么状态可以称为"哭",而什么时候又应该把"没哭"当作持续流泪的标点符号呢？我哭得完全失声了，双眼也肿得没办法睁开。克雷斯特莱恩诊所的医生看着我，好像我疯了似的，因为我请求他给我开点"促进睡眠的药"。

我想去危地马拉是因为在全国公共广播电台上听到詹妮弗·哈伯里谈到她的绝食抗议。詹妮弗·哈伯里的丈夫是被俘的玛雅叛军首领埃夫拉伊姆·巴马卡。她说："这是我拯救他生命的最后机会了。"当时巴马卡已经失踪了三年，而哈伯里的绝食抗议也进入了第十七天。作为一名毕生的人权活动家，哈伯里不可能还存在着自己丈夫依旧在世的错觉。可是她在《时代》和《人物》上讲述的充满人情味的故事，成为了对危地马拉军队最有力的抨击。"这件案子唯一的不同寻常之处在于，"哈伯里对媒体说，"如果是一个危地马拉人像我这样直言不讳，他们会没命的。他们会立刻被处死。"哈伯里的声音快速而微弱，但她的远见卓识却让人敬畏。她那种不畏艰难、富有见识的马克思主义风范唤起了众多我喜爱的女性的支持。她们是佩戴着茶香月季、极为聪慧的共产主义者。11月时，我在汽车广播中听到了她，让我想到，虽然很仓促，也许针对危地马拉印第安人（在一个有着六百万人口的国家中,有十五万人在十年里失踪或遭受酷刑)的种族屠杀是一种比我的艺术事业更高层面上的非正义。

我搭乘出租车来到景区外的一座长途车站,买了一张前往墨西哥边境城市切图马尔的单程票。嘈杂的广播混合着柴油味的油烟。我喜欢汽车橙色的弹性座椅和破损的窗户。我想象着这辆汽车三十年前也许是在美国的某个地方行驶的。塔尔萨、辛辛那提,在城市的等级之分出现之前,无家可归的人也可以乘坐公交,酒吧里和街上的人来自不同的生活模式。各行各业。性与商业,无常与神秘。前往切图马尔的车上还有十二名乘客,他们看上去都是上班族。离墨西哥货币币值狂跌还有六周,墨西哥似乎无比真实,并非仅仅是自由世界的卫星国。当汽车的柴油发动机点火时,我就不再哭了。广播里传来刺耳的音乐。汽车向南行驶,穿过村镇,我胸中的铅层被移除了。路边生长着香蕉树和棕榈树,每当抵达一个镇子,当地人与乘客便通过车窗买卖食物。我是谁毫不重要。随着太阳缓慢西沉,光线黯淡下来,窗外的柏树越来越多地被竹子取代。

那时（1994年11月9日），詹妮弗·哈伯里在危地马拉城国家公园里的政府大楼外的绝食抗议进入了第二十九天。因为搭帐篷不被允许，她只能在垃圾袋内睡觉。

她后来对记者简·斯洛特说："我那时发现，头晕的症状在绝食二十天后每十分钟就会出现一次，这时要弯下身来系鞋带。过了一会儿，你就知道你快死了。我不想躺下，因为他们会把我拖到医院捆起来，进行静脉注射。我不想让任何人觉得我晕倒了。"

在那一刻，距离她的丈夫巴马卡被媒体报道"在危地马拉军队的军事行动中死亡"已经过去三年了。可当哈伯里依据法律程序迫使政府挖出尸体时，却发现那根本不是她的丈夫。1992年，巴马卡的朋友卡布里洛·洛佩斯从一处军事监狱逃出后，称他亲眼看见几个曾在美国军事基地受训过的士兵对巴马卡施以酷刑。两年后，他还有可能活着吗？

在绝食之前，詹妮弗·哈伯里拍了一张照片，看上去就像是朴素版的希拉里·克林顿：脸部五官比例匀称，一副盎格鲁－撒克逊式的健康骨架，蓬乱的金色卷发，一套廉价的呢子大衣，清澈的目光和严肃睿智的双眼。但是在饥饿中度过了四周之后，詹妮弗看上去更像是电影《灵欲春宵》中喝了五杯马提尼酒的桑迪·丹尼斯。她脸上曾有的坚定信念已经垮掉了，在她的茫然和困惑背后我们猜不出她在想些什么。詹妮弗·哈伯里是一位拥有哈佛大学法学学位的狂热斗士。她露宿在危地马拉城一座公园的垃圾袋里。路人用恐惧和新奇的眼光看着她，好像她是一只怪异的动物，这与可可·福斯科的表演《两名陌生的美洲印第安人造访……》中的土著人相差无几。然而，詹妮弗没有像圣徒那样牺牲掉自己的生命，因为她始终都保持着理智的头脑。

* * *

这封信用了将近一年的时间才完成，因此它已经成为了一个故事。就起名叫《126号州道》吧。周四夜里，我走下了纽约飞洛杉矶的航班。我要去你家了，就算没有被邀请，但至少得到了你的准许。"我并没有感到多么开心，我也不觉得自己能把事情搞定，"飞机飞过堪萨斯州上空时我写道，"我现在精疲力竭,毫无自信,但还是顺其自然吧。也许睡着后会感觉好些——"然后我就睡了一觉,但还是一样糟。

这是我第一次单独见你。十一周前,我爱上了你,开始给你写这些最后不知会变成什么的信件。我还没告诉你,三周前我是怎么离开自己的丈夫、一个人搬到纽约州北部居住的。不过两天前,我通过联邦快递寄出了《每一封信都是一封情书》,它是我对你发出的宣言,有关雪林迷路、女性艺术和发现第一人称。我还以为你会知道呢。你根本就没读。你后来告诉我,要是你读过了,可能不会对我那么残忍。你是来自英格兰中部的摇滚乐手。到底是什么让我认为你会对这些主题感兴趣呢?

正如1月时你当着我丈夫的面指出的那样,我对你的爱是毫无来由的。这是你唯一一次大胆地发表意见,打破了那谜一般性感的沉默,我曾经记述过的沉默。什么叫"毫无来由"?我对你的爱就来自12月里的那次见面,你在后来写给我丈夫的一封恼火的信里说,那次见面"相处愉快"但"算不上特别亲近"。可是这次见面让我写下的字比编辑决策表上的数值还要多,目前已经有二百五十页了,而且还在继续增加。

这些信又反过来促使我租了辆汽车，在这个雨天里沿着126号州道行进，只为了去见你。

你说过，在人生中的那段时间，你正在做从不拒绝的实验。

我在7点钟下了飞机，暖风、棕榈树和时差造成的抑郁把我搞得晕乎乎的。我取走租来的汽车，在405号公路上向北行进。我感到很紧张，就像是在排练一部早已完成的剧本，却不知道最后的结局。不是高兴得紧张，而是身处黑暗中恐惧得紧张。我全身的穿戴糟糕透了。我看着路况，抽着烟，不停地摆弄着汽车收音机的频道搜索按钮。我穿着一条黑色的盖尔斯牛仔裤、一双黑色靴子、一件闪亮的银色衬衫和一件在法国买的黑色波蕾若皮夹克。所有这一切都在按照我的计划进行，但现实却使我感到一种萧瑟和步入中年的苍老感。

十一周前，我曾经尾随着你那辆漂亮的车沿着5号公路前往你的住处，参加那个只有我丈夫、你和我在场的"气氛友好但算不上特别亲近或特殊"的会面。当时所有的一切看上去都格外不同：那么令人开心，趣味盎然。我们三人喝得烂醉，而且一切都是如此诡异的巧合。你的起居室里只有三本书，一本是《重负与神恩》，恰好也是我电影的名字。我戴着在回声公园买的蛇形吊坠，而你讲了一个故事，你在屋子外面拍摄一段录像时一条蛇神奇地出现了。一整夜，我都在扮演着教授妻子的角色，协助你和西尔维尔交流看法。后来，你提到了戴维·拉特雷的书，这就很奇怪了。因为我整夜都感觉他的幽灵陪伴在我身旁，而他已经去世差不多有两年了。你看着我，说："你和我们上次见面时似乎不太一样，好像你已经准备好要宣布什么似的。"接下来，我也确实这么做了——

那天夜里最最触动我的，是你很轻易地就承认了自己的孤独，这种举动勇气可嘉。似乎你已经接受了孤独，作为将垃圾从你生活中清除出去要承受的代价。你告诉我们，在大多数夜里，你一个人独处，喝酒，思考，听着音乐录音带。反正只要你准备好要做些什么，你一定会去做，无论害怕与否。你是最伟大的**牛仔**。而西尔维尔和我，只是凭借瞎忙、项目和谈话技巧在艺术圈里混的二流人士罢了——谁让我们是犹太人呢？你使我下定决心抛弃过去在纽约学习各种聪明才智的那艰难的十五年。我已经变得又老又丑了，而你还是那么有魅力。就让这里的沙漠把你的魅力耗尽吧。

现在，我正独自沿着126号州道行驶，再次去见你，但我感觉有些不对劲。对于我这个身材瘦削、长相普通的人而言，蜷起身子坐进这辆租来的汽车并不费劲。我是一个穿着浮夸的学校教师。牛仔裤很紧。我想撒尿。我意识到最远的共时性是恐惧与担心。

* * *

当汽车抵达切图马尔时，天色差不多都黑了。周五的夜晚，对这座由五个街区组成的城市里的电器行而言是个购物之夜。这座边境城市里有很多伯利兹人和危地马拉人，他们还没有富裕到去达拉斯或迈阿密购物的程度，但这并不妨碍他们在此购买免税的电视机。这能算是内战带来的好处吗？我搭了一辆出租车前往危地马拉领事馆，但到达后发现已经关门了。在切图马尔的城市边缘，恰好有一座崭新的由玻璃和钢材建成的玛雅印第安人博物馆，里面的展品少得可怜。在汽车上度过的整个下午，我都在阅读危地马拉叛军领导人里格贝塔·门楚的自传，脑子里一直想着简·鲍尔斯。这两个人代表了两种不同的不幸和机敏。后来，我住进了一家二十美元一夜的旅馆。

  第二天，我很早便起床，出门逛了逛。根据地图，切图马尔是一个靠海的小镇。前往危地马拉的大巴要到午后才发车。我上了一辆本地的公共汽车，时光好像放慢了脚步。切图马尔的郊区看上去很像马尔维斯塔——到处都是灰泥平房和狭小的院子——只是没有公交车站，因为只要招下手，公交车就会停下来。过了一小时，开了七英里之后，平房越来越少，转过一个弯后海湾突然出现在了视野里。海水惊人的蓝色驱散了困乏带来的迟钝，空气里的每颗粒子都像是被定格在了金光闪闪的画面中。海边是一派丛林景象。我下了车，沿着一条林中小路走到一家位于圆形半岛尽头的临海咖啡馆，但咖啡馆并没有开门。一只猴子被拴在杆子上，惊得我倒抽一口气。终于，一个男人从咖啡馆里面走了出来，用英语说自己在美国的一家汽车销售行工作了一段时间后，就把这家咖啡馆、这片临海区和这只猴子买了下来。那只猴子似乎并不介意被拴住。我看着它在那里蹲坐着，在地上绕着圈子。猴子的皮毛灰扑扑的,一种沾满灰的淡黄色。它的十根手指关节纹路十分清晰,但脚趾上却布满了皱纹。

* * *

詹妮弗·哈伯里在位于危地马拉高地丛林中的叛军训练营遇见埃夫拉伊姆·巴马卡时,年龄是三十九岁。在那之前,她一直风尘仆仆地奔波在旅途中。从巴尔的摩到康奈尔,从康奈尔到北非,然后又到阿富汗。她背着包漫无目的地在不同国家的偏远地区闯荡着。她遇见过流亡的巴勒斯坦人。她见证了太多的贫困,深受触动之余,她不禁要问:难道必须要让这些人忍饥挨饿才能让我们过上舒适的生活吗?这是一个能把你逼疯的问题。因为要寻找答案,她进入了哈佛大学法学院深造。那时候成为一个女权主义者,意味着拒绝做一个与别人相互依存的窝囊废。很多女性通过从事公司法方面的职业寻找自我赋权的途径。但詹妮弗这个"女权主义败类"却在东得克萨斯的路边法律援助站,给非法移民当起了辩护律师。她的很多客户都是面临遣返的玛雅族危地马拉人,他们长时间耐心地坐在塑料椅子上,散发出一种强烈而奇特的人格魅力。詹妮弗想要了解更多。也许,是因为这些玛雅人不同于她的同事或是那个与她有过一段婚姻的得州律师吧。"玛雅人有一种能与其他种族社群和谐相处的本领。他们谦卑、善良、乐于奉献。"为了玛雅人,她又来到危地马拉寻找战争暴行的证据,证明美国政府拒绝玛雅人的战争避难请求是多么无知。在危地马拉城,她见到了很多反政府组织的成员,并与他们关系密切。1989年,布什接替里根成为了美国总统,而哈伯里也已经为人权慷慨激昂地斗争了二十年。这段职业生涯的回报包括一辆破旧不堪的货车、一套通过贷款和老友馈赠购得的廉价公寓,以及一份与缅因州某家不知名的小出版社就出版危地马拉激进分子和农民口述史书籍的合同。因为詹妮弗是个女人,我们不禁会发现她那炽热的理想与自己伤心破碎的生活形成的巨大反差。甚至《纽约时报》的一篇文章都以称她为"怪人"来表达称赞。在泰德·特纳买下她的角色权的同一周,她的一位老校友告诉《时代》杂志说:"说真的,她是一辆坦克。"

※ ※ ※

126号州道的故事读起来就是一段南加州的秘史。这条州道从洛杉矶县的瓦伦西亚向西一直延伸到文图拉县,那里曾经是一处印第安人墓地。20世纪40年代,巴尔维德和史蒂文森兰奇是中上阶层黑人的度假胜地。在20世纪80年代,"洛杉矶县北部"的管理区建立之前,经常有尸体被丢弃在瓦伦西亚附近的沙漠地区。恐怖片《鬼驱人》就是以此为灵感创作的。当然了,瓦伦西亚也是迪士尼出资建立的艺术与动画学校——加州艺术学院的所在地。"瓦伦西亚用微笑欢迎远道而来的你。"市区的广告牌上画了一只快乐的狮子,它如此说道。本地人喜欢叫126号州道为"血巷",因其高到反常的车祸发生率。

当你一路向西经过了柑橘园、洋葱田和鲜花农场,你会发现州道沿线的地理环境与土地用途都可谓丰富多样。但是谁的付出造就了这一切却很清楚:"依赖美国"而生的第二代墨西哥裔美国人,他们的小生产作坊排列在道路两旁。很多来自墨西哥和中美洲的非法移民每周会在田地里工作六七天。他们居住在用丙烷取暖的棚屋里。几年前在加州西南部的卡马里洛还发生了类似奴隶贸易的案件。里格贝塔·门楚童年时在危地马拉海边种植园里的梦魇：绝望的人们聚集在村子里，他们拥挤在一起，被关进密不透风的卡车车厢——这仅仅是等待他们的恐怖命运的启幕。南部的"达豪集中营"。

126号州道是卡车绕过101高速的称重站前往文图拉县的必经之路。这是个买冰毒的好地方。菲尔莫尔背后的路通往曾经的国家秃鹫保护区，现在那里成了非法飙车竞速场。当秃鹫的数量降到三只时，它们被捕捉后搬到别的地方放养了。艺术家南希·巴顿回想起1982年时的一个艺术项目：她沿着126号州道找到了八起未被破获的女性搭车者和妓女命案发生地，在她们的葬身之地旁竖起了纪念牌匾。

* * *

1972年，艺术家米丽娅姆·夏皮罗在加州艺术学院开展了一项女权主义艺术计划。这项计划之所以能够开展，是因为夏皮罗的丈夫是加州艺术学院当时的院长。但学院遵循杰斐逊式的民主原则，所以夏皮罗只好花费六个月的时间扮演谢赫拉莎德：单独邀请每位男性系主任吃饭，用花言巧语和美色劝哄他们投赞成票。

按照费斯·威尔丁的说法，参与这个计划的艺术家想要"以各种不同但更加自信的方式代表我们的性别……'阴道'象征着我们身体觉醒的意识……（我们）绘制并阐释了各种流血的切口、洞和创伤……"，这项计划持续了一年。"我们的艺术……就是要挑战形式主义的标准，"威尔丁继续说道，"却引来学院内很多人严苛的批评。"

那年春天，朱迪·芝加哥与班上的所有人合作完成了一场长达二十四个小时的演出，名为《126号州道》。策展人莫伊拉·罗斯回忆道："表演者借助在高速公路上度过的一天创造了一连串的事件。这一天是从苏珊·雷西的作品《车辆翻新》开始的，表演者装饰了一辆被废弃的汽车……以所有女性站在沙滩上而结束，她们看着南希·尤德尔曼裹着薄丝缓慢走入海里，直到完全没入水里……"费斯·威尔丁给那辆翻新的汽车拍了张很棒的照片——一辆卫生棉条颜色的老爷车抛锚在了沙漠的岩地上，后备箱弹开，里面露出了经血的红色。几缕沙漠草从汽车弯折的引擎盖下面冒了出来，看起来就像长发公主那乱糟糟的头发。根据《表演文选：十年来加州艺术的原始资料集》一书，这场杰出的表演在当时并没有获得任何评论的关注，但像约翰·巴尔代萨里、克里斯·博登特里·福克斯这些男性艺术家同时期的作品却动辄可以有好几页篇幅的文献记录。亲爱的迪克，我不懂为何20世纪70年代时，叙述女性生活经验的行为每次都会被看作"合力完成的"与"女权主义的"。而苏黎世的那群达达主义者同样也是合力协作，但为何他们就被看作天才并能够扬名世界呢？

* * *

等开下126号州道进入羚羊谷路时，我的尿真的快憋不住了。你等着我8点到达，而那时已经8点05分了，撒尿突然间成了一个如此棘手的问题。我可不想一进门就直奔卫生间，那样会显得太不善交际，倒成了女性紧张情绪的佐证。可考虑了有关126号州道的一切情况后,我又对在路边方便感到了担心。每过20秒,一辆开着前灯的车子就会从我的车子旁经过:是到处抢劫的红脖子、警察还是愤怒的移民工人?我在羚羊谷岔道减速靠边,关掉车灯,停下车。车外的野草被雨水淋湿了。是马克思还是维特根斯坦说过"每个问题、困难,都包含着通过否定来回答或解决自身的种子"这句话来着?我车里的一次性泡沫杯里还有半杯咖啡。我拉下车窗,将杯中的咖啡倒掉,把牛仔裤褪到膝盖以下,尿在了空杯子里。还没等我排空膀胱,杯子就满了,但我硬生生地把余下的尿憋了回去。我的双手颤抖着把几乎要溢出来的一整杯尿液倒进了草丛里。

还是留下了一些痕迹,几大滴尿液依旧挂在杯子上,要是气味太大会怎么样?我不敢把杯子扔掉。亲爱的迪克,有时候真的没有正确答案。我把一次性杯子揉成一团,扔到了后座下面,擦了擦手。这时,我感觉自己筋疲力尽。

* * *

我们的大巴最终穿越国境进入危地马拉时已经过了午夜。到了伯利兹的国家高速的尽头，强光灯、警卫室、路障出现在视野里，还有接下来长达七十英里颠簸不平的公路。我们依据国籍被分成不同的组接受询问，同时士兵在车上搜查行李。签证官是一位和蔼的西班牙与拉美混血中年男子，留了一撮把手形的小胡子。他仔细翻看了一遍我的护照，陷入了深深的思索，假装并没有认出我的照片。最后，他微笑着说：欢迎来到危地马拉，克丽斯蒂娜[1]。等我回到了车上，那本里格贝塔·门楚的书不见了。

* * *

你住所外面的仙人掌上挂满了上百个色彩斑斓的圣诞小彩灯。你就在那里，坐在起居室的落地窗边（也许是假装）批改试卷，陷入沉思。你站起身来，我们在门口问候性地吻了一下，有些匆忙，没有丝毫拖延缠绵的意思。我上一次在1月份来你家吃晚饭时，

---

[1] 克丽斯蒂娜（Christina）是克丽丝（Chris）的西班牙语形式。

你在距离我的丈夫、盖蒂中心的米克和蕾切尔大概七英尺远的地方吻了我。那个吻放射出了巨大的能量，甚至差点儿让我在进门时绊倒。

1月的那天晚上，当其他客人离开，只剩下我们三个人喝着伏特加时，西尔维尔和我坦白了各自在过去十二年来的忠诚。突然间，这个概念听上去有种高中生的口吻，如此荒诞，所以我们都笑了。"啊，但什么是忠诚呢？"西尔维尔问。那天夜里，滚石乐队《绝代佳人》的专辑封面仍然挂在你的墙上，画面中的年轻女孩穿着尖头乳罩。我用了十一周的时间思考你摆放这张封面是附庸风雅还是真实的自我表达，后来我决定还是同意克尔凯郭尔的说法，即符号总是假装成一个反讽式的能指来达到其目的。

但是，今天夜里是你一个人来迎接我的。我扫视了一下起居室，发现那幅《绝代佳人》的封面不见了。这是在回应我在第二封信里对你品味的质疑吗？

吻过之后，你邀请我到起居室里坐。很快，我们开始喝起了酒。半杯酒下肚，我告诉你我是怎么离开我的丈夫的。

"嗯，我早该预料到的。"你怜悯地说。

然后，我想让你明白其中的原因："就像昨天晚上，我在纽约和西尔维尔见了面，一起参加了他们学校法语系的晚宴。当晚的主宾雷吉·德布雷一直没露面，在场的每个人都感到有些紧张和不安。我却感到无聊，坐在那里发呆。但西尔维尔以为我是因为语言不通而感到难堪。他拉着我的手把我领到了研究贝克特的专家汤姆·毕肖普面前，用英语说'克丽丝一直是你的热心读者'。我想说，**省省吧**。难道德尼·奥利耶会对罗萨琳德·克劳斯说这种话吗？我也许没有文凭和学术事业，但我早就过了当学术追星族的年纪了。"

你深表同情："呃，我猜现在游戏都结束了吧。"

我怎么才能让你明白，我做过的最真实的事就是写了那些信呢？你称之为"游戏"，否定了我所有的感情。即使这份对你的爱永远无法得到回应，但我还是想得到你的承认。所以我开始大声抱怨危地马拉的事。色诱的伎俩太下流了，而我也不知道如何色诱。我所知道的除上床外唯一能靠近的方式就是通过思想和言语。

我对你讲述自己对案例研究的想法，打算借此让我的"游戏"看起来更正经些。我用了亨利·弗伦泰特那本危地马拉可口可乐工厂罢工的书作为典型例子。

"所以难道你没发现吗?"我说,"相比游戏,这更像是个项目。我在给你的那些信里写下的每个字都是真心的,但同时,我开始将其看作一次最终能了解爱情和迷恋的机会。因为你让我想起了很多自己在新西兰时爱过的人。你不觉得在做某件事的同时对它进行研究,也是可能的吗?要是给这个项目起个名字,它就叫《我爱迪克:一个案例研究》。"

"哦。"你似乎不太热衷。

"听我说,我是从危地马拉回来后读弗伦泰特的书时想到这个主意的。他是专门研究第三世界农商联合业的社会学家。弗伦泰特是一位结构马克思主义者,但他并没有大声指责帝国主义与不公正,而是去探寻现象背后的原因。而这些原因并不是全球性的,因此他研究了20世纪七八十年代危地马拉可口可乐工厂罢工的方方面面。

"他把每件事都记录下来。理解宏观的唯一方法就是从微观入手。就像以第一人称叙述的美国小说。"

你聆听着,眼神在我与桌上的酒杯间游移。我注意到我说的话在你的脸上引起了些微的表情变化……神秘，含糊，在好奇与怀疑之间来回切换。你让我想起了在脱衣舞酒吧工作时，我在桌子上双腿对着一群律师大开，嘴里对他们讲着佛教神话故事，他们的表情和你几乎一模一样。这场面真奇怪。他们感到好笑吗？他们是想看看自己能有多残酷吗？你双眼的眼角泛起了细微的皱纹，你手指围拢握住了酒杯。所有这些反应都给了我继续说下去的信心。

（亲爱的迪克，我一直以为咱们俩是因为同一个原因而变得关心政治的。一直在阅读，一直强烈地渴求着某种改变，超越了对任何其他事的渴望。可老天啊，我可是个没心没肺的乐天派。或许满心热忱是我唯一能给你的东西。）

"信息越是特殊，就越有可能成为一个范例。可口可乐工厂罢工就是跨国公司与当地政府关系的典型范式。因为危地马拉是个很小的国家，有关其历史的各个方面都可以研究到，危地马拉也就成为了许多第三世界国家的范例。如果我们可以清楚地理解那里发生的事情，就能够理解一切。你不觉得最重要的问题是恶行是如何发生的吗？

"1982年,可口可乐工厂罢工达到了顶峰,军队杀死了所有的罢工领导人和他们的家人。律师也不能例外,不管是危地马拉人还是美国人。唯一逃过此劫的是个叫玛塔·托雷斯的女人,但他们在一座城市的街道上发现了她十几岁的女儿,于是绑走并弄瞎了她。"

这是我们第一次也是唯一一次约会,我当时想到过酷刑并不是一个足够性感的话题吗?没有,从来都没想到。"你不明白吗?通过记录每份档案、每个电话、每封信件和每次在罢工期间的会议,弗伦泰特描绘了恐怖行径的发生竟然如此随意。要不是玛丽·弗莱明把可口可乐的特许经营权卖给了布什的极右翼朋友约翰·特罗特,也许这场罢工根本不会发生。所有种族灭绝的恐怖暴行都令人作呕般相似,但其背后的起因却各不相同。"

我还没来得及解释危地马拉的种族屠杀到底和你读到的我与自己丈夫一起写的长达一百八十页的信件有什么关系。那些信像是一个定时炸弹,像是一坑粪水,像是一部剧本。但我会解释清楚的,我会的。我感觉我们两人好像站在一座深不见底的火山口的两边,面对面看着彼此。真相与困境。真相与性。我在说话,你在聆听。你在见证我成为了你眼前这个疯狂又理智的女孩,你们那代人最鄙视的那一类女孩。但是,见证不也意味着共谋吗?"你想得太多了。"当他们耗尽好奇心后,就会对你这么说。

"我想要拥有我遇到的所有事情,"我告诉你说,"因为如果我们在美国仅有的素材就是自己的生活,为什么不进行案例研究呢?"

啊,扯了这么远,我只是想找个借口增进对你的了解。这会儿我们在吃晚饭,吃的是打包好的鲜意大利宽面,搭配打包好的酱汁和沙拉。我一口都吃不下。"没事,"你说,"别连带着毁了我的胃口就行。"

* * *

"他双手拉住我的肩膀,让我一下子振作了起来。"这就是詹妮弗·哈伯里形容见到埃夫拉伊姆·巴马卡时的情形。

1990年,詹妮弗在塔胡穆尔科作战区采访叛军战士。她从来没有感觉到自己的肤色这么白,体形这么高大过:"和这里的所有人相比,我有五英尺三英寸高,算是个巨人了。"巴马卡原本是个玛雅族农民,是在叛军军队里接受的教育。三十五岁时的他已经"臭名昭著",因为他成为了叛军领导人。见到巴马卡让詹妮弗吃惊不小:"他看起来就像是一头年幼的鹿,很少说话但非常谨慎。他从来不发号施令,但不知为何每件事都能完成。"当詹妮弗就那本口述史的书采访巴马卡时,这位最善于隐藏存在感的左派人士竟然向她问起了问题,并仔细地聆听着回答。

他们相爱了。詹妮弗离开塔胡穆尔科时,巴马卡承诺不会写信给她:"不存在什么幻想式的恋爱关系。"但他还是写了信,信件被从高地夹带送至秘密联络人那里,再从墨西哥寄出。一年后,他们再次见面时结了婚。"詹妮弗展露出了我从未见过的一面,她看上去是那么幸福。"她另一位法学院的朋友这样告诉《纽约时报》。

* * *

吃过晚饭,你靠坐在椅子上,目光一动不动地盯着我。你开口问道："你想要什么？"这个直白的问题中带有一丝嘲讽。你的嘴扭曲着，似乎你早已知晓了答案："你来这里是想要什么？"

好吧，已经走到了这一步，我已经准备好接受各种各样的审判了。于是，我大声把那个显而易见的答案说了出来："我想留在这里和你一起过夜。"你还是那样瞪着我，满是嘲弄，你想听到更多的答案。（虽然十二年来我没和除了我丈夫之外的任何男人上过床，但我也不记得有哪次关于性的讨价还价像这样直白明确得让人难堪。但也许这是好事？从含糊其词直接跳切到按字面意思理解了？）所以我最后说道："我想和你上床，"我顿了下，"我想和你做爱。"

你问我："为什么？"

（H. F. 西尔斯在其著作《精神分裂症病理学》中列出了六种能使人疯掉的方法，其中第四种方法就是控制谈话，然后突然转换谈话方式。）

西尔维尔和我在你家寄宿的那天夜里，我一直做着与你用各种姿势做爱的生动春梦。我和西尔维尔躺在沙发床上，却梦到自己穿过墙溜进了你的卧室。梦境中让我印象最为深刻的性爱场景，是那么刻意和谨慎。那个梦分为两个不同的场景。在第一幕中,我们赤裸着躺在你的床上。如果从正面水平地看过去,我们就像是透视后缩短的埃及象形文字。我蹲坐着,蜷起颈部与肩膀去迎合你。我的发卷前后摩挲着你的腹股沟和大腿。那是最微妙、最心理学式的口交。第二幕中,视角换成了垂直方向。我坐在你的上方,而你平躺着,头部轻微拱起。我坐在你身上,上下活动着,每一次来回我都能体会到一些不同,我们有节奏地交替喘着粗气。

"你想要什么?"你再次问道。"我想和你上床。"我在两周前写给你的信里提到,仅仅是单独和你共度时光这个想法就让我感到了单纯的幸福和喜悦。当我问你的想法时,你在电话中说"我不会拒绝",但你现在问我"为什么",轰然间,所有的原因、因素、欲望如同穿过迷幻棱镜后的阳光,散落碎裂成了一百种色彩。

我只好说:"我觉得我们本可以度过一段美好时光。"

"我们相爱了。"詹妮弗·哈伯里是这样对《纽约时报》讲述她与埃夫拉伊姆·巴马卡的生活的。

"我们几乎没吵过架——"

*　*　*

然后,你对我说:"但你根本就不了解我。"

*　*　*

126号州道沿着洛斯帕特雷斯国家森林公园的南部边缘一路向西。当州道进入羚羊谷时,景色也随之改变,从波状起伏的丘陵变成崎岖的峭壁,更像《圣经》里的场景。12月3日那天夜里,西尔维尔和我在你的住处过夜,因为就像你后来在给西尔维尔的一封信里说的那样,"因为天气原因你们很可能没办法回圣贝纳迪诺",你住的地方让我们吃了一惊。你所说的有关自己的一切是一个存在主义的梦境,一个禅意的暗喻:你提了好几次,"一个人",住在城市边缘墓地对面的道路尽头。你的屋外立了一块路标,上面写着"此路不通"。一整夜,我们三个喝得越来越醉,你有那么多的方式谈论你自己,有那么多的方式让孤寂直达全世界所有的悲伤。如果说诱惑是杯高球鸡尾酒,那么不幸一定是烈酒。

你说:"从来就没有什么美好时光。这种事最后总会以伤心和失望收场。"我口不择言地说出盲目之爱和迷恋这些字眼。你说:"没有这么简单。"我们的位置完全颠倒了。我成了那个牛仔,你成了犹太人。但还在我的掌控之中。

"难道就不能寻点儿开心吗?"我生气地说,目光瞪向窗外。一切变得虚幻起来,时间被拉长,如同置身于一个抽象的世界中。过了片刻,你问我:"那好吧,你带毒品了吗?"

我早就准备好了,一管鸦片酊、两剂迷幻药、三十片止痛药和少量大麻。"放轻松,你这是在约会!"安·罗尔之前一边和我讨论一边拣出一束缅甸花球作为礼物。但不知为何,事情没有按照我们之中任何一人计划的方式发展。但我还是卷了一支大麻烟卷,然后我们一起为安碰了杯。

唱片放完了,你起身去倒咖啡。我们站在厨房里笨拙地假装偶然触碰到彼此的手,但尴尬的气氛让我们又迅速地把手收回。然后,我们聊了聊沙漠、书和电影的话题。最后,我说:"时间不早了,你想做什么?"

"我是一个绅士,"你腼腆地回答,"我不喜欢对客人表现得冷淡。要是你没法开车……"

"跟那没关系。"我唐突地打断你。

"那么……你想和我在一张床上挤挤睡?我不会拒绝。"

天哪,行了。难道我婚后这些年道德风尚有这么大的变化吗?

"你想和我做爱吗,想还是不想?"

你说:"我不反感这个想法。"

这种中立的态度一点都不性感。我要你拿出热情,但你说你给不了。我打算就此话题使出最后一击:"听我说,要是你不想,就实话实说,我就走人,这才是绅士的表现。"

但你还是重复道:"我不……反感……这个想法。"

好吧。我们就是闭合电路里的两个电子,在不停地兜圈子。此路不通。《禁闭》。从12月到现在,我每天都在想着你,梦着你。爱上你让我承认自己在电影、婚姻和抱负上的失败变得可能。126号州道,通往大马士革的高速路。就像圣徒保罗与释迦牟尼在四十岁时经历人生的重大转变,我在迪克身上获得了重生。但这对你有什么好处呢?

我对规则是这么理解的:

如果你十分渴望某样东西,只要没有别人说"不",你就可以坚持不懈地追求下去。

你说:我不会拒绝。

于是当你起身更换唱片时,我弯下腰开始解开靴子上的鞋带。这时,变化发生了。房间里安静极了。

你回来,坐到地板上,脱掉了我的靴子。我向你伸出手,我们开始在唱片里音乐的伴奏下跳起舞来。你拉着我起来,站在起居室里,我的双腿盘绕在你的腰间。你对我说"你可真轻",我们摇摆着,头发轻拂过面庞。谁会先亲吻对方呢?然后,我们吻在了一起……

以下是省略号的几种用法:

……根据《海斯法典》[1],当电影中的亲吻画面进行到十秒时,画面需要逐渐暗下来。

……塞利纳在《茫茫黑夜漫游》中用省略

---

[1] 《海斯法典》是美国《电影制作规范》的别称,旨在把裸体、亲吻等与性相关的内容从电影中剔除,1930—1968年实施。

号把表述分割开，使比喻从语言中迸发出来。省略号就像子弹一样从纸页上滑过。无意识的语言像是一件武器，发动了全面的战争。如果说丛林狼是最后能幸存的动物，那么仇恨则会是世界上最后一种情感。

你把我放了下来，指了指卧室的方向。这时唱片的音乐换成了鲍勃·迪伦为电影《比利小子》创作的原声。太完美了。在这张唱片的伴奏下，我们每人做过几次爱？六弦或七弦班卓琴的乐声在第二十五分钟（根据《金赛性学报告》，这是全国性交时间的平均值）时达到了高潮，那首《敲响天堂之门》。一首异性恋的赞歌。

你倒在床上躺了下来，脑袋靠在枕头上。我们把上衣脱掉了。床边的蓝色台灯还在亮着。我还穿着盖尔斯牛仔裤和胸罩。我看着你摸我的乳头，我们同时看着它逐渐变硬凸起。后来，你用食指抚过我的阴户，却没有伸入进去。那里已经很湿了，一看便知。后来，我还在想着亲眼见证这个行为本身与克尔凯郭尔的第三次跳跃。与你的性爱是如此难以置信的……

"性"味盎然,而我已经有两年没有和任何人发生过性行为了。我吓得不敢说话,想要沉没到你的身体中。这时,这些字句却自己蹦了出来。

"我要做你的哈巴狗。"

你在我的上方漂浮着,好像并没有听到我的话。于是,我重复道:"你会让我做你的哈巴狗吗?"

"行啊,到这里来。"

你帮我这只小哈巴狗放松,直到我的双手能环抱住你的肩膀。头发乱七八糟的。

"你如果要做我的哈巴狗,让我告诉你怎么做。别动。一定安静才行。"

我点了点头,好像还抽泣了起来。然后,你的那东西之前还没什么动静,突然猛地向上冲刺着,海浪一波又一波地从指间涌出。我叫了出来。你把手指围在我的双唇上。

"来啊,小哈巴狗。你得真的安静才行。在这里别动。"

我照做了,然后好像又这样持续了几个小时。我们一直做到连呼吸也变得像性交一样。我在你蓝绿色的房间里时睡时醒。

我早上6点左右醒来,而你还在睡着。

你窗外的野草因为雨水的滋润而嫩绿无比。我找了一本书,坐到起居室的沙发上读了起来。我很害怕早上我们见面时的情景,我不想让我的在场显得太具侵犯性和咄咄逼人。但很快,你的身影就在门口出现了。

"你在卧室外面干什么呢?"

"休息。"

"好啊,到我这里来休息。"

我们的晨间性爱在模糊与时断时续中进行,床单、明亮的日光,每样东西都更加真实,但那股欲望的洪水,脑内迅速分泌的内啡肽带来的快感却并没有什么不同。性爱结束后很长时间,我们两人不发一语。

这时,事情变得古怪起来。

"变得古怪?"我今天夜里在电话里把整件事告诉斯科特·B.时他这样对我说,"你以为会是什么样呢?整件事本来就很古怪了。"

好吧,没错,我明白他的意思了。但是——

"那么,接下来还有什么'节目'?"我尝试着把话题从性中转移出来。

"你说什么节目？《布雷迪家族》？"

"不不不……我是说，周二之前我都在城里。我在想你觉得我们要不要再见一次面。"

你转过身来说："你想见吗？"

"想啊。当然。绝对。"

"当然……绝对。"你用一种挖苦的语气重复道。

"是的，我想。"

"好吧，实际上我有个朋友（不知为何，你朋友一定是位女性）周末会过来。"

"哦。"这个消息就像石头一样砸了下来。

"怎么了？"你察觉到了我说话的语气，"我吹爆了你的气球——毁灭了你的幻想？"

我挣扎着在没穿衣服的情形下回答这个问题。

"我猜就失望这一点而言，你说得没错。要是我早知道这样，很可能根本不会留下来过夜。"

"什么？"你大笑道，"你觉得我对你不忠？"

好吧，这确实很残酷，但爱上你已经成为一种全职工作，而我还没准备好失业呢："不，我没有。就是你得帮我找到一种更能接受这种现实的方法。"

"接受？"你模仿我说道，"我不需要为你做任何事。"

你这是在摆出一种姿态，嘲讽的表情让你的脸变成了一张面具。这是极端的暴力，可谓一击毙命的狠招。

"我什么都不欠你。你自己闯了进来，这是你的游戏，你的安排，现在的局面也得你自己处理。"

在那一刻，我感到的只有震惊和失望。

你又换了样武器，狡猾地对我说："我猜从现在开始，你要给我写仇恨信了吧。你会把我加入到你的男性恶魔学中了。"

"不，不会再写信了。"

我没有权利生气，我也不想哭："你真的不必表现出这样激烈的残忍。"

你耸了耸肩，看了看自己的手。

"激烈是什么意思？"你借助自己马克思主义者的过往，继续说，"激进的反对神秘化？"这句话让你笑了出来。

"听我说，我承认这件事当中有百分之八十的成分是幻想与投射。但这都是有现实依据的。你难道不相信共情，不相信直觉吗？"

"什么？你在说你得了精神分裂症吗？"

"不是……我只是——"我坠入了可悲的深渊，

"我只是——对你有了某种情感。这种奇怪的联系。我在你的作品中体会到了这种情感,但在那之前也有过。三年前,你、我和简一起吃的那次晚餐,你和我调情,你一定也感觉到了——"

"但是你根本不了解我!我们只是一起度过了两三个夜晚!在电话里聊了一两次!但你却把自己乱七八糟的幻想投射到我身上,你绑架了我,你跟踪我,利用你的游戏来侵入我的生活,而我不想要这些!我从来没想要这些!我觉得你是个邪恶的精神病!"

"但还有我的那封信呢?我离开西尔维尔后,写了那封信,想让你帮我度过那段难熬的日子。不管我做了什么,你都觉得这只是一个游戏,但我在努力表达自己的真诚。"

("秩序中的真诚会威胁到秩序本身。"戴维·拉特雷这样评论雷内·克雷威尔。而我则是在尝试着证明这个观点。)

我继续说道:"你知道打电话给你有多难吗?那是我做过的最难的事。比打电话给威廉·莫里斯还要难。你说过我可以过来。你一定知道我想要什么。"

"我不需要性,"你吼了起来,但又接了一句稍微绅士点的话,"虽然很享受。"

现在,太阳光已经十分明亮了。我们还光着身子待在床上。

我说:"我很抱歉。"

可我还能怎么解释呢?"只不过是——"我开口说道,脑海中掠过在纽约度过的十五年岁月、艺术生涯的随意性,或者说真有那么随意吗?谁应该有发言权,又是为什么呢?戴维·拉特雷的书只卖掉了大约五百本,现在他死了。彭妮·阿卡的原创真品和德凯伦·芬利的赝品,但谁更出名呢?泰德·贝里根死于穷困,吉姆·布罗迪甚至被赶出了住处,在死于艾滋病之前只能露宿公园。那些没有医疗保险的艺术家刚刚患病时就自杀了,因为他们不想成为朋友的负担……最让我感动的人大都像狗一样活着和死去,除非他们像我一样妥协了。

"我讨厌自己身边百分之九十的东西!"我对你说,"但尽管如此,我仍然爱着剩余的一切。也许爱得太过了。"

"如果我是你,我会重新考虑一下的,"你说,靠着一堵颜色昏暗的墙,"我所见到的一切中有百分之九十都让我喜欢,剩余的我不在乎。"我听着你的话。你看上去那么睿智,容光焕发,我曾经用来理解世界的系统全都消失不见了。

＊＊＊

当然,真相要复杂得多。那会儿才是周五上午。开车去卡西塔斯湖,汽车旅馆,止痛药,还有苏格兰威士忌都没发生呢。我的钱包丢了,靠油箱里最后八分之一汽油,我开了五十英里去找它。周日还准备打一通电话,周一晚上要和你共进晚餐,然后一起去酒吧,观看一场音乐剧精选曲目的集锦演出。直到周六通过电话联系到安·罗尔,我总算能坚持住不再哭了,开始把注意力放到其他事情上。安说:"也许迪克是对的。"这话说得好像太过深奥了。我能把你的残忍当成一份关于真相的礼物吗?我能学会感谢你这么做吗?(不过当我把这本书的故事大纲拿给安看时,她说她从来没说过这句话,连类似的话也没说过。)

周六那天,我在丹尼尔·马洛斯家的长条沙发上过了一夜。何塞做了豆子和烤肉。丹尼尔一周七天要做三份不同的工作,为了给一部实验性电影筹措资金,而且他从不抱怨。周日早上,我步行穿过鹰岩,沿着林肯大道来到了洛杉矶西方学院。"甚至在这里,在这片拥挤的居住区,人们还在完成周日早晨的散步。这里的空气中有股花香。"我坐下来,开始在我的笔记本里写道。

我在图书馆查阅了西蒙娜·薇依的《重负与神恩》。

她这样写道:"不可原谅伤害我们的人,若这种伤害使我们贬抑。应当认为这种伤害并没有使我们贬抑,而是显露出我们实在的层次。"[1]

* * *

在危地马拉的雨林里,我见到了野生的猴子与大嘴鹦鹉。我住的旅馆附属于环保主义者奥斯卡·帕列莫的一座别墅庄园。奥斯卡是危地马拉寡头统治家族中的黑羊……但他除了这间别墅庄园,还在危地马拉城有座房子,在纽约有套公寓,所以也不是那么

---

[1] 译文参考自顾嘉琛、杜小真译《重负与神恩》,中国人民大学出版社2003年版。

另类。奥斯卡也让我加入了他那个大家庭的日常活动——长达两个小时的午餐与沿河旅行,简直和电影《偷香》中的场面一模一样。三年前,他的土地上有间农舍被玛雅叛军纵火烧了。

在詹妮弗·哈伯里的绝食抗议进行到第二十九天时,美国哥伦比亚广播公司的《60分钟时事杂志》播报了一段她的处境。第三十二天,她的律师从华盛顿乘飞机来到了危地马拉城,带来了一个消息:"白宫的人将会和你通话。"3月22日,新泽西州国会议员罗伯特·托里切利公布了众议院情报委员会对中央情报局在危地马拉行动的调查结果。哈伯里为了找寻巴马卡失踪背后的真相花费了三年零十天——倒不如说,她带领着媒体和政府发现了她早已猜到的真相:她的丈夫就是被中央情报局雇用的杀手杀害的。有危地马拉的"门格勒"[1]之称的胡里奥·阿尔贝托·阿尔皮雷斯上校还绑架了美国旅馆老板迈克尔·德万,对其施以酷刑后杀害。

---

[1] Josef Mengele(1911—1979),德国纳粹党卫军军官、奥斯维辛集中营医生。因负责筛选犯人送进毒气室、在犯人身上进行残忍的试验而臭名昭著,人称"死亡天使"。

亚历山大·科克伯恩不是说过吗，我们每读到一个被杀害的美国人时，需要知道相应地有三万不知名的农民也被杀害了。阿尔皮雷斯是一位接受中央情报局资助的情报人员，领导了一个代号为"档案"的行动小队。他们折磨并杀害了难以计数的危地马拉神父、护士、工会成员、记者和农场主。他们还强奸了美国修女戴安娜·欧迪兹，在下午3点的光天化日之下，于危地马拉城的街头捅死了人类学家莫娜·马克。3月24日，美国政府撤回了对危地马拉的全部军事援助。几位中央情报局的部门负责人也被开除。詹妮弗·哈伯里总算脱下了她栖身的垃圾袋，来到了美国国会做证。（尽管就在上个月，危地马拉首次选举的前夜，哈伯里的律师在华盛顿的汽车被安装了炸弹后引爆。）

* * *

几个月来，我以为这个故事将会与爱如何改变世界有关。但可能这太老掉牙了。

法斯宾德说过："我厌恶什么两个人之间的爱情

可以带来救赎这种观点。我的一生都在反抗这种压迫式的关系模式。相反，我信仰并致力于寻找一种能包容所有人性的爱情。"

离开危地马拉几天后，我的失声症痊愈了。

        爱你的

        克丽丝

诠 释

日记52表明,法特在他生命中的这个时刻形成了某种狂野的希翼,这种希翼让他相信在某个地方确实存在一些美好的东西。

——菲利普·K.迪克,《瓦利斯》[1]

1995年3月4日

纽约州,瑟曼镇

亲爱的迪克:

1.《女奴生平》

---

[1] 译文参考自蓝小栾、关金宝译本,江苏教育出版社2005年版。

如果你同另一个人的联系破裂了（同你自己的联系破裂了），你会如何继续呢？与某人相爱意味着相信另外一个人的在场才是彻底成为你自己的唯一方式。

现在是周六上午。明天，我就四十岁了，所以这是最后一个她三十多岁时的周六上午，引用了诗人艾琳·迈尔斯和艾丽丝·诺特利的一首诗的标题。在过去十年里，每个因各种电话、出门办事而变得琐碎的周六上午，我都会笑着想到这首诗，算起来大概总共有六十次吧。

昨天下午，我开车从纽约回到了这里。我迷失了方向，有点糊涂。（现在我也有点糊涂，因为不知道该把你放在陈述还是叙述里，也就是说，我是在和谁说话呢？）"与"你在洛杉矶度过那五天后，我在周二夜里回到了纽约。周三和周四，西尔维尔和我一起把我们所有的东西从第二大道搬到了第7街。这两天时间里，我一直感到很后悔，但还是尽量不表现出来。

20世纪70年代末，在我上班的纽约脱衣舞酒吧，这首由伊芙琳·金演唱的迪斯科歌曲《耻辱》流行了很长一段时间。这首歌与那个时代、与脱衣舞酒吧这个地方太相配了,它可以唤起你的情绪,又无须承担这种情绪的后果——

> 耻辱!
> 你对我的所作所为是一种耻辱
> 我只能试着忘掉痛苦……
> 你的怀抱
> 才是我的归属

因为耻辱恰恰是我和我所有的女性朋友一直以来的感受,我们指望性来孕育共谋。("共谋就像是一个女孩的名字。"多迪·贝拉米写道。)

"这就是你想要的?"周五上午时你这样问我。那时快到10点了,我们已经在床上光着身子争论了几个小时。为了弥补你叫我精神病的过失,你宽恕而慷慨地向我讲述了生活中的一个悲惨故事作为补偿。你试着不把事情搞砸。"这就是你想要的?一种筋疲力尽的性交?"

嗯,是又不是。"我在努力表达自己的真诚。"我那天上午已经对你坦白了，可听上去，唉，太没说服力了。"每当有人颇费一番苦功，可以称得上真诚时，"戴维·拉特雷在一篇采访中说，那次采访是我为他与编辑肯·乔丹安排的，"那代表的不只是一种自知之明，也是对他人无法看清的事物的了解。真正而绝对的真诚，近乎一种先知，会让美梦破灭。"我在帮忙宣传他的书，而他却在气愤地抱怨着。他抱怨的方式让我对他有些畏惧，他仇恨所有压制他发声的人，所有让"有独到见解的聪明年轻人"闭嘴的人。这次采访后只过了三天，他就因为自己脑袋中那个巨大却无法手术摘除的肿瘤而倒在了曼哈顿的A大道上。

我跟随着他那深沉而又有教养的声音记录着："因为毕竟所谓的美梦只不过是没完没了的难以消化的事物，是毫无用处、甚至不该引以为荣的社会责任，以及徒劳且没有意义的谈话与姿态。最后的结局只是孤独而终，被那些穿着白大褂的人像处理垃圾一样对待，而这些人也没比清洁工文明多少……在我看来，这就是所谓的美梦。"

耻辱就是你服用了安眠酮后被艺术圈里的同僚强迫，而他事后假装毫不知情时你的感受；耻辱就是你朋友丽莎·马丁想要免费可乐,你就得在一家纽约夜总会的卫生间里给人服务时的感受;耻辱就是任由别人让你去了一个你无法控制自己的地方时的感受——三天后,在欲望、妄想症和礼节之间挣扎,不知道对方会不会打米电话。亲爱的迪克,你在上个周末对我说了两次多么热爱约翰·莱切的作品,你多么希望自己的写作能包含更多的性内容。既然你办不到或是感到难堪,而我又爱着你,所以也许这个愿望我可以替你达成?

无论如何,为了不再感到这种绝望和后悔,我决定在四十岁之前努力解决异性恋的问题(例如,完成这个写作计划)。明天就是最后期限。

从洛杉矶回来后,因为时差的影响和一直忙着搬家,我忽然发现竟然有那么多东西等着我去理解、去说出来。这就是地狱的最底层了吗?周一夜里,我们在餐厅里讨论了法斯宾德拍摄的电影中我们最喜欢的一部——《柏蒂娜的苦泪》。我那晚穿了一件剪裁讲究的白色长袖衬衫,看上去端庄娴静,这是娼妓经常使用的狡猾伎俩,让我忽然感到明白了什么。我说:"法斯宾德长得太丑了,这是他的每部影片最真实的主题——一个不算优秀的丑陋男人渴望着被爱。"

潜台词就像寿司一样被明显地摆放在我们之间的桌子上。那就是我也很丑。你明白了其中的言外之意,没做任何解释。这让我意识到,我们之间交流的一切内容又回到了性、丑陋和身份上。

"你可真够骚的。"迪克·——周一夜晚在酒吧里对我谈到了我们上周四的性爱。听到这个,我的心扉打开了。你的黑色外套,我的长袖衬衫,我跌入了我们在餐馆营造出的那种彬彬有礼的舒缓气氛。你这是在再次诱惑我吗,还是暗指你那天下午在我的宣言《每一封信都是一封情书》里读到的内容?我不知道该怎样理解这句话。但这时,迪克突然看了下自己的手表,然后抬起头看着房间对面的某个人。我这时明白,你永远都不会再和我做爱了。

到了周末,我怀着沮丧的心情回到了纽约,乞求西尔维尔给我些建议。虽然理论部分的那个他对通信和婚外情是如何使我性化和改变得非常着迷,但其他部分的他变得愤怒而困惑。那么我能责怪他这个不称职的心理治疗师吗?"你永远都不会吸取教训,"他说,"你总是自找没趣!一遇到男人你就会栽在这个问题上！"可是，我相信这次的问题更严重，也更有文化意义。

我们周一夜里一起走进酒吧时的样子看上去一定很棒。我们二人都很高，厌食症，而且我们的外套很配。"**卧底侦探**[1]来了。"酒吧侍者看到我们后喊道。所有的酒吧常客都抬起头看着我们。你是个卧底，而我是个现代主义者。"可以请你喝一杯吗？""没问题。"突然，我的思绪一下子回到了1978年的夜鸟酒吧，喝着酒抽着烟调着情，和我当时的男友雷·约翰森毫无章法地打着台球。哈哈哈。"你不能坐在台球桌上！你得双脚站在地板上！"在寿司店里时，我们说好要在酒吧里努力表现出成熟中立的一面，可刚到达酒吧还没几分钟，我们就把这个协议抛诸脑后了。你竟然和我调起情来，看来任何事都是可能的，就像英语的语法规则一样。

后来，我们的四条腿紧紧地靠在小小的酒吧桌下面，又聊起了我们最喜欢的幽灵——戴维·拉特雷。

---

1 《卧底侦探》(*The Mod Squad*) 是美国1968年—1973年播出的一部电视剧集。剧中的主角是两男一女三位颇有嬉皮文艺风的年轻卧底警察。

我想要解释自己是如何宽恕戴维那些糟糕行为的,比如酗酒和吸食海洛因,还有在他膨胀得越来越大的同时,他的妻子是如何不断缩小直到几乎消失不见的。"当时所有女性的生活都被他那一代男性给毁了。"我对你说。"不仅是那一代人,男人如今还在毁掉女性的生活。"你这样回答我。当时我并没回答,没有想法,只是默默地听着。

但是,到了上周三的凌晨 3 点,我突然从梦中醒来,伸手去拿我的笔记本电脑。我意识到你是对的。

我在键盘上输入:

我控诉理查·谢克纳。

理查·谢克纳是纽约大学表演研究领域的教授,写过《环境剧场》等多部有关人类学与戏剧的著作,还是期刊《戏剧评论》的编辑。他曾经当过我的表演老师。而在上周三的凌晨 3 点,我突然想起理查·谢克纳早已毁了我的生活。

所以我会写下这篇言辞激烈的文章,还要在理查的住处周围和纽约大学里贴得到处都是。我要把这篇文章献给女艺术家汉娜·韦尔克。因为汉娜那把困扰她的东西变成艺术题材的强大意志，在她的有生之年显得那么尴尬，而我在凌晨3点时，开始明白汉娜·韦尔克就是我所希望做的一切的榜样。

我控诉理查·谢克纳。他通过剥夺睡眠、业余的**完形心理疗法**、**性操控**等手段试图对华盛顿特区的十名学生进行**思想控制**。

好吧，这只是个计划。在那一刻，我对这个计划充满热情，就像一天夜里西尔维尔和我在第7街制订另外一个计划时那样。当时我的心情沮丧至极，西尔维尔也加入了我的自杀行动中。我们每人喝了点酒，吃了两片止痛药，决定对着你的自动答录机大声朗读胡里奥·科塔萨尔的小说《跳房子》的第七十三章："是啊，但谁能把我们从夜幕降临时沿着于榭特大街肆虐的沉闷、无色的火焰中解救出来……"在那一刻，这种想法看起来是如此英勇、恰当与精彩，但是迪克，如同大多数观念艺术一样，谵妄竟然可以充满这么多的指涉——

在理查·谢克纳位于华盛顿特区的原住民梦幻时代工作室中,他和我是组里面仅有的能在正午前起床的人。我们喝着咖啡,两人分着看一份《华盛顿邮报》和《纽约时报》,探讨政治和世界大事。

与你我一样,理查也抱有某种政治理念,而我是组成人员中除他以外唯一一个对新闻时事感兴趣的人。我是那个"严肃的年轻女性",驼背,性格内向,还跑到图书馆去借阅有关原住民的书籍——蠢到在那种情况下都没意识到工作室与原住民没有任何联系。

理查似乎很喜欢我们在早间进行的有关布莱希特、阿尔都塞和安德烈·高兹的谈话,但后来他却让全组的人和我作对,因为我太过理智,而且是个假小子。但所有这些热情关注和偏见指责不都恰恰在回避一个更大的真相,也就是我的阴道吗?那就是我是个女流之辈。我是个无知、不男不女的怪人。不像丽莎·马丁那么招人怜爱,坚决不脱掉自己的厚底鞋,即使是练瑜伽时也不例外。我那会儿还没学会在人际交往中使用性感把戏呢。

在"危途之夜",我去了市中心的一家脱衣舞酒吧,脱掉衣服后就在那里扭啊扭啊扭。就在同一天夜里,一位名叫玛莎·皮博迪的精神分裂症患者,决定不再服用药物。身材肥胖、资质平庸的玛莎之所以能进入组里,是因为理查认为精神分裂症如同原住民梦幻时代这个名字一样,打破了空间与时间的连续性。同一天夜里,理查在球场后面的更衣棚里让玛利亚·卡洛韦给他吹喇叭。玛利亚不在我们组。她大老远从纽约来就是为了能同理查·谢克纳学习,但她却被分配去了利亚那个有关身体/声音的工作室,原因是理查认为她不是一个"足够好的"表演者。第二天,玛莎消失了,此后没人问起她或再次听到她的消息。理查鼓励我和丽莎·马丁一起去纽约工作。我放弃了自己的廉价公寓,搬进了丽莎在纽约翠贝卡区的loft公寓。为了支付房租,我每周有好几晚要跳脱衣舞赚钱。我那时一边研究性与思想之间的分歧,差不多类似的内容,一边任由酒吧里的律师嗅着我的下半身。我就这样过了几年。迪克,周三夜里我醒来时,意识到你是对的。男性如今确实还在毁掉女性的生活。当我跨入四十岁时,我能为年轻时的自己复仇吗?

* * *

按照你十年前的眼光来审视现在的自己,真的非常奇特。

* * *

周四下午,我步行前往位于百老汇的电影/视频艺术中心,为我在1983年上演的《胡戈·巴尔的日记朗读会》的录像带制作一份拷贝。

虽然诗人胡戈·巴尔由于1917年时在苏黎世的伏尔泰酒馆里"发明"达达主义而留名史册,但他的艺术活动仅仅持续了两年,其余的时间里,他的生活破碎而忙碌。他曾经学习戏剧,还做过工厂工人和马戏团服务员,给一家左翼周刊当过记者。在他四十一岁因胃癌去世前,曾是一位记录了"天使等级"的业余神学家。巴尔的妻子叫艾米·亨宁斯,是位在餐馆里表演的歌舞演员、木偶工人、小说家和诗人。二十年间,巴尔和亨宁斯迂回曲折地穿越了瑞士与德国,不断放弃、修改着他们的信仰。他们没有稳定的收入，几乎走遍了欧洲，只为寻找一个低生活成本的完美居住地，这样就可以安心工作，过上简单的生活。他们与特里斯坦·查拉断绝了往来，因为他们无法理解查拉的野心——为了宣传一个理念至于要付出一生吗？要不是巴尔的日记《飞出时间》得以出版，巴尔夫妇的生活轨迹很可能早就湮没在了历史中。

吗啡

我们正在等待最后的恣意
当每天最头晕目眩的时刻来到
惧怕无眠黑暗的我们无法祈祷。
我们憎恨阳光，它毫无意义。

我们从不关心邮件。
那个有时令我们喜爱的枕头
有一种无所不知的静谧笑容
在粗暴的间或，摆脱发烧的寒战。

让别人也跟着挣扎求生

> 我们无助地向前冲着过完一生，
>
> 对世界充耳不闻，站着做梦神思恍惚，
>
> 黑暗如同大雨一直倾盆如注。

艾米·亨宁斯在1916年写下了这首诗。迪克，1983年我和朋友们住在纽约东村时，发现过去出现过像巴尔和亨宁斯这种没有雄心、没有职业规划地进行艺术创作的人太让我激动了。

阅读他们的生平拯救了我的生活，所以我决定把巴尔的日记搬上舞台。我邀请了九位我认识的最有趣的人来梳理巴尔和亨宁斯的作品，找出最能描述他们自己的段落。演出阵容包括诗人布鲁斯·安德鲁斯、丹尼·克莱考尔、史蒂夫·莱文和戴维·拉特雷，艺术家莱奥诺拉·尚帕涅和琳达·哈蒂尼安，女演员卡伦·扬，艺术评论家格特·席夫，还有我自己。

因为这九个人中有三位已经过世了，而且最近我读了米克·陶西格在他的《神经系统》一书中对巴尔的描述（他很遗憾女性在达达主义运动中的缺席，但他似乎并没有努力去发掘出她们——亲爱的迪克，亲爱的米克，我虽然只是个业余爱好者，但的确知道有三位女性参与了达达主义的风潮：艾米·亨宁斯、汉娜·霍奇和索菲·陶伯－阿尔普），我想再看一遍这部舞台作品。

作为这部作品的发起人，我在其中扮演了女主持人/导游的角色，让我的朋友们有机会去表达，并填补各种需要阐释的空白。为了达到这个效果，我盗用了亚历山德拉·克鲁格在她哥哥亚历山大·克鲁格的电影《爱国者》中扮演的德国高中历史老师加比·泰施这个角色。因为对当下不满，加比·泰施决定发掘出德国全部的历史，找出到底哪里出了问题。我那时也感到不满。她以为/我以为，除非我们拥有了自己的历史，否则什么都不会改变。

为了进入角色，我找了一条缀着人造钻石小颗粒的朴素呢子裙，一件长袖蕾丝衬衫。这套服装让我想到了一个神秘的典型形象，一位担任高中老师的知识分子嬉皮士，想到了加比·泰施，也想到了我自己。

于是，周四下午，我站在电影/视频艺术中心的配音室里看着二十八岁的自己饰演加比·泰施。那时的我像一个稻草人，一头乱发，皮肤很差，满口坏牙，在台词的重压下萎靡不振，说出的每个词都很努力，但这种努力是值得的，因为有太多要说的了。

在一个角色中饰演你自己非常奇怪。服装、台词都督促着你深入那个难以名状的领域，然后，你穿着服装说着台词出现在别人面前，现场表演。

克丽丝/加比很邋遢，没有什么典型的角色形象，试图在谈话中迷失自己。她的双眼睁着，但却充满了畏惧，目不转睛，不带任何感情色彩，不知道到底要朝哪里看。在排练这部戏时，克丽丝已经开始与曼哈顿下城颇有名气的西尔维尔·洛特兰热约会了。他们每周约会做爱两次，都是在午餐时间。但他们的性爱也让人难以理解。克丽丝常常在运河街办完事后到西尔维尔在前街的 loft 公寓。克丽丝被西尔维尔领入那间墙边堆着书、非洲水袋和鞭子的卧室后，衣服都没脱就被他推倒在床上。他抱着克丽丝，用力捏着她的乳头直到她的高潮来临。但他却从来不让克丽丝碰自己，甚至都不怎么干她。过了一会儿，克丽丝不再疑惑这个人到底是谁，而是在西尔维尔的床上睡着，逐渐沉入时间的隧道，进入童年的回忆中。爱、恐惧和魅力。克丽丝翻了翻他的书，意识到自己正面临着非常严峻的竞争，其中一条书籍扉页的题词是这样写的："致西尔维尔，全世界最会干的人（至少是我经历过的）。爱你的凯西·艾克。"完事后，他们会一起喝蛤蜊汤，聊法兰克福学派。最后，他会送克丽丝到门口……

那么克丽丝在表演什么呢？在那一刻，她呈现的是一个严肃的年轻女性，偏离了生活的正轨，孤立无助，雌雄同体：徘徊在舞台上，一会儿是诗人—男性，提出各种观点，一会儿是演员—女性，展现她们自己。她既不像女性那样漂亮，又不像男性那样拥有权威。看着克丽丝/加比，我讨厌她但又想去保护她。为什么我十几岁成人后进入的世界，那个充满反叛的先锋世界就容不下这个人呢？

"你长得不美，但你很聪明。"在1987年的电影《枯木逢春》中，墨西哥牛郎对来自纽约已经三十八岁的犹太裔女主角这样说道。当然，看到这一幕时你已经明白牛郎要杀死女主角了。

所有的性行为都曾代表着堕落。我可以随便说出一些往事：东11街，和默里·格罗曼在床上：

"老女人,把这个吞进去,直到窒息为止。"东11街,和盖里·贝克尔在床上:"你的问题是,太肤浅了。"东11街,被彼得·鲍曼抵着墙:"唯一能让我兴奋的方法是假装你是个妓女。"第二大道,和迈克尔·温莱特在厨房:"非常坦白地说,我应该有个更漂亮、受过更好教育的女朋友。"你会把这个严肃的年轻女性(短发,穿着平底鞋,略微驼背,来回读着读过的书)怎么办呢?掌掴她,毫不怜惜地干她,把她当男孩子一样对待。这位严肃的年轻女性四处寻找着性爱体验,但等她找到时,那体验却成为一种崩溃的演练。这些男人的动机是什么呢?是因她唤起的仇恨?是一项挑战,想把这位严肃的年轻性变得更有女人味?

* * *

2. 生日聚会

从里到外

小伙子,你把我折腾得

从上到下

从里到外

——一首20世纪70年代末的迪斯科歌曲

约瑟夫·克苏斯上个月举行了五十岁生日聚会，第二天就上了《纽约邮报》的第六版。聚会上的一切就像报道里写的那样完美：现场大概有一百名宾客，人数正好多到可以填满房间，又正好少到让宾客享有被选中的那份优越。约瑟夫和妻子柯内丽娅带着他们的孩子刚刚从比利时抵达。约瑟夫的密友马歇尔·布朗斯基和约瑟夫的下属为这场聚会筹备了好几周。

西尔维尔和我从瑟曼镇开车来参加聚会。我先在公寓门口让他下车，然后把车停好，走到了门口。就在我进门的同时，另一个女人也独自走了进来。我们都把自己的名字告诉了门厅侍者，而且我们的名字都没有出现在宾客名单上。"看看有没有洛特兰热。"我对侍者说。果然，我是西尔维尔的"附加品"，而那个女人则是另外一个人的。我们走上电梯，检查了妆容、衣领和头发，她低声对我说："在走入这种场合前，最让人难受的就是自己没被邀请。"我们相视一笑，祝福彼此好运后就在衣帽间分开了。但我并不需要运气这种东西，因为我根本没有任何期望：这是约瑟夫的生日聚会，约瑟夫的朋友、客人（主要是男性，除了女性艺术品经纪人外，就是我们这些"附加品"了）都是来自20世纪80年代早期形成的艺术圈子，所以我要么被人以屈尊俯就的方式对待，要么就是被无视。

饮品放在一边，餐食在另一边。戴维·拜恩正踱步穿过房间，他戴着一顶华丽的皮帽，高大得像一位摩尔族国王。我在吧台时，身边站着肯尼斯·布鲁姆菲尔德，我试探性地打了声招呼，但他只是不屑地哼了一声便转身走开了。我握着苏格兰威士忌酒杯的手抓得更用力了。我身穿深绿色日式羊毛裙装，脚踩高跟鞋，脸上化着妆，尴尬地站在原地……快看，马歇尔·布朗斯基来了！他来到吧台边跟我打招呼，说见到我让他想起了大约十一年前我们一起参加的一个聚会，那时候我们还在约会。当然了，他之所以能记起来，是因为那个聚会是扎维耶·弗尔卡德为了庆祝马歇尔的第一部作品《论符号》出版而举办的。扎维耶还专门把聚会的地点选在了他在曼哈顿东区的联排别墅。当时正值冬末早春时节,水瓶座或者双鱼座。我记得宾客脚步轻快地走过宴会承办方和工作人员,漫步在一望无际的黄水仙和有野兔出没的河岸草坪。戴维·萨尔在场,翁贝托·艾柯也在。与他们在一起的还有经常在扎维耶身边的那群模特和一位《纽约时报》的评论人。

我那时候住在第二大道的一座经济公寓里,学着把利用魅力作为一条可能的出路。我能够成为马歇尔·布朗斯基的完美女友吗?我已经不再尝试变得和丽莎·马丁一样性感撩人了,不过我身形娇小,瘦削,说话还带有新西兰口音,只是已经慢慢变得接近纽约口音了。也许这些也可以成为"本钱"?到那时为止,我已经读了足够多的书,没人会猜出我从没上过学。马歇尔和我是经由我们共同的朋友路易丝·布尔乔亚介绍认识的。我很喜欢路易丝,而马歇尔则被她钢铁般的意志和日渐增长的名气吸引。"将欲望升华的能力造就了艺术家,"她曾经告诉我,"你唯一的希望就是和一位评论家或学者结婚,否则你会饿死的。"为了把我从贫困中拯救出来,路易丝给了我一件参加那次聚会的完美服装:一件南瓜色的羊毛呢旧式直筒礼服。这件衣服很有历史意义,因为路易丝曾经穿着它陪劳森伯格参加了他在东10街的首次展览……马歇尔的朋友大部分是男性——评论家、心理分析师、符号学家——他很喜欢领着我在房间里走来走去,而我则在他的朋友面前"表演":仔细倾听,用他们的行话插科打诨,把话题引导回马歇尔的书。"所以说法国新浪潮嘛……"作为一个无足轻重的小女子,我可以潇洒地藐视一切陈规和传统,我就是一条"会说话的狗",不需要表现得沉闷枯燥以维护自己的地位。

亲爱的迪克,你觉得我"不够诚恳",这让我很受伤。有一次,尼克·杰德与我一起就我们的作品接受一家英国电视台的采访。看过这段采访的新西兰人都对我说他们是如何喜欢尼克,因为他更加诚恳。尼克的作品就只有一部,直截了当地就叫《娼妓性高潮》,是一部纽约东村血腥色情片。而我有好几部作品呢。还有,是不是否认复杂性就叫诚恳?就像你扮演约翰尼·卡什一样开着雷鸟进入阳光中慢慢消失。实验电影圈里的女权主义之所以很让我倒胃口,除了因为这些人热衷于雅克·拉康那套无聊的理论,再就是他们对漂亮女孩进退两难的处境进行了诚恳的钻研。作为一个丑女孩,那些东西与我无关。唐娜·哈拉维不是最终解决了这个问题吗?她说女性作为整体的生存经验完全是伪造的,所以我们应该把自己看作"赛博格",用意识上的认同取代生理上的区分。但是,你却独自搬到沙漠里清空了生活中的垃圾。你对反讽充满了怀疑。你在努力找到某种可以作为信仰的生活方式。这真让我嫉妒。

简·鲍尔斯曾经在一封信中向她的丈夫保罗描述了这个关于诚恳的问题,那个"更好的"作家:

1947 年 8 月

最亲爱的巴珀尔:

……我越是投入……与这些我认为算得上诚恳的作家相比,就越是感觉孤立……我附上了波伏娃写的这篇名为《新的英雄》的文章……读一下我标记的一百二十一和一百二十三这两页。这就是我这段时间以来一直在思考的问题。

上帝才知道，我用他们的方法思考、却按照自己的方法来写作有多难。这个问题你将永远不需要面对，你一直都是个真正孤立的人，所以无论你写什么都是好的，因为所写下的会成为真实，但对我而言并非如此……你可以立即获得认可，因为你所写的与你本身存在一种真实的联系，外部世界也总是可以认出它们……可谁又认得我呢？当你像我这样只会用一种严肃的方法来写作时，对一个人的诚恳抱有持续的怀疑态度实在是让人难以承受……

你已经够让我气愤和伤心了，但读着简·鲍尔斯的信件让我愤怒悲伤的程度更甚。因为她才华横溢，而且也愿意尝试施展自己的才华——讲述有关她艰难而矛盾的生活的真相，而且她的确做到了。尽管与艺术家汉娜·韦尔克一样，在鲍尔斯的有生之年几乎没有人赞同她。你是牛仔，我是犹太人。一个坚决又真实，一个圆滑又狡诈。我们只是自己处境下的结果。为什么男人尤其是进入中年后的男人都成了本质主义者呢？

在约瑟夫的生日聚会上，时间似乎又回到了从前，我们又做了和十一年前同样的事情：马歇尔领着我来到了两位穿着西装的男人面前，一位信仰拉康的理论，另一位是在联合国工作的银行家。我们聊了微软、比尔·盖茨与提摩西·利里在洛杉矶的早午餐。这时，一位身材高挑、美艳动人的女性加入了我们，她是典型的盎格鲁－撒克逊白人后裔。我们的聊天话题从利率和移情慢慢变成了以"她"为中心……

（我写下这些的时候感到绝望和害怕。）

后来，马歇尔献给约瑟夫一段学术风格的生日会演说，演说词是他当晚匆忙写下的。格伦·奥布莱恩坐在钢琴边像极了演员史蒂夫·艾伦，他表演了一段滑稽的拟声唱诵，打趣约瑟夫的风流往事、财富和艺术。在场的每个人鼓掌喝彩，放声大笑，反应虽然夸张但还算稳重，还带着些醉意。这让人想起了1956年的音乐剧电影《春风得意》，穿着西服的男人连唱带跳，但差别是这里没有万人迷的女主角。然后，戴维·拜恩和约翰·凯尔两位歌星演奏起了钢琴和吉他，大家跟着跳起了舞。

西尔维尔喝醉了，说了有关政治的什么话嘲弄迭戈。迭戈被气坏了，把他的酒泼在了西尔维尔的脸上。当时在场的还有沃伦·涅什伍霍夫斯基，以及约翰和安娅。稍后，马歇尔和之前那位银行家、拉康理论迷和西尔维尔这帮小个子男人鱼贯走进了桥牌室，喝着苏格兰威士忌，聊着大屠杀。他们四人看上去特别像一幅著名丝绒画，上面画着玩牌的狗。

时间已经很晚了，有人播放起了老式迪斯科音乐。所有从未听过这种老旧音乐的年轻人一听到这些歌曲就起身跟着跳起了舞。《跳跃都市》《狂热分子》《这很时髦》《颠倒》……这些都是 20 世纪 70 年代后期在脱衣舞俱乐部和酒吧里播放的曲目，这个聚会上那些大名鼎鼎的男人也就是在那个年代开始成名的。而同一时代，我和我的朋友们，这些女孩子，为了支付房租、看演出和探讨"我们的性别议题"，却在脱衣舞酒吧里整夜对着男人扭动身体。

* * *

加比·泰施的生活太艰难了。

她几乎不睡觉，也不吃东西，经常忘记梳头发。

她越是研究,想要确信地说出或知晓任何事就变得越难。她让别人感到害怕,还遗忘了如何教课。有一个词正好用来把不易相处又努力的女性贬低到无足轻重,人们把它用在了她的身上:加比·泰施真"怪异"。

1977年新年前夜,德国下着大雪。加比·泰施邀请了几位女性朋友一起庆祝新年。电影摄像机始终与这群围着桌子喝酒、抽烟、大笑、聊天的女性保持着距离。这很幸福,如同一座雪夜中明亮的孤岛,一个真正的秘密团体。

今天是我的生日,我早上开车去了加奈特湖。纽约州北部的3月是一年中最反复无常、最荒芜的季节。2月阳光下闪耀的寒意开始松动。河流与小溪里的水在冰面下流动起来;站在冰层的另一边,你甚至可以听到淙淙的水流声。《春潮》。不过天空却是灰色的,没有一丝春意。每个人都清楚,最迟到4月底,会有一场雪到来。天气阴沉沉的,憋着一股怨气。我开车穿过瑟曼镇和凯尼恩镇,路过了"被烧毁的商店"(这是一个地标,也是一个认识论的玩笑——为了让这个名字有意义,你得在二十年前这家店还没被烧毁时就来到这里)、卫理公会教堂和一座校舍。就在三十年前,半径八英里内五至十七周岁的本地学生需要步行或骑马来这里上学。"你觉得你人生中最伟大的成就是什么?"一位来自瑟曼镇教会青年队的十几岁少年这样问七十二岁的乔治·莫舍尔。乔治是猎人、农民、杂工和伐木工人。"留在这里,"他说,"这里距离我的出生地只有两英里。"亲爱的迪克,阿迪朗达克南部使人们有可能理解中世纪。

有两个人在加奈特湖的冰盖上钓一种瘦小、带有斑点的鱼,可能是梭子鱼或鲭鱼。我穿的黑色长款外套敞开着,当我沿着湖边走时,外套的下摆拖过地上的积雪。十二岁时,我忽然第一次想到也许我也能拥有有趣的生活。昨天,我打电话给蕾妮,想知道她哥哥切特能不能过来帮我把厨房的水管解冻,她说没问题,但我不想催促她,因为我正享受着无人打搅呢。

在所有有关十九世纪新英格兰超验主义者玛格丽特·福勒的著作中,都有一段她和英国评论家乔治·卡莱尔的故事。福勒在四十五岁时跑到意大利加入了1853年的意大利自由解放运动,并爱上了意大利民族英雄加里波第。在一封盖着意大利邮戳的信中，玛格丽特·福勒写道："我接受了这个世界。"卡莱尔在回信中写道："好吧，她最好这么做。"她漂泊得越来越远，甚至乘坐木筏进入了里海。今天，我就要回纽约了。

爱你的
克丽丝

犹太人的艺术

1995年3月14日
纽约东村

亲爱的迪克：

今天下午，我去纽约大都会艺术博物馆看了美国艺术家 R. B. 基塔伊作品展。他是个画家，你可能听过他，因为他在伦敦住过很多年。

我之所以去看这场展览，是因为一位朋友罗米·阿什比的推荐。她很喜欢一幅画着两只黑猫交媾的木炭素描画（《我的猫和她的丈夫》，作于1977年）。这场巡回展览是去年在伦敦开幕的，被所有评论家以各种似是而非的理由严厉抨击。基塔伊步阿诺德·勋伯格的后尘宣称："我长久以来决心成为一个犹太人……这比我的艺术更为重要。"而他的作品也获得了同样的评价:"深奥难懂、自负做作""肤浅、抄袭、自恋""故步自封、干瘪、书卷气""难懂、晦涩、徒有其表、最低级"。因为投入了过多的精力在写作和信仰上,他难以成为一名真正的画家。他被称作"一个怪异的藏书癖……太过诗性和引经据典……因为自己的喜好而过于文艺了。"

实在很难搞懂为什么基塔伊会被这样批评。他的画作有点像弗朗西斯·培根,有点像德加,还有点波普艺术的特点,但总体而言是一种研究。想法不断加速达到一个顶点后成了一种纯粹的感觉。他与那些抽象表现主义者或是波普艺术家不同,把他比作他们也不合适。他的画作从来都不是一种简单的表述或是某种超验性的东西。似乎他明白自己是"最后的人文主义者",将其绘画作为一个场所,来容纳多种彼此无法共容的理想。与那些同是活跃在20世纪50年代宣扬"分裂"的画家不同,基塔伊的画作某种程度上对分裂这一概念是惋惜的。从一家咖啡馆露台飘来的旋律唤起了对另一个世界的想象。瓦尔特·本雅明在马赛吸着大麻,享受孤身一人带来的微妙快感。怀旧同样也可以存在于知识分子式的严谨中。

20世纪50年代的巴黎，像西尔维尔·洛特兰热这种从底层向上攀爬的犹太人经常在晚宴上处于一种残酷的窘境：表明自己犹太人的身份能够消除可能会出现的种族歧视或玩笑，但又会被人指责"夸耀犹太人身份"；闭口不言又会被别人指责"阴险地隐瞒身份"。基塔伊这个狡猾的犹太人从来不秉持同一个策略，所以别人都觉得自己被他耍了。

让我感到有趣的是，基塔伊投入到了为他的艺术创造"诠释"的想法中，为每幅画作写下一段文字并与画作并列展示。"诠释"就是疯狂的人搜寻能证明自己并不疯狂的证据。我也用了"诠释"这个词，试图向你解释我自己。迪克，我对你说过吗？我在考虑把这些信起名叫《牛仔和犹太人》。随便了，反正我就是觉得必须得去这场展览。

纽约大都会艺术博物馆在呈现这场展览时加入了大量的解说，却加深了基塔伊与观众和同行之间的隔阂。策展人的兴奋中混合着焦虑：怎样把这些"难懂"的作品变得易于理解呢？就是让观众觉得艺术家是一位令人钦佩的怪胎。

进入展览场馆后,观众首先看到的是一系列大尺寸的展板,上面介绍了基塔伊不同寻常的职业生涯。在一段讲述其生平重要事件的文字旁,是一幅艺术家的钢笔素描。虽然基塔伊还活着,但这幅画弥漫着一种感伤。基塔伊是在纽约州的特洛伊长大的,十六岁时他离开家乡成为了一名商船船员。后来,他入了伍,并得益于《退伍军人权利法案》进入牛津大学艺术学院学习。离开学校后,他搬到了伦敦,画画,办展览。1969年,他的第一任妻子突然离世,基塔伊接下来几年时间都没有作画。讲述这段背景的文字带有一种敬畏而惊讶的语气。(为什么个体的行事方式偏离了常规——读完高中后到东岸的大学读出文学学士,然后去加州艺术学院读艺术硕士,接下来一路顺风地走上了艺术创作的生涯——就这么反常,这么离经叛道吗?)

第二个展厅的展板介绍还是在放大基塔伊的与众不同。他"如饥似渴地阅读文学和哲学书籍","是一个藏书癖"。而基塔伊的生活却被寥寥几笔带过,让他显得古怪而神秘。这篇文字的意思就是,虽然我们可能无法喜欢上艺术家本人和他的作品，但我们必须要钦佩他。虽然他的作品很"难懂"，但其中有一种本质和风格，不能将其完全否定，这些作品有其自成的审美体系。所以在基塔伊六十二岁这年，在他第一次大型回顾展上，他受人崇敬的同时也在被人辱骂。他作品的价值被他的与众不同破坏了。他被塑造成了带有神话色彩的"会说话的狗"。

（我是不是过于敏感了？也许吧，不过我是个犹太人。不是说有详尽的证据表明，既不炫耀权力也不财迷心窍的犹太人都是无药可救的神经敏感型人格吗？）

展板接下来是对基塔伊的文章的道歉／解释。他的作品被人乱七八糟地解读了这么多年后，他也被迫写下了自己的解读。展板建议你花点钱阅读基塔伊的文字（买本展品目录册，租用语音导览卡带机），但事实上真的没必要。因为在第二个展厅的中央，就有好几本展品目录册放在两张图书馆长桌上，桌子上还摆着光线柔和的阅读灯，旁边还有好几把椅子。多么完美啊！这是对纽约公共图书馆或阿姆斯特丹汉普郡酒店一角的复制再现。（你也能当个犹太人！）这件展品太陈旧了，甚至桌上的目录册都没有被拴住。我还想着从中偷走一本，尽管最后并没有这么干。虽然基塔伊的好友中不乏现在世界上最伟大的几位诗人，但我并不太喜欢他的文字。他的文字是写给某个不太真实的人的，一位"困惑但充满了共鸣的观众"。你要么喜欢这些画要么不喜欢。基塔伊的文字迎合着观众，令人失望。

但是，基塔伊的画作却毫无迎合之意，没有让人失望。

我遇到的第一幅喜欢的画，作于1964年，名为《善良老人与漂亮女孩（以及哈士奇）》。要是能拥有这幅绝妙的画就好了！如果你在艺术圈是个举足轻重的人物，就会明白这幅画对你在1964年前后的生活进行了多么丰富的描绘！这幅画展现了那个时代狂热的力量与迷人的魅力，同时还不忘对那个时代嘲弄一番。

这幅画的色彩——芥末黄、中国红和森林绿——是那个时代高级时尚的最爱。那位善良的老人坐在一把柯布西耶风格的淡紫色椅子上，半侧身体面对着我们。老人的头部被换成了红色的火腿，这让他看起来像个圣诞老人。他戴着一副防毒面具。那把椅子上准确地拼写有法国奢侈家具品牌"罗奇堡"的字样,但看上去算不上多么漂亮或不同凡响。也许是由一位缺乏灵感的装饰设计师挑选的吧。老人的身体几乎占据了整个画面,边缘处,他穿着的那双北欧皮靴很时髦,虽然其他大部分都很过时。靴子的脚尖处正对着漂亮女孩的膝盖。(埃里克·侯麦的《克莱尔的膝盖》?)我们看不到女孩的头部。她穿着一件红色的香奈儿外套,与善良老人那套脏兮兮的圣诞老人服装相配。但女孩外套的剪裁却与老人的衣服差别很大,上面是紧身的,下面的衣摆是喇叭口的。她的裙子是芥末橙色的。

接下来就是那些哈士奇了。它们像是从戴维·萨尔的作品穿越回来的访客。虽然每只哈士奇都被困在一个白色的矩形中,但它们还是对着画作右下角的雪堆喘着气,咧着嘴,不安分地动来动去。老人与女孩中间有个红色方块,展示了二人的财物:属于老人的一块独石柱模型,属于女孩的一条 Gucci 围巾。多么时髦的一对啊!还有什么比基塔伊对他们的描绘更时髦的呢?除了这种描绘有些过分之外,这幅充满活力的画作超出了那个时代流行的怀疑论,更清楚地展现了一种道德上的讽刺。

而且,与1964年时以艺术与商业的首次紧密结合为标志的艺术圈堪称绝配的是,画作的阐释之环是由其所有者完成的。《善良老人》这幅画是其所有者帕特里考夫夫妇苏珊和艾伦租借给这个展览的。这对夫妇可是20世纪60年代中期纽约市/东汉普顿艺术与社交场合的著名成员。作为一位风险投资人、艺术品收集者和《纽约》杂志的早期所有者,艾伦·帕特里考夫是基塔伊的重要支持者。按照作家艾尔吉·艾登的说法,艾伦和苏珊在东汉普顿举办了最让人惊艳的聚会,到场的除了作家、艺术界名流和当时未成名的艺术大师,还有社交界知名人士。

展览这幅作品可真是个刺激的选择:这一幅作品对画中场景的风趣活泼,既表达出轻蔑又表达了包容。所有者似乎是在说,他们能够站在远处讽刺自己的价值观、名望以及他们创造的这个场景。足够有力,足够稳妥,能让批评这幅画的人也忍不住称奇。表面上不带任何感情色彩的智慧的核心是犬儒主义。不就是这种犬儒可以赚到钱,而热忱只能浪费钱吗?

花钱买下这种犬儒的作品恰恰证明了帕特里考夫不是简单的艺术品消费者,而是对这个场景非常善于进行自我反思的创造者。《善良老人》这幅画包括了波普艺术典型的目眩和智慧。而波普运动在有些人看来是艺术世界最接近"复杂乌托邦"的一次运动。最后,这是一幅属于胜利者的画作,它提醒着我们,所有游戏都有胜负之分。

后来——

哦,迪克,现在是周四早上9点。写下这些让我的情绪很激动。昨天夜里,我用一支橙色蜡烛"取代了"你,因为我觉得你不想再听我说话了。可是我还需要你的倾听。因为——你没发现吗?根本没人在听,我完全被抛弃了。

就在此刻,西尔维尔正在洛杉矶,在你的学校以两千五百美元的酬劳谈论着詹姆斯·克利福德。今天夜里,你们会一起喝一杯,然后他会开车送你去机场,因为你要去欧洲讲学。有人问我对基塔伊的看法吗？我的看法是什么重要吗？我又没有被邀请，也没人付我钱。我根本没把这个现实太当回事。因为我向来态度不认真，处事很女性，大多数人以为我很蠢。他们并没有意识到我是个犹太人。

谁应该有发言权，又是为什么呢？这才是唯一的问题。我上周写下了这样一句。

西尔维尔要在加州待一周，而我则在第 7 街和 C 大道自食其力的贫困状态中给你写信。从十二岁起，我就一直认为这是我与生俱来的权利。我不用整天想着钱，或是奢望能让钱一夜之间成倍增值。我也不需要做各种卑贱的粗活（如果你是个女孩，做粗活就意味着卑贱）或是假装对自己的三流实验电影事业充满信心。构筑起我丈夫的学术 / 文化并将他所有的钱投资后，只要不太铺张，这些钱足够我活下去了。很幸运，我的丈夫头脑很清醒。

我有几位杰出的朋友（艾琳、吉姆和约翰、卡罗尔、安，还有伊冯）可以探讨写作与各种不同的观念，但我没有（可能永远也不会有？）（这些信件太过个人化了，很难会有读者）任何其他的听众了。但即使如此，我一天都不能停止写作——我在通过写作来拯救自己的生命。这些信是我第一次尝试谈论各种思想观念,因为我必须要这么做,不仅仅是为了消遣或娱乐。

现在已经进入春天了,我想和你说说这片居住区,我窗外的这片世界:几处西班牙小花园里,破败的亭子立在空地上,汽车开过后留下印迹的街道,阿黛拉咖啡馆,是一个波多黎各民族主义者开的。这里还有一家面包店和一家肉食店,香蕉每根售价十五美分,住在这里的白人确实不那么贪婪或者爱炫富。C大道和第9街路口的那家面包店出售色彩最绚丽的蛋糕。我开始穿绿色和粉色的内衣了,那是危地马拉的颜色。虽然我的写作中还是飘荡着悲伤,可我在这里过得很快活。

* * *

我现在给你讲讲我在第二个展厅里看到的两幅并排挂着的画作:《(瓦尔特·本雅明之后)1972 / 1973年巴黎市中心的秋天》和《如果不,就不》。第二幅画有关大屠杀,创作于几年后的1975年或1976年。

我质疑这两幅作品中暗含的编纂历史之意。好像过去发生的事件一定会与历史大背景有什么关联似的，好像只要我们使劲地盯着看，就能看出20世纪20年代、30年代初和后来战争时的灰暗岁月里，不同年代的巴黎秋天之间存在某种内在联系。现代主义最伟大的成就不就是击碎了进步的观念吗？可这种观念通过历史书，通过辩证唯物主义，通过新时代运动中被重新捡起来宣扬的儒家思想又回来了，它带来一种希望：我们所有人对知识的掌握和理解千差万别，但我们会殊途同归，向着某种更伟大的真理前进。在这个希望之下却掩藏着一个最大的谎言：一切都在越来越好。历史的预兆只有在回顾时才存在。

关于《瓦尔特·本雅明》：

这幅画是有关20世纪20年代巴黎与维也纳那些美好咖啡馆的百科全书。我们读到的有关这个时代的所有意象和艺术修辞，都在画中有所展现，从画面左上方至右下方密集地挨在一起。历史变成了一次旧物拍卖会。在这堆历史的底部，基塔伊绘制了一个代表共产主义革命的红色剪影图案：红色的工人手臂擎起了红色的斧头和镰刀。在这个剪影上方，瓦尔特·本雅明坐在咖啡馆的桌边,和他在一起的是一位背对我们的年轻男子和一位目光迷离但表情严肃的漂亮年轻女子。就基塔伊的作品来看,这位女子是其中为数不多的充满魅力的女性形象之一——在基塔伊画中出现的漂亮女性,大多数像猫一样蜷曲着她们赤裸的身体,面对画家的凝望没有任何抵抗,而在他画中出现的表情严肃的女性,几乎都是性冷淡的中年女人。他们就是喜欢这么刻板地描绘我们,女人要么是他们的姐妹、母亲、姑姑、姨妈,要么是妓女。那位年轻女子抬头看着本雅明,她在仔细地听着。虽然画中本雅明并没有开口,但他显然是在高谈阔论。他戴着一副有色眼镜,挥舞着香烟的手臂扬过了那张雕像般的肉感脸庞,看上去沉着自若。再往上,在画面的左上部,**场景转到了咖啡馆外**,人行道上有一群**受过教育的犹太人**,代表了从欧洲移居到长岛、斯科基和布法罗的中产阶级的众生百态:其中有一位头戴大宽檐帽、化了妆正在抽烟的中年女人(典型的富裕姑妈人群,牌桌上天赋异禀);还有一个戴着鸭舌帽、穿着衬衫的小伙子,羞涩而和善(典型的技工,工会组织成员)。

但是，在灰色与芥末色相间、锯齿边的华丽遮阳篷之下，咖啡馆与外面的世界之间，却存在着一种可怕的分裂感。咖啡馆的门口摆放了一些桌椅，再往外顺着街道前行是一片郊区居民区。我们在那里看到一群来自另外一个阶层的人，略显瘦弱，有些边缘化，所有人都在某种程度上为右上方即将展开的未来做好了准备。

在人行道旁的桌边独自坐着一个歪戴帽子、穿着黄色外套的小混混（那是我！），长了一头明亮的红发。这个人可能是男人也可能是女人。她/他背对着我们，因此她/他可以清楚地看到在画面右上部展现的未来。更靠近未来的地方有一个身穿大黑裙的年轻金发女子（是个修女或者保姆），她怀中紧紧抱着一个小孩。这个女子面向我们，当然了，她是为了保护那个孩子。

那么，未来是什么样子的呢？道路两旁成排栽种着深绿色的白杨树，背后是点缀着云朵的蓝天，颜色如同鸟蛋的外壳。这个未来有一个纯粹欧洲式的外表：天空取材自马格里特，而那排散发着神秘气息的白杨树则颇有阿兰·雷乃和罗伯-格里耶的风范。与马格里特的作品类似,画中有个人径直向未来走去,他是个典型的欧洲男性,戴着一顶破烂的帽子,穿着长大衣。但与马格里特的作品不同,这个未来的意象既有自由的意味,同时也让人感到非常可怕,倒是和后来的历史很吻合。那个男人很像是法斯宾德的电影《罗拉》和或者贝蒂·戈登的电影《情色剧院》中那两位生活一团糟的女主角,踩着高跟鞋踉踉跄跄地向着自己的宿命走去。这个结局是观众早已预料到的,而主角却完全没有察觉。不过与那些女主角不同,这个男人似乎并没有期待什么。

我认为从咖啡馆往下的一系列意象——历史,我们的集体无意识——和《善良老人》中那群哈士奇起到的作用一样:一种对波普艺术与纽约画派的反讽式威胁和颠覆。看着本雅明作为与我们同源的欧洲大家庭的核心,我们被这种怀旧感所触动,但因为熟知后来的历史,我们可以感到一种更大的满足:我们清楚,这只是一个巨大的垃圾堆倾倒时的崩落景象而已。

马伦戈烩鸡

傍晚时，我带着一包食物杂货大老远地跑到你家。那天，美丽的加州阳光照耀着。我进到你的厨房，开始做马伦戈烩鸡。

（把大蒜用橄榄油煸一下，然后放入鸡肉烹饪大约二十分钟。同时把洋葱、胡萝卜和马铃薯切碎。等鸡肉呈褐色时，加入罐装番茄酱，再放入蔬菜。然后放入月桂叶、胡椒……）

你走进来又走出去，似乎是个很平常的场景。等菜做好后，我把它放进锅里炖煮。我走出厨房对你说，还需要用小火煨四十五分钟。我们上床了。还有别的什么能打发时间吗？这就是所谓小火慢炖的目的所在吧？

做完爱后，我们吃着马伦戈烩鸡，聊了一会儿天。

然后，我离开了……

四海为家的无根之人

我最近一直在遐想其他一些美丽场景。我昨晚开货车猛冲着驶过第二大道,算计着如何绕过交通拥堵,飞速抵达第八大道和第五大道,我脑海中突然闪现出在纽约东汉普顿参加过的聚会场景:高高矮矮的人挤在一起,使人印象深刻,犹如电影画面,随着时间来到深夜,所有人的形象变得模糊起来,毒品、野心、金钱、兴奋……你记得奥利弗·斯通拍摄的吉姆·莫里森悲惨生平的电影吗?根据奥利弗的说法,吉姆是个健康的加州男孩——有一个可爱的金发女友,吸食致幻蘑菇,肤色白皙,长有雀斑——直到他遇见了一群邪恶的纽约犹太女巫。她们用毒品、狂野聚会和扰乱人心的魔鬼学使他堕落了。不过,这群邪恶的女巫却能读懂吉姆的诗。吉姆在巴黎的一家酒店内浴缸死于嗑药过量,就是她们造成的。

认清现实吧,迪克,那群邪恶的犹太女巫中就有我,我也能理解你的恐惧。

为什么詹尼丝·乔普林的人生被认为是通向自我毁灭的漩涡呢?她做的每一件事都被加上了死亡的滤

镜。罗杰·吉尔贝－勒孔特，科特·柯本、吉米·亨特里格斯，瑞弗·菲尼克斯也都选择了自杀，但我们认为他们的死是太过极端的人生导致的。可是如果一个像詹尼丝·乔普林、西蒙娜·薇依这样的年轻女孩选择死亡，死亡就成为了她的人生定义、她自身"问题"的结果。身为女性，依旧意味着被囚困在心理世界中。无论一个女人形成了怎样宏大或冷静的世界观，其中只要包含了她自身的经验与情感，望远镜就又落回到她自己身上了。因为情感就是如此令人恐惧，全世界都不相信可以把感情当成一种学科或形式来研究。亲爱的迪克，我想使世界变得比我自己的问题更有趣。因此，我必须要把自身的问题上升到社会的层面。

福楼拜与路易丝·科雷的书信读起来像是一出木偶剧《潘琦和朱迪》。路易丝·科雷是一位十九世纪的女性作家，脸色红润，留着一头垂下的卷发。她的对头乔治·桑决定"像个男人一样活着"，直至年龄的增长把自己变成伟大的女性领袖。与这种人生道路不同，路易丝想要写作，想要做个女人。但想要同时做到这两点很困难，路易丝将其中的难处融汇到了她的艺术主题中。福楼拜认为："你是一位束缚在女人身体里的诗人！别指望通过在艺术中发泄就能驱逐生活对你的压迫。不可能！心灵的废渣不能用书面的形式来呈现。"多年以来，他们一直在巴黎见面，时间和地点都是由福楼拜指定的——每当住在鲁昂的福楼拜想要从自己的写作中休息一下时，他们就会每月见一次，一起做爱和用餐。有一次，路易丝要求见见福楼拜的家人。写到这里时，福楼拜的传记作家弗朗西斯·施特格穆勒这样评论道："福楼拜对包法利夫人那冲动性格的描写，无疑或多或少是从路易丝各种难以满足的要求中获得了灵感。"福楼拜最终让她伤心欲绝时，路易丝就此写下了一首诗。福楼拜对这首诗回复道："你把艺术当成了一种激情发泄的出口，把艺术当成了一把用来接住某种飞溅液体的尿壶。闻起来不怎么样！闻起来满是仇恨的味道！"

在十九世纪的法国，身为女性意味着你不可以表现出自己的特点和脾性。现在依旧如此——

* * *

我发现第二幅画很难描述。这幅画和本雅明那幅并排展示,大家都说这幅画是纳粹大屠杀主题的,所以我周日又专程去仔细看了第二遍。在开车来纽约之前,我和老朋友苏珊·库珀一起度过周六。她可是第一等的犹太恶女巫。苏珊在纽约多年后,远离家人去了伍德斯托克,她现在在那里经营着一家画廊。

苏珊一直同时忙着好几份工作。其中之一就是售卖摄影师比利·内姆在安迪·沃霍尔的"工厂"里拍摄的照片。我买了一张黑白照片,照片中约翰·凯尔、杰拉德·马拉加和尼可这些与沃霍尔关系甚密的艺术家穿着尼赫鲁上装,一动不动地盯向远处,他们站在一座公园里,很像是《放大》中的谋杀现场。我不知道照片底部用银色马克笔签的摄影师姓名是苏珊写的还是比利·内姆本人签的,反正我也不关心。

第二幅画《如果不,就不》里的人分成两组,每组有三个人(都是男性)。每组人都由一位裸体女人陪同着。第一组位于画面的左下方,旁边是一片发黑的池塘,水面上有物体漂浮。潜意识就是那座黑暗的绿洲。男人则是受伤了的士兵。水中漂浮的物体包括:

茂密橄榄树下的一只绵羊

两本被丢弃的蓝色封底的书

一张女孩的脸,眼睛从水下直勾勾地看向天空

一根断裂的柱子

床上的一个裸体男人从睡梦中坐起

一只黑乌鸦落在了写着字的羊皮纸上

一个红色厨房垃圾桶

第二组男人正在画面右上部的棕榈树林里休息。棕榈树的树干弯曲,远看犹如一群人弓着背。在两个休息的人之间,形状像是野老鼠或猪似的一团阴影或乌云从地上升了起来。这些人已经看过那片池塘了吗,还是正在朝那边看呢?无论答案是什么,他们都精疲力尽,那样子("河流不再转向之处")让人想起理查德·赫尔对鲍勃·迪伦那首《勇往直前》的伟大演绎。

他们上方的天空布满了紫色和橙色的条纹,这些夏威夷风情的斑斓条纹是由画面中央的一朵橘红色核弹蘑菇云炸裂而出的。不过,蘑菇云左边的天空却

很不一样——墨绿色的雷雨云聚集在一栋谷仓式的建筑周围。达豪，奥斯维辛。入口的两扇门大开，像一张血盆大口。我们可以就两边天空的差异来得出自己喜欢的结论——是为了体现唤起的时代或地点吗？每个人都清楚"没有什么能让天空发生改变，甚至不会使天空产生一丝褶皱……恐惧、绝望、仇恨的呐喊，六千万圣徒与无辜孩童那恳求的双眼，从来不曾打动过它。"（出自戴维·拉特雷的《天使》）天空就是这样无情。

在天空的映衬下，一条鸭屎色的道路通向了一座拱门，把画面分成了两部分。但在道路左侧本应被橘红色蘑菇云渲染的天空处，画家使用了一个叠加效果。拱门前方的道路上有一棵蓝色的树，恰好指向拱门后面。那是通往天堂的大门。而这幅画中的天堂，是茂密的树木与花丛，像安杰利可修士用绿色与粉色绘制的一幅风景画。这个小型的场景本身又包含着另外一个叠加效果：这些树木背后的天空被一个抽象的特写取代，一大片模糊的粉色和绿色浓烈地映衬着这个近乎出自《圣经》的场景。

我非常不喜欢这幅画。我认为其中的问题恰恰是很多犹太人在面对历史时的问题,他们想"安置"过往的经历,试图找到某种意义或救赎。一种无根漂泊生活的尘埃落定。尤其是与《巴黎的秋天/瓦尔特·本雅明》那幅画相比,这幅画显然是在告诉我们,极度的痛苦也许意味着一种救赎。因为这种痛苦会将我们带入潜意识的领地。《如果不,就不》要表明的是,潜意识是我们已经经历过的,也是我们即将经历的。这幅画如同把所有的塔罗牌都浓缩在了一张牌里,而历史就这样被简化成了潜意识。《如果不,就不》是基塔伊少有的一幅运用各元素的分裂脱节来协调统一整幅画面的作品。揣摩(这种分裂)让你进入了一种不可思议的状态。所有的人(男性)都居住在与那片暗浑的池塘里:他们或靠近池塘,或避开池塘,或看到池塘后,从裸体女人那里寻找安慰。但是这种潜意识难道就不能再简化了吗?

我认为基塔伊对潜意识的看法,比第二天加热后的马伦戈烩鸡或者是我写给你的那个烹饪马伦戈烩鸡的小场景还要多愁善感。原因何在呢?

(因为它被剥离了时间啊。)

***

直到二十一岁时搬回了纽约,见到那里的亲戚们,我才真正知道自己是个犹太人。哦,在那之前也有一些暗示,比如:我们那个乡下小镇上有两千个孩子,但我却在仅有的六七个犹太人中结识了我最好的朋友温迪·韦纳。我只有两位重要的新西兰男朋友,分别姓罗森伯格和梅尔策[1];而在我小学的班级里,唯一一位身份公开的犹太人李·纳德尔被全校嘲笑为"尖鼻子"。也许我那对会去基督教堂的父母是想要保护我吧。

我们家为数不多的亲戚与朋友中,唯一让我钦佩的就是埃尔西阿姨(她姓海曼)。她是一位优雅的、创造了自我的女性,有着橄榄色的皮肤,灰色的长发在脑后梳成了发髻。埃尔西的口音融合了草根风格与良好教养,非常迷人。因为在纽约长大,所以她会说街头工人才会讲的粗话,但她也会用最让人惊讶的精确词汇来谈论芭蕾、交响乐和书籍。埃尔西嫁入了一

---

[1] 按照西方的传统看法,这两个姓氏起源于欧洲中部和东部的犹太人群体。

个股票经纪商家庭，在她的丈夫过世后，拿到了一笔不多的遗产，所以她并没有像夫家那些富裕的亲戚一样在中央公园附近有一处装修精美的住宅。不过，她花钱的方式极具个性。埃尔西只是住在纽约东区一套 20 世纪 70 年代的三室公寓内，却把钱用来环游世界——印度、欧洲、印度尼西亚的巴厘岛。作为一名佛教徒，埃尔西六十七岁时还攀登了喜马拉雅山。

基督徒相信苦难的救赎力量，这是整个宗教的基础。耶稣是人性脆弱的化身，他的一生遭遇了苦难、背叛与理想的破灭。耶稣的苦难教会我们，上帝知晓一切。我实在看不出信仰这套东西有什么好处。犹太人宁可不去理睬救赎的问题。他们认为苦难可以带来知识，但知识只是进入外面世界的一小步。救赎毫无意义，因为你无处可逃，身为凡人，我们都被禁锢在了生命的轨道上。

"犹太人不喜欢意象，"那天晚上，我在餐厅里对你解释西尔维尔的著作，"因为意象是有代价的。它们剥夺了人们本身的力量。相信意象的超验力量与它的美，就像想要成为一个抽象表现主义者或是一个牛仔一样。"基塔伊最成功的作品的基础不就是动摇了这一点吗?他最好的画作通过把意象扔进一种批判性的、非情感式的混合物中,从而颠覆了意象的力量。通过让观众感受意识的碰撞和矛盾,这些画作获得了力量。基塔伊潜入意象体系的方式与拿着假护照熬过二战的犹太人如出一辙。基塔伊这个狡猾的犹太人虚张声势地进入了西方主流文化,绘画,却反过来让主流文化自我颠覆。他绘画的目的就是挑战象征手法。

我父亲最喜爱的作家是威廉·伯勒斯。

我今天早上梦见了死乌龟后,在笔记本里这样写道:

> 我存在的状态已经发生了改变,因为我变成了自己的性态:女性,异性恋,喜欢男人,被干。有没有什么方法让我像一个同性恋者那样骄傲地生活呢?

* * *

也许这次展览中的一幅画就是答案。彼得·汉德克写过这么一个故事,一对年轻的德国夫妇驾车在美国穿越沙漠,想要找到著名的好莱坞导演约翰·福特。他们已经不知道为什么要在一起,不知道如何继续他们的生活。(西尔维尔和我去年夏天在爱达荷州时也有这样的感觉。)这对德国夫妇觉得约翰·福特会给他们答案。(西尔维尔和我从来不指望别人给我们答案,除非是你的想法。)约翰·福特觉得他们疯了,他根本不想当圣人指点任何人的人生。虽然这个感伤故事的结局证明他的确是。

彼得·汉德克和基塔伊认识的那个约翰·福特一定是同一个人,长相丑陋,唠叨得让人喜欢,是那种信奉活着就要说了算的男人。

在《临终时的约翰·福特(1983/1984)》这幅画中,约翰·福特正坐在灵床上,穿戴整齐,手里像握着一块秒表那样拿着念珠,抽着雪茄。

这是一幅杰作,充满了戏剧性,艺术风格像是一个墨西哥人拍摄的西部片:深蓝色的墙壁、稻草色的木质地板,整体强烈的色彩甚至让欧美式的文字解说也变得与众不同了。

这幅画作中有几个不同的场景。它们看上去并不协调,但也不是彼此对立的。这幅画是一份对人生事件的记录，让人想起漫画书的前身——中世纪的故事画，但这些事件的呈现就像生命一样，混乱而茫然。所有的不协调之所以能汇集在同一个画面中，不是因为魔法，而是借助了福特那强大的自我创造的意志。

在画作底部，我们看到了约翰·福特过往岁月中的一个场景：一个中年男人通过扩音器没完没了地对着打扮成贫苦移民的演员说话，一定是在拍摄一部以得克萨斯州为背景的西部片，是修鞋匠在制作牛仔靴的场景。他的双腿交叉，似乎忘却了自己的丑陋，宽阔的脸有一部分被深色墨镜和黑帽子遮挡住了。在画面中央，一个斗牛士或宫廷管家打扮的人托着一个空画框，一根你经常可以在餐厅露台或舞厅看到的橙红色柱子从画框中间穿过。一对跳舞的男女绕着柱子张开双臂尽情起舞，（看上去）是夏加尔为弗雷德·阿斯泰尔和金杰·罗杰斯画的像。一串串亮粉色的灯光从舞者的画像中延伸到房间里，看上去让人想起墨西哥班达岬海洋间歇泉附近的龙虾餐厅。而福特上方的画也颇有墨西哥风情，绿红黄相间的画框歪歪斜斜地挂在墙上。不过，画的主题很欧洲：一位穿着黑衣的男人正孤单地在灰白色的雪地里搬着东西，是一个大屠杀场景，来自一部久远的电视电影。

在这幅画中，不协调消失了，并以一种颇有智慧的滑稽手法重生。这是一部宏大的终曲，一场集体歌舞，所有表演的主题都以一种玩笑的形式回归于此。如同在电影中一般，基塔伊化身福特向观众传递出令人眼花缭乱的点睛之笔：在画面上部的中央，蓝色墙壁上悬挂着一幅爱德·鲁沙的作品，黑色的画框中写着：

剧终

而在这幅画下面还有一幅小型画作：深蓝色的墙壁上打开了一扇通向深蓝色天空的窗。没有通向不朽的道路，却有通向不朽的窗口。整幅画面中有物品、人物、舞者和动作，但还能看到欲望和力量。超验不只是轻松就能达成的，而是通过毅力获取的。

我们为何如此渴望这种轻松呢？

轻松是一个20世纪60年代的谎言，它是波普艺术，是早期的戈达尔作品，是《善良老人与漂亮女孩（以及哈士奇）》。轻松，是没有反讽的交流所达到的狂喜状态,是虚拟的赛博空间的谎言。

通过约翰·福特这一媒介,基塔伊告诉我们,物质在移动,但你无法逃脱它的重量。归来起舞的不是死者轻飘飘的灵魂,而是实在的骨骸。

* * *

亲爱的迪克:

1994 年 12 月 3 日,我爱上了你。

我现在仍然爱你。

爱你的
克丽丝

西尔维尔与克丽丝写的日记

展品 A 西尔维尔·洛特兰热

1995年3月15日
加利福尼亚，帕萨迪纳

我今天在迪克的学校完成了有关普鲁斯特的研讨课，并做了第一场讲座。然后还有一场。迪克很直接也很友善，虽然在车里时，我脑中突然闪过他的手伸进克丽丝阴道的画面。意象。整件事情看上去太离奇了。不管怎样，克丽丝又把事情弄得一团糟。虽然迪克拒绝了她，但克丽丝还是能做得面面俱到：因为她也不需要迪克对她的爱做出回应。克丽丝可以在与我维持夫妻关系的同时,从迪克身上为她的作品获取灵感,甚至可以把自己的电影扔进库房完全不去理睬。

克丽丝把她写的有关基塔伊的文章传真给了我,就是那个使她深有同感的"犹太人"画家。那篇文章真是让人兴奋不已,围绕着基塔伊那独特的人生经历、他对艺术评判的拒绝和20世纪60年代的纽约东汉普顿娓娓道来。我从来没听说过这个画家,但克丽丝把所有事情都写在了她的文章里,也包括她当下的困境。

那篇文章让我感动,令我振奋。克丽丝现在相信《重负与神恩》的失败是一种"命运的安排",是为了让她对自己电影中出现的所有情感做进一步的诠释。她的写作不带有任何的目的性和权威性。不像正要动身前往阿姆斯特丹做讲座的迪克,如果没人要求,他一个字都不会写;也不像我,马上又要做一场罪恶的讲座,拿到支票后就走人。

但之前那段时间,克丽丝非常伤心,因为她联系不上迪克。与她聊过之后,我也很伤心。当时的状况太绝望了:她爱他,需要他,完全无法承受不能在他身边或是不能与他交流这种现实。我决定明天晚上开车送迪克去机场的路上要和他好好谈谈。我不知道他会有什么样的反应。毕竟,他要结束这种暧昧局势的愿望很明确。可是如果真的对他谈起这个,反倒会让我痛苦至极:他们之间那种强烈的联系让我成了外人。想到这点,我感到沮丧和绝望,一直哭到凌晨2点才睡着。

展品B 克丽丝·克劳斯

1997年3月31日
加利福尼亚,洛杉矶

我昨天夜里在这台电脑里搜索存档文件,想要找到我在1995年3月份写的《犹太人的艺术》和这本书最后两篇文章之间的关联,却发现了西尔维尔的日记。因为我确信,使这些写作成为一部小说的唯一方法就是理出一个提纲,大家也都同意我的想法。可昨晚读到的这篇日记却让我不知所措,感动不已。西尔维尔竟是这样爱我。他竟然把我的问题也看作他自己的问题。

今天早上,我给身在东汉普顿的西尔维尔打了电话,和他聊了聊阅读,说起当我开始试着写作时很喜欢通过探究别人的作品来体会他们思考的脉络。汲取菲利普·K.迪克、安·罗尔、马塞尔·普鲁斯特、艾琳·迈尔斯和艾丽丝·诺特利这些作家的长处来用于自己的写作。这比性强多了。阅读兑现了一种希望，性也能唤起这种希望，却几乎从来未曾实现过——进入另一个人的语言、节奏、心灵和思想，变得更加强大。

1995年4月9日，我在洛杉矶最后一次单独见到迪克。我们在湖滨大道的后面走了走。4月20日，我从纽约州北部给他打了电话。当时我很焦虑，想要找到解决方法。那次谈话冗长而杂乱无章。他问我怎么把自己弄得如此脆弱，我是一个受虐狂吗？我告诉他不是。"你难道没发现吗？所有发生在我身上的事情之所以发生，都是因为我愿意让其发生。"4月23日，我见了当时惠特尼美国艺术博物馆的时任馆长约翰·汉哈特，和他聊了聊我的电影。我希望约翰能为我举办一次展览，但约翰反倒想和我谈一谈我那些电影的"失败"。

1995年6月6日，我永久性地搬到了洛杉矶居住。

哲学家路德维希·维特根斯坦在他的日记中写道："要么理解，要么去死。"

那年夏天，我希望自己能理解迪克把我误认为"受虐狂"和约翰对我电影的评价之间的联系。虽然这两个男人都承认他们觉得我的电影令人厌恶，但我的电影拥有一种"智慧"和"勇气"。我相信要是自己能理解其中的联系，就一定可以推而广之地明白某种对女性艺术的批评误读。"我刚刚意识到自己成为了赌注。"黛安·狄普里玛 1973 年在《革命书信》中写道。"因为我们拒绝使用某种批评式的语言，所以人们都觉得我们是哑巴。"我在巴黎拜访天才的艾丽丝·诺特利时她对我说道。为什么女性的脆弱性只有在色情化与个人化的情况、在反馈在它自己身上时才可以被接受呢？我们已经在用处理哲学的方式对待脆弱性了，但为什么人们一直对此视而不见呢？

我今天在书店买了一本史蒂夫·埃里克森的新书。书封上的宣传语对他大肆吹捧，将他列入全由男性组成的新经典作家之中，惹恼了我。"埃里克森是文学界的重要角色，"《华盛顿邮报》如此叫嚣，让人想起了诺曼·梅勒在 20 世纪 50 年代崛起时的情形，"与同时代的作家理查德·鲍尔斯和威廉·福尔曼一起成为生于混乱一代的代言人。"

我在给你的一封信中这样写道："亲爱的迪克，女人之间发生的事情是现在世界上最有趣的事了，因为这些事情很少被讲述。"

怪 物

1995 年 6 月 21 日
埃尔帕索路

亲爱的迪克：

　　这封信是我从洛杉矶的鹰岩写给你的。这里距离你的住处只有四十英里，但却让我感到无比遥远。我是两周前来到洛杉矶的，但我感觉自己好像一直住在这里。在洛杉矶的日子里，我一直在各种情绪中摇摆变换，先是孤单，然后是乐观、恐惧、充满抱负……你知道驾车经过城市边缘时看到的过山车广告牌是什么意思吗？上面是一幅略微模糊的黑白照片，内容是坐在过山车上的人群，照片上有个红圈，里面写了一个被红色斜线画掉的"禁止"。不知道这算不算是某种公共艺术。如果这个广告牌是为了吓唬人的,那效果可真的很差劲。在纽约B大道与C大道之间的第7街上,有一块胶合板广告牌,看上去像是一块遮篷,钉在毒品贩卖窝点入口上方的脚手架上。有人在广告牌上用糨糊贴了一张海报。海报上是两个穿着宽松黑衣的男人,手里拿着枪靠在高层露台的栏杆上。这张海报非常吓人:20世纪60年代新浪潮电影画面般的背景衬托着突兀的战争景象。这张海报似乎在说,这可不是电影。那里是贝鲁特,这两个人表情严肃,而暴徒的工作也同样严肃。向东面朝广告牌走过来时,恰好形成了一个视觉陷阱,海报上的露台似乎从建筑物上凸了出来,但等你搞清楚是怎么回事时,早就走过广告牌了。

天啊,可真是太有趣了!我开始对你聊起了艺术,是因为我觉得你能理解艺术,而且我认为我比你更理解艺术——

——因为我转入写作后变得无法自拔了。写信给你如同某种神圣的事业,因为并没有多少女性的无法自拔被文字记录下来。我把自己的沉默、压抑与全体女性的沉默、压抑融为一体。在我看来,女性全部的谈论行为都是自相矛盾、令人费解、轻率和自我毁灭的,但最重要的是大胆地公开表达,这是这个世界上最具革命性的事了。我迟了整整二十年才领悟到这一点,但毕竟顿悟不总能与潮流同步发生。

不过说真的,我开始以不同以往的方式来给你写信,因为现在一切都变了。搬到洛杉矶后,与你在社交场合邂逅变得无法避免,所以我开始经常想到你。我们两人都身处洛杉矶的艺术圈,而这个圈子小得很。

你在我心中的形象定格在了4月19日圣莫妮卡艺术博物馆举办的杰弗里·瓦兰斯/埃莉诺·安廷/查尔斯·盖恩斯的作品展开幕式上。你站在最大的杰弗里·瓦兰斯展厅内,手里拿着一杯酒,对一群年轻人(学生?)说着话。你身材高大,穿着黑色衬衫和欧式剪裁的西服外套,一副艺术家在这种场合的标准打扮。你站得很直,脸部似乎翻转了过来。虽然你走来走去,和别人有说有笑,但你的脸似乎陷入了身后静止的画框中。你与周围隔绝开来。自成一个国度。独立于世界之外。可见,却无法逾越。而丹尼尔·马洛斯、迈克·凯里还有我,三个人恰好站在你身旁。和你一样,我也有些紧张——走动时,我的身体轻微抖动着，就像行走在太空中。但现场感也非常强烈。"战胜恐惧"就如同一场表演。你意识到了自己的恐惧，然后带着恐惧继续前行。

到现在为止，我已经在深更半夜尽可能完整地把"咱们的"故事给弗雷德·杜威与萨比娜·奥特讲了两遍。就是那二百五十封信的故事，有关我"堕落"的故事，讲述我是如何头朝下从悬崖上跳下来的。为什么当我们暴露出自己堕落的情形时，每个人都会觉得女人是在作践自己呢？为什么女人总得是纯洁无瑕的呢？让·热内最后一部伟大的作品《爱的俘虏》最耀眼之处，就在于他心甘情愿地犯错：一位肮脏下流的老年白人男性对着阿拉伯人和黑豹党成员凸起的肌肉手淫。世间最伟大的自由难道不就是犯错的自由吗？在我们的故事中，让我难以忘怀的就是彼此不同的解读。你觉得通篇都是个人的私事，是我的精神病发作了。如同克莱尔·帕内与吉尔·德勒兹在他们合著的书中所写的那样："世界上最大的秘密就是，**没有什么秘密。**"而我则认为我们的故事是一种表演性哲学。

艺术家汉娜·韦尔克1940年出生时叫阿琳·巴

特尔,她在纽约曼哈顿和长岛长大。她五十二岁时因癌症去世。韦尔克一直很多产,而且具有连续性。经过不懈努力,她得以维持颇具知名度的职业生涯。从某个时候开始,大概是20世纪70年代初,她的作品开始针对下面这个问题发问:

> 如果因为女性囿于"个人化"而未能创造出"普世"艺术,那为何不把"个人化"变得普世起来,使其成为我们艺术的主题呢?

问出这样的问题,愿意亲身体验这样的生活,在现在看来依然是一种大胆的表现。

1974年时,在创作了的十一年绘画、陶器和雕塑墙拼块作品,其中有相当一部分"对传统女性形象进行了顽强和含混不明的刻画"(道格拉斯·克林普,1972)之后,汉娜开始在她的作品中插入她本人的形象。我不知道汉娜的生活中发生了什么,让她在创作上如此突然地改变。是因为像菲丽丝·德夫纳这样的评论家推波助澜吗? 1972年时,汉娜曾经在纽约罗纳德·费德曼美术馆展览了用洗衣机里衣物掉落的纤维碎屑做成的多件女性阴部模型。德夫纳对此这样评论道：

> 这件作品不乏智慧，但却陷入了激进意识形态的沼泽……就是有关妇女解放的意识形态。女性的身体被呈现了出来，却总是以一种压迫和"性别歧视"的方式。韦尔克这种对女性性征最私密部分的直接和重复性呈现，就是为了纠正之前的方式。可我并没有发现韦尔克的手法起到了效果。无聊而且肤浅。

不同于朱迪·芝加哥曾经办过的一个很有规模的展览，内容是历史上伟大女性的阴道——全世界所有母亲都可以领着女儿去参观——汉娜从不担心不成体统，不顾忌被抨击谴责，不介意把阴道称作屄。"我要把世界强加给我的统统扔还给观众。"（彭妮·阿卡德，1982）后来，汉娜告诉纽约《苏豪新闻周刊》，她为了给这件作品收集"材料"，为她当时的伴侣克拉斯·欧登伯格洗了好几年的衣服。即使在那时，汉娜还只是个新达达主义者。而伟大的男性普世艺术家克拉斯·欧登伯格，竟然被骗了。

1974年，汉娜·韦尔克制作了她的第一部视频作品《手势》。这部作品是在她妹妹的丈夫去世后一天创作的。《手势》呈现的是伸手去碰触死后的身体，不仅是艺术创作，也寄托了哀思和绝望。评论家詹姆斯·科林斯在《艺术论坛》杂志对该作品大加赞赏。"我每次看到她的作品都会想到阴道。"他宣称。作为韦尔克作品的早期拥立者，科林斯这样描述《手势》：

> 从色情的角度看，韦尔克的这部视频更加成功，比她的雕塑还要"淫荡"。为什么这样说呢？首先，她真的是投入其中。这部视频也许是这场展览中最棒的作品，因为她仅仅通过自己的头和双手，做出各种交叠的手势，却蕴含了更多的意味。轻抚、揉捏、梳理、拍打自己的脸庞等手势都很有趣，但有个与嘴相关的手势却是最下流的。因为她从感官上打破了一种代表色情概念的习俗。双手向前推动双唇，再拉回……用嘴替代阴道，用舌头替代阴蒂，并结合面部表情以及整个心路历程，效果可谓大

胆而强烈……

韦尔克在艺术圈的位置很难说清楚,她因自己美丽的肉体而出名,也因非常严肃的艺术作品获得关注。韦尔克十分渴望能展现自己的性别气质,但她在女性运动内部来解决这一困境的尝试却让人感到一种悲凉。

可难道你没发现吗?汉娜·韦尔克的作品面临的困境并不可悲,反倒很值得辩论一番。(就像是那天夜里,迪克,你在电话里说我充满了"被动攻击性"。大错特错!)《手势》将男性在面对女性气质时的怪异反应暴露了出来。

同时,作品中的汉娜也在探索着更多个性与人性的领域。

"雷·莫顿告诉我,她看到那部视频时差点儿哭了出来,"韦尔克几年后回忆道,"她一眼看透了我在镜头前的各种手势。她看到动作背后的悲怆之感。"

从这部作品以后,汉娜心甘情愿地成为了一件自我创造的艺术作品。

在 $S.O.S.^1$ 中，汉娜侧身面对镜头，乳头裸露，牛仔裤的拉链松开，一只手放在裆部。她双眼无神，表情有些沉重，一头长发上缠着几个家庭主妇用的发卷，显然这部作品是在家中完成的。八个咀嚼过的口香糖被捏成女性外阴形状，粘在了她的脸上，看起来像是疤痕或丘疹。汉娜后来解释道："你咀嚼之前，口香糖是有形状的。可当你咀嚼后吐出来，口香糖就变成了垃圾。在这个社会中，人们就像对待口香糖一样对待人。"汉娜一出现，你就能感受到这种极致的美丽。

1977年，汉娜创作了另外一部视频，名为《与……性交》。在这部视频中，自动答录机播放着她的情人、友人和家人的留言，同时她根据留言的恼人程度将对应的名字从自己赤裸的身体上逐一擦除。这时，她开口说："成为你自己的神话。"

与其他的艺术作品一样，汉娜成了艺术媒体那些

---

1 *S.O.S* 由英文 starification、object（物品）和 series（套、辑）的首字母缩写组成。其中 starification 是汉娜·韦尔克把 star（明星）和 scarification（疤痕文身）组合创造的新词，意在表达对女性魅力的欣赏与对女性的伤害同时存在，密不可分。

豺狼虎豹的猎物。不夸张地讲,她被撕裂了。对她的裸体有两种大不相同的诠释:在嬉皮士男性看来,俨然成为了性解放的象征;而在露西·利帕德这样满是敌意的女权主义者看来,任何展示肉体的女性都不啻为男权的玩物。

汉娜开始将她的生活、艺术作品和事业中的不可能性用作艺术创作的材料。如果把艺术看成一种地震监测项目,当这个项目失败时,失败也会成为它的主题。1976年,汉娜模仿纽约视觉艺术学院的地铁广告创作了一幅海报,上面这样写道:

> 如果你不知道如何利用自己的才华,那么你的才华毫无价值。

汉娜用自己的一幅照片作为海报的背景。照片里是汉娜扮演的艺术家:她穿着一件针织围裙,针眼大到无法遮盖她的乳头,手里抓着一个米老鼠玩偶。著名的外阴形状口香糖则像结痂一样粘满了她的全身。在她后来的一幅名为《马克思主义与艺术》的海报作品中,汉娜穿着一件敞开的男式衬衫,露出双乳,中间垂下了一条领带,外阴形状的口香糖粘在她的面部和身上。海报上的文字是:"当心法西斯女权主义。"

从一开始,艺术评论家就把汉娜在其作品中展示自己肉体的行为看作一种"自恋"("这场展览中游荡着一种无伤大雅的自恋氛围……"《纽约时报》,1975年9月20日)。虽然这一论断引来了包括阿曼达·琼斯和劳拉·科廷汉姆等人的激烈批驳,但拉尔夫·鲁高夫这位奇怪的评论家直至汉娜去世以后依然关注着她。在对汉娜去世后的作品展览《走进维纳斯》的评论中,他这样描述汉娜患有癌症时赤身裸体拍摄的令人震惊的照片:"不顾一切的自恋行为让人不寒而栗。"在他看来,似乎唯一能让一个女人公开裸露自己身体的原因就是满足自恋;似乎这些照片并不是为了展现人的自我物化的情况;似乎汉娜·韦尔克并没有出色地让观众认识到自己的偏见和恐惧,而只是邀请大家一起参加她的裸体午餐而已。

但还是有几个像彼得·弗兰克和格里特·兰辛这样聪明些的男性评论家发现了汉娜作品中的策略和智慧,不过他们也许并没有意识到其中的大胆和牺牲。事实上,汉娜是一位天才。无论如何,围绕其作品产生的争议从来没能使她大红大紫。1980年时,盖伊·特雷贝在《村声》杂志上不屑地调侃汉娜的外阴"现在对我们而言已经和一只旧鞋一样熟悉了"。有人这样调侃过克里斯·伯登的阴茎吗?

除了汉娜的亲密朋友和家人,没有人能发现在她作品背后潜藏的温柔和理想主义。那是她的温情,她作为女性的人情味。

一篇写于1976年的精彩文章证明,汉娜才是自己作品的最佳评论者:

> 借助衣物纤维碎屑和乳胶的残余魔法,对肉体欲望的表达进行改造,呈现出的效果如同脆弱的爱,毫无保护地裸露着……这么裸露在任何情形之下……是赌博也是玩耍……存在,而不是成为一名存在主义者,创造物品而不是成为物品。恰似我的微笑隐约闪现,如同我慢酌浅饮。要成为一个分糖的人,而不是一个储盐罐,不出卖自己……

汉娜·韦尔克·维特根斯坦是纯粹的女性知识

分子。她的华丽人生就这样在矛盾的命题之中展开。

1979年的一天，自20世纪60年代后期起就与汉娜在一起的伴侣克拉斯·欧登伯格趁她外出时更换了门锁，同另外一个人结了婚。汉娜用她曾经为欧登伯格的作品收集的五十个射线枪模型，重新创作了一套名为《请帮帮我，汉娜》的"表演主义自画像"作品，赤身裸体地摆着姿势端着枪。汉娜通过这部作品"展现"并颠覆了她喜爱的对男性哲学和艺术的经典引用。

汉娜·韦尔克"展现"阿德·莱因哈特：她赤身裸体地坐在角落，深感无望，双手托着头，双脚穿着高跟鞋，双腿大开。她周围堆满了玩具枪和玩具火箭筒。标题写着：**这代表什么／你代表什么。**

汉娜·韦尔克"展现"卡尔·马克思：她穿着一双系带高跟凉鞋，摇摇晃晃地站在内燃机活塞上，赤裸的身体成为机器的一部分。汉娜手里拿着玩具枪，侧身弓步向前。**交换价值。**（交换价值？谁的？）

汉娜·韦尔克在画面中那令人费解的姿态把所有的标语变成了提问。她的美令人难以抗拒，但就如同在《手势》中那样，她的存在压倒了所有的姿势。

"很久以前，我就决心成为一个犹太人……这对我比艺术更重要。"R. B. 基塔伊和阿诺德·勋伯格都曾这样宣称。汉娜·韦尔克则说："从一种更广泛的意义上看，女权主义本质上对我比艺术更加重要。"有谁骂过这些男人是坏犹太人吗？

对汉娜·韦尔克的艺术生涯最残酷的讽刺，莫过于她的模仿者并没有付出多少的代价就在20世纪80年代初成为了艺术界的大明星。"韦尔克在作品中的自我投射与辛迪·舍曼最近那些作品中毫无人情味的模仿可谓反差巨大。相比之下，舍曼的变装虽然本质上看同样地自恋，却更容易被人当作艺术来接受和理解，因为舍曼作品中的人掩饰真我，夸张滑稽地模仿着隐忍、痛苦和愉悦，而这些情绪在韦尔克的艺术中却是真实的。"洛厄里·西姆斯1984年在纽约新当代艺术博物馆的目录中写道。但在那时，艺术史学界早已给韦尔克打上了愚蠢的标签，却用聪明来称赞她的模仿者。

朱迪斯·巴里和桑迪·弗里特曼，1980年：

（因为汉娜·韦尔克的艺术）并没有关于女

性形象的理论,她的艺术呈现的是一种没有问题的女性形象,并没有考虑到"女性气质"的社会矛盾。

凯瑟琳·刘,1989年(《银幕》:35—39):

> 韦尔克以在自己的作品中裸体出现而闻名。借由自己的裸体,她表现了一种嬉皮般的慰藉。她的这种自我裸露可以看作对女性性自由的一种修辞术,实在是过于肤浅,艺术构思上也太过简单。而辛迪·舍曼和艾米·兰金这些艺术家的作品,却展示出了作为女性的痛苦和愉悦。(《艺术论坛》,1989年12月)

"因为我们拒绝使用某种理论的语言,所以人们觉得我们是笨蛋。"诗人艾丽丝·诺特利去年在巴黎对我说。汉娜·韦尔克耗费了一生,付出巨大的精力试图证明自己是对的。如果把艺术看成一种地震监测项目,当这个项目失败时,失败一定也会成为它的一个主题。亲爱的迪克,这就是我爱上你时意识到的事。

"当然，汉娜确实成为了一个怪物。"我对沃伦·涅什伍霍夫斯基说。沃伦是我的朋友，典型的艺术圈人士，一个评论家，很聪明也极具修养。当时我们在迈克·凯里的露台上吃着烧烤，交流着最新的消息。沃伦认识艺术圈里的每一个人。他和汉娜1975年在纽约苏豪区的一家餐厅见面后相识。

沃伦轻声笑道："没错，确实如此。但却成了一头走上邪路的怪物。不是毕加索或者（他说了几位著名的男性画家）……那种怪物。问题出在，她把一切都搞得过于个人化了。她拒绝了信仰的飞跃。她的作品不再是艺术了。"

1985年，克拉斯·欧登伯格请求法院对密苏里大学出版社下达一道强制令。他们之前正准备为汉娜·韦尔克的第一次回顾作品展出版一部收录了她作品和文章的书籍。

为了保护自己的"隐私"，克拉斯·欧登伯格要求从书中删除以下内容：

1.《生活广告》中一张克拉斯与汉娜八岁的外甥女在一起的照片。

2. 汉娜的文章中所有提及他的部分。

3. 一张他们共同创作的海报《艺术家制造玩具》的复制品。

4. 汉娜的文章《我，物品》中对他们两人之间通信的引用。

因为克拉斯的名气和密苏里大学息事宁人的态度，汉娜人生中的一大部分被抹除了。《橡皮，擦除她》——韦尔克后期一部作品的标题。

我向沃伦解释了男性怪物和女性怪物之间的区别。"女性怪物以一种个人化的方式思考事物，因为事物就是这样。她们研究事实。即使被拒绝让她们感觉自己像是没有被邀请参加聚会的小女孩，但她们还是想要明白其中的原因。"

性物：作为机器的自我。《幽浮魔点》，毫无意识地吞咽贪吃，沿着超市过道一路吞食薄饼粉和果冻，以及镇上的每个人。行事蠢笨，却又无法阻挡。魔点的可怕，是一种无所畏惧的可怕。要想成为魔点，需要某种强大的意志力。

每个问题，一旦形成，就是一个范式，其中包含着自有的内在真实。我们不能再用各种错误的问题来转移自己的注意力了。我对沃伦说：我的目标就是成为一头女性怪物。

         爱你的

         克丽丝

考虑得失

1995 年 7 月 6 日
洛杉矶,鹰岩

亲爱的迪克:

上周末我去了莫洛湾,二十年来第一次吸食了致幻剂。前一天夜里,我梦到了贫困。无论富人怎么说,贫困不仅是物质缺乏,更是一种完形、一种心理状态。

我梦见了蕾妮·莫舍尔,她出生并生活在纽约州北部的瑟曼镇,是艺术家、木匠,也是一位文身师。蕾妮一手养大了自己的两个女儿,如今都已成年。她今年大概三十九岁,在梦境里看起来和现实中一样苍老,一样令人恐惧。我们在梦里是最好的朋友,彼此无所不谈。醒来之后,我意识到梦境中这种像青少年时那样，选择和一个人交朋友只是因为她本人而不是她的境遇的方式根本不可能存在，这个想法像宿怨般席卷而来。等你老了，本质主义也就消亡了。你就是自己的境遇。蕾妮的房子下个月就要被收回，因为她已经有三年没有缴税了。通知缴税的邮件堆成了一摞，她偶尔会打开看两眼。可努力究竟有什么意义呢？即使她找到了赚钱交税的门路，可累计的税金越来越多。蕾妮无力继续留住房产了。她会搬进一辆拖车。她会离开。她在给我的房子安装厨房窗户时，眼球里的血管突然破裂。诊所的医生说是她的胆囊出了问题。这场病让蕾妮花费了六十美元。她一生病，就无法工作，没了收入。穷人不能发传真，没钱雇用律师，没办法和沃伦县政府就削减税额讨价还价。他们生了病，感觉要被逼疯了，他们只能离开。

"富人只是有钱的穷人。"十五年前，我那位身为纽约社交名流的老板这样对我说。但事实并非如此。贫困文化[1]是不可逾越的。

---

1 又名贫困文化论，是一个社会学概念，认为贫困对人的生活产生影响，造就了一种脱离社会主流的亚文化，这种亚文化又会反过来维持贫困，并能通过代际传递。

自9月起,约翰、特雷弗和一群怀拉拉帕的剪羊毛工人在新西兰的北岛四处奔走。这份工作非常赚钱,也很辛苦:早上5点开始,下午5点收工,除非下雨每周工作七天。整个春天,约翰和特雷弗都在谈论着等他们没有工作时的圣诞节旅行。他们将开着约翰的霍顿车上路,绕着新西兰开始一段饮酒/驾车/嫖娼之旅。他们说了很多旅程中的事,让我们觉得自己仿佛也要参加那趟旅行似的。他们在圣诞前夜离开了帕西亚图阿。但是在节礼日那天,他们的车因为酒驾而完全报销了。剪羊毛挣来的所有钱都用来支付出狱保证金了。

我记得你写过这样一句话:

> 人最重要的权利,就是从某个立场发言的权利。

致幻剂来自旧金山,但依据加州的标准看还不错。芥末色的阳光反射在飞溅的浪花上,看上去就像数字广告牌;高高的海草在沙丘上摇摆舞动着。迷幻药解锁了眼球背后的防抖机制,让我们看到物质一直在移动着。据说是这样。可是我很清楚,虽然海草和云朵在怡然地舞动,但它们只能这样舞动七个钟头。不像加州那些常常服用致幻剂的人,我感到失望和无聊,因为靠药物诱导出的幻象如此具体而短暂。

什么样的画面能配得上人生的无尽隧道、贫困、不幸和哀伤呢?体验强烈的情感,意味着不去了解最后的结局。鹰岩干洗店隔壁的简陋棚屋里,住着一位越南兽医和一群看上去脏兮兮的孩子。今天早上,那位兽医竟然要花两千美元买下我那辆仅值一千美元的车子。为什么呢?因为我那辆产于1967年的轿车让他想起了自己过世的母亲,她生前经常开这种车。我们紧紧抓着那些永逝之物的符号、护身符和能触发联想的任何东西。

(几年来,我都在试着写作,但迫于生活的压力,我无法专注于此。而且"我"是"谁"呢?拥抱你和失败却改变了一切,因为现在我知道自己不是孤身一人。要说的太多了……)

我想给你写封信,聊聊精神分裂症——(R. D. 拉英说过:"精神分裂症患者相信自己不是孤身一人。")——虽然我从来没有研究过这一领域,也没有直接的患病经历。不过,我可以利用你来接近精神分裂症患者的状态,或者说爱情就是一种精神分裂症,或者说我们二人心意交汇处让我有种患上了精神分裂症的感觉——谁更疯狂呢?自从十六岁起,我就对精神分裂症着迷,就像个迷恋男同性恋的女人一样。"为什么我爱上的人都是疯子?"安·罗尔写的一首朋克摇滚歌曲里有这么一句。这么多年了,我是精神分裂症患者最好的朋友和知己。我经历过这些人,也和他们聊过天。在新西兰和纽约的岁月里,卢佛、布莱恩、艾尔吉和米歇尔、丽莎、黛比、丹都是我更进一步了解的渠道。可是,这些友谊最终都因失踪或是枪支、偷窃和威胁而结束,等到我们见面时,我都已经不抱什么希望了。

我问你有没有上过学,你的反应好像是我刚刚问你现在是不是还喜欢干母猪。"当然,我上过学。"毕竟,你如果没上过学也不可能拿到现在这份工作。但之前我在阅读你的作品时,从脚注里感觉到你没有上过学。你太爱书了,觉得它们是你的朋友。一本书读完接着读下一本,像是经历了一连串的一夫一妻制婚姻。亲爱的迪克,我从没上过学,但每次走进图书馆，我都会感到一种如同性爱或致幻剂所带来的高潮般的兴奋。我的大脑因为联想变得有些混沌。以下是我列的一些有关精神分裂症的笔记：

1. 西尔瓦诺·阿里埃蒂在其《解析精神分裂症》中认为，精神分裂症患者的思维运转处于"原始逻辑"中。所谓"原始逻辑"，指的是一套与理性对立的思想系统，在这个系统中，"A"可以既是"A"，同时又是"非A"。如果说致幻剂揭示的是行动，那么精神分裂症揭示的则是内容，即联想模式。精神分裂症患者越过了语言中的"表意链"（拉康语）进入了一种纯粹的巧合的领域。时间向四面八方延伸出去。以此种方式体验时间，相当于永久性地沉溺于某种毒品，既有致幻剂导致的视觉效果，也有海洛因带来的全知全能。如同身处博尔赫斯笔下的世界，一个瞬间无限延展成一个宇宙。1974年，布里昂·吉辛和威廉·伯勒斯在合著的《第三思维》中记录了他们通过对巧合的认识来进行的时空旅行体验。《第三思维》是一本自助书。遵循他们的方法（比如，"把一本笔记本分成三栏。在任何时间都分别记录你正在做什么、你正在想什么、你正在读什么……"),任何人都能办到,离开他们的"自我"进入破碎的时间。

2. 卢佛四十二岁,正在惠灵顿等待接受额叶切除手术。在惠灵顿为数不多的"名人"中,他绝对不会被认错——身形高大得像一头熊,头上有一撮黑发,满口烂牙,笑容满面,虽然那双棕色的眼睛不像英国人后裔,甚至不像"欧洲人",但背后蕴藏着一种能量和坦诚。无论什么季节,卢佛都穿着一件棕色呢子长大衣,像是披了一件教士长袍,下身穿着一条鲨皮布长裤。虽然卢佛被新西兰的精神健康机构诊断为无法治愈,但他却是精神分裂症患者中最文明的。他从不大喊大叫,事实上,他说每句话前都认真地考虑过这句话带来的后果。私下里可能会有产生幻想的情况发生,但卢佛并没有传递任何不寻常的信息。他没有陷入被害妄想,而且如果听到了广播、电视或是树木发出的声音,他从不去理解或者试图赋予它们含义。他的朋友就是他的选民,但与其他政客不同,卢佛非常耐心。如果你为他制订了计划,他会觉得这些计划都是为他好。把他送来检查的社会福利救济机构希望切除半个大脑后,卢佛就可以工作并养活自己了。他对此也毫无怨言。

惠灵顿每年有六个月的时间要承受来自南方的风雨侵袭。这里的冬季更是寒冷漫长,像神话传说中描绘的一般。有几年,市中心的街道会安装导向绳索,为了防止体重偏轻的居民被风吹走;穿着防水布风雪大衣的瘦子在塔拉纳基大街的汽车上方飘着,像气球一样从城市飘向港口,然后顺着轮渡的方向毫无阻碍地越过库克海峡来到新西兰南岛。大约每年都会有一位文化名流(一位去过"国外"的作家或是主持人)在《新西兰倾听者》杂志上刊文把惠灵顿比作伦敦或曼哈顿。整座城市都充满妄想。

有时候在经历洪水后,会有一个大晴天莫名其妙地降临,好像就像创世的第八天一样。这时,卢佛就会穿着长大衣,像是一只动物爬出洞穴似的走出自己位于奥哈卡排屋道的小单间。遇到他后,我心情总是会更好。与这座镇子里总觉得自己是乡下人的居民不同,卢佛很聪明又充满好奇。他看着你的时候,就真的看见了你。他那副开化的模样,把惠灵顿变成了詹姆斯·乔伊斯笔下的都柏林。

如果卢佛信任你,他会邀请你去他的房间,一个在木结构房屋下面挖出来的小单间。这座破房子一定是几年前被屋主"捐"给救济机构的。走过一条布满荆棘和轮胎印的水泥小路,就能到达那座房子。实际上,卢佛是一位颇具天赋的艺术家。那个时候,新西兰还几乎没有什么人在没有组织认可的情况下画画,一般都是先上三年的艺术学校,然后是画廊,但卢佛做到了:他绘制丝绢,绘制舞台布景,为戏剧团体和乐队的朋友绘制卡通海报。

几年之后我回到惠灵顿,了解到卢佛之前安然无恙地完成了额叶切除手术,而且现在还在城里。而且,他还在威利斯大街社区中心美术馆举办了一次展览。我用在大学里吹嘘自己在纽约曾与某些知名人士共事赚来的钱买了最喜欢的作品。在那幅画中,有一个 20 世纪 80 年代打扮的巴比特式商人,他穿着一套精致的灰色西装,站在阿罗街和奥哈卡排屋道街角的红色电话亭中对着电话听筒露齿微笑。周围的街景就是卢佛的住处附近。电话听筒是一只人耳。街上交通繁忙,但隐约可以看到遍布斑点的汽车里有人在向外窥视着。在蓝粉色的天空上,黄色的云朵绵延不断。

在卢佛画笔下这个后现代风格的惠灵顿里,"单向度的人"还可以遇到凯瑟琳·曼斯菲尔德。

获邀进入卢佛的单间总是混合着一点点忧伤。他那间位于地下室的房间昏暗无光,到处散布着垃圾。他推开一堆报纸和脏衣物,泡了一壶茶。卢佛从来不以乐观的眼光看待世界。他是一位精神分裂的现实主义者,对自己的艺术生涯从来没有不切实际的幻想。如果真的感觉很低落,他就会消失,不在家待着,他一直都很善良。客人拜访时,他有自己的规矩,遵循一种欧陆模式:他从不谈论自己,也不打探你的生活或烦恼。拜访卢佛就是在另一个国度中旅行。我对此并不介意,因为我想让他教我如何才能像他一样生活。我曾爱上过他。我那时十六岁,是个外国人。

3. 按照戴维·罗森翰的理论,精神分裂症是一种自证预言的诊断。在他的实验中,八名神智正常的人声称自己听到了某种声音而被送入了精神病院。虽然此后他们一直表现得如"正常人"一般,但精神病院的工作人员却把他们的言行都看作患有"精神疾病"的证据。

4. 因为精神分裂症患者对身处多重现实早已习以为常，所以他们不会感觉到矛盾冲突。就像是立体主义化学家，他们把物质分解，然后把元素重新排列。

5. 我喜欢"原始逻辑"这个词，因为听起来有点儿古埃及的意味。希思科特·威廉姆斯写过一部剧作《直流/交流》。在结尾处，主人公佩罗恩给自己进行了颅骨穿孔术。佩罗恩是一位流离失所的数学家，性以及他那些瘾君子朋友的愚蠢荒唐行为都让他感到无聊和厌烦。因为从不渴望什么"人情温暖"，所以他从不涉猎任何心理学知识，反而对神经系统的运作原理更感兴趣。巴特·休斯和阿曼达·菲尔丁在伦敦倡导的颅骨穿孔术需要在人的颅骨上钻一个孔，伤口流血扩张了脑垂体附近的毛细血管，"第三眼"就开启了。我不知道他们是怎么确定钻孔的位置和深度的，但是阿曼达·菲尔丁还拍摄了一部电影，内容就是在厨房里给自己进行颅骨穿孔术。而在《直流/交流》中，当佩罗恩最终给自己的颅骨穿孔后，他开始言辞激烈、无休无止地说着话，用难懂的语言唱起歌。

6. 与吉尔·德勒兹合著《反俄狄浦斯：资本主义与精神分裂症》的费利克斯·加塔利就反对阿里埃蒂使用"原始逻辑"一词来描述精神分裂症。他说："原始逻辑，意味着患者回到了原始的无序状态。但恰恰相反——精神分裂症是高度组织化的。"当然，加塔利是依据自己对资本主义与精神分裂症的类比进行延伸。二者都是基于悖论的复杂系统：系统内各部分毫无关联，但系统却可以依据隐藏的规则来运转；二者都把分裂合理化。资本主义的伦理标准完全是精神分裂的，相互矛盾，表里不一。低买高卖就是个例子。精神病医学则在奋力掩盖这一点，把所有的紊乱都归结至"妈妈—爸爸—我"这个"神圣三角"上。"无意识需要被创造出来。"加塔利在《玛丽·巴恩斯[1]的旅行》这篇文章中写道。这个分析模型太棒了。

不过，佩罗恩的温柔性格让我想到了卢佛。

7. 精神分裂症的一大特征就是在两个毫无逻辑关联

---

[1] 玛丽·巴恩斯原本是一位精神分裂症患者。四十二岁时开始接受R. D. 拉英的治疗，并在五年后痊愈。根据拉英的诊断，巴恩斯患病是自童年起一直被自己的母亲排斥造成的。

的推论中间加上"因此"。上周我开车去加州的毕肖普,内心相信:我不会因超速驾驶被罚;我会在五年后死去。我并没有拿到超速罚单,因此——

(当你的脑子里充满了各种想法时,就总想给这些想法找出个理由。因此,学术和研究就是精神分裂症的一种表现形式。如果现实令你难以忍受,但你又不想放弃,那么你就必须要理解现实的法则。罗海姆·盖佐这样写道:"精神分裂症是一种神奇的神经错乱现象。"对证据的寻找。诸多巧合的狂欢。)

两小时前,我停下笔,趁着太阳没有落下出去走了走。出门之前,我突然有种冲动,想要播放唱片《红热+乡村音乐》中威利·尼尔森那首《疯狂》,但我最后还是直接出门了。当我按照惯常的散步路线走到第49弯道时,佩西·克莱恩演唱《疯狂》的歌声一下子涌了出来,从一座房子的窗口,真的是**涌**了出来。我靠在街对面的围栏上,看着这座房屋腾空而起。一个歌剧、电影般的时刻,一切都被定格在画面中,让你兴奋不已。啊,迪克,我真想成为像你那样的知识分子。

8.你还记得2月里那个晚上,你在厨房里做晚餐时,我告诉你自己是如何成为素食者的吗?我和西尔维尔与加塔利在他家吃晚餐。当时柏林墙刚刚倒塌。他、加塔利、安东尼奥·奈格里,还有一个来自法国广播电台的年轻人弗朗索瓦,他是加塔利的追随者。这几个人正在计划一个电视访谈节目,讨论"左翼的未来"。西尔维尔将作为加塔利、奈格里和德国剧作家海纳·穆勒三人现场讨论的主持人。但他们还需要一名发言嘉宾。很奇怪的是,观众会对这场讨论感兴趣。这几个人背景都很类似:四名五十多岁的异性恋欧洲白人男性,都离过婚,现在都在交往没有子女的三十多岁年轻女性。有时,巧合就是这么令人沮丧地无可避免。不管这四个人说了什么,都好像是他们一起说过的话。在加塔利的著作《混沌学》中,他、德勒兹与八位法国顶尖的知识分子之间有一段关于精神分裂症的伟大讨论。他们都是男性。如果我们希望现实能改变,那为何不去改变呢?迪克,我在内心深处感到你也是个空想主义者。

"克里斯塔·沃尔夫怎么样?"我问道。(沃尔夫当时正在德国筹建一个新社会主义政党。)加塔利的所有来宾——所有的男性文化名流,他们巴黎风情的、沉默的年轻妻子,都坐在那里盯着我。最后,共产主义哲学家奈格里优雅地回答:"克里斯塔·沃尔夫不是一个知识分子。"我突然意识到眼前的晚餐主菜是一块带着血丝的烤肉。心灵手巧的女性为此忙了一下午,此刻正高高摆放在餐桌中心。

9. 新西兰有许多的疯子。阿里斯泰尔·坎贝尔就曾为患上精神分裂症而自杀的无名妻子写过一首著名的诗《我和你一样被困》。通过这首诗,坎贝尔宣誓了他作为诗人有权将自己投射到他人的精神状况中。这首诗写得美丽动人,但我不知道自己是否相信其中所说的。新西兰有许多的疯子,因为这是一个穷困孤立的小国家。任何内心有过多情感或是流露太多的人都会感到孤独。

20世纪70年代的某个冬天,我在惠灵顿市区的布尔科特高台街看望一位女性友人,玛丽·麦克劳德。她不知什么原因进了好几次精神病医院。玛丽是一位兼职学生,全职的保罗·布莱斯"精神分裂症患者"康复之家的居民。布尔科特高台街除了对保罗(一位持证心理治疗师）的陈词滥调报以礼貌性的沉默外，与其他新西兰嬉皮士社区大致相同。任何人只要支付租金和餐费就可以住进来。虽然可能性不大，但也许是保罗·布莱斯受到 R. D. 拉英和金斯利治疗中心的启发，建立了这座康复院。比起实验，布尔斯特高台街更像是一种误入歧途的嬉皮士利他主义的出口。这里是另一个耶路撒冷，是诗人詹姆斯·K. 巴克斯特的天主教乡村社区。外面正在风雨大作。每一道南方刮来的风都在撕扯着破损的铅玻璃窗户。这里的不少住户，主要是男性，正围坐在起居室里的一台电暖气周围，喝着茶和啤酒。一个典型的布尔科特高台街夜晚。

玛丽二十二岁，是个身材高大、爱生气的金发女孩，整天都在想着巫术。她为了隐藏起自己的婴儿肥，穿了一件宽松的廉价外套，细长蓬乱的长发垂在外套上。玛丽吸引我的原因，是她可以肆意地难过起来。除此之外，我们就没有什么共同之处了，但这也不算个问题，因为我们几乎不曾有过什么私人谈话。突然，破损的落地窗外，灌木丛传来了窸窣声。原来是弱智奈杰尔，他是这群人中最专注于发疯的。此刻，他把脸挤在窗户上，用舌头舔着玻璃。屋内立刻响起了"哎哟,恶心!滚开!"等声音。保罗·布莱斯这时对我讲述了奈杰尔令人伤心的病史。后来在那天夜里,奈杰尔把拳头伸进了窗户。

几年后,我在纽约第二大道的一家五金店里遇到了保罗。虽然快到四十岁了,他还是打扮整洁,身材苗条,但已不像当年那么有影响力了。保罗这次来纽约是为了参加心理剧疗法的课程。他现在住在悉尼。我张开双臂拥抱了他,感觉坠入了一间可以由此回到过去的镜厅。在纽约遇到任何与惠灵顿有关的事情都很神奇,有种电影般的共时性。我想告诉保罗我离开后发生的一切。我迫不及待。但因为保罗并没有真正离开惠灵顿,惠灵顿对他而言,并没有定格在神话般的过去,所以他也没有。

10. 去年冬天,当我爱上你并离开西尔维尔,一个人搬到纽约州北部乡下居住时,我发现了自己二十年前在惠灵顿写下的第二篇故事。那篇作品是以第三人称叙述的,一个大多数女孩想谈论自己又觉得没人会听时会用的人称。故事开头这样写道:"又是周日下午,又来了,可能性并不是无穷无尽的。"名字与实际发生的时间都被谨慎地略去了，但这句话说的是我与演员伊恩·马丁森共度圣诞前夜后的心碎和被遗弃感。

我是在阿罗街**布勒塔**之家的深夜聚会上遇见伊恩的。**布勒塔**是一个路边巡回演出嬉皮摇滚团体，成员除了乐队还有他们的朋友和妻子。他们开着一辆旧巴士在全国各地演出，巴士的卡通涂装是卢佛画的。伊恩·马丁森刚刚导演了一部根据阿里斯泰尔·坎贝尔那首《我和你一样被困》改编的电视电影短片。我为一家日报给这部短片写了评论。我是那次聚会上唯一一个独自到场的女孩，唯一的记者，唯一的非嬉皮士，唯一年龄未满二十一岁的人，这些全都是严重的劣势。所以当伊恩在我座位周围晃悠时，我感到非常受宠若惊。**布勒塔**的费恩·弗劳思像只喝醉的蜈蚣在地毯上滚来滚去，布鲁诺·劳伦斯则靠讲荤段子让聚会不致无聊。伊恩·马丁森和我聊了聊新西兰诗歌。

大约凌晨3点，我们踉踉跄跄地步行去我的住处上床。阿罗街的"阿罗"在毛利语中是"爱"的意思。我们一离开聚会就不知道该聊些什么了，如同两个恰好走在一起的陌生人一般。他和我都醉得很厉害，根本没办法立刻从谈话模式进入到性爱中，但还是努力试了试。我们脱光了衣服。起先，伊恩硬不起来，这让他很恼火，等到终于硬起来，他就像个机器人一样干我。他很重，那张旧床吱嘎作响。我想让他吻我。可他转过身去，睡着了，我差点儿哭出来。早上8点，他醒来后，一言不发地穿上衣服。"这一定是我一生中最悲惨的一个圣诞节。"这位天主教徒嘟囔着，离开了。

六周后，新西兰全新的电视二台制作的首部电视剧《道格拉斯·韦尔》播放了。剧中，飞行员道格拉斯·韦尔被刻画得细致入微，光彩熠熠，令人信服，扮演者就是……伊恩·马丁森。那天夜里，我坐在卧室里，在打字机上敲打着为《惠灵顿晚间邮报》写的剧评。我当时的感觉就像电影《唐人街》中被杰克·尼克尔森饰演的侦探扇了一巴掌的费·唐纳薇似的。我是记者……是女孩……记者……女孩。憎恨与耻辱在我心中聚积，从胸口涌上了喉咙，这时我已经写下了十段赞美伊恩·马丁森的文字。那年，他赢得了最佳男演员的奖项。

这件事最后可以凝结成一句哲理：艺术取代了个人的想法。这句哲理非常适用于父权制，我遵循了差不多二十年。

也就是说：直到，我遇见了你。

11.4月19日凌晨1点和晚上10点，我两次从纽约东村给你家打电话，但你都不在。那天夜里，我在纽约时间晚上11点至午夜之间又试着打给你三次，也没有打通。长途话费账单贴满了我日记本的空白处。20日是个周四，我驾车离开了纽约向北驶往瑟曼镇。一路上刮着寒冷刺骨的风，路边的树木光秃秃的，天空中聚积着灰色的雷雨云。接下来就是复活节周末了。20日夜里，从东部时间9点30分到11点30分，我又试着给你打了四次电话，但被转到自动答录机后我只是守在那里，没留下任何消息。根据话费账单，我在给你打每个电话前都要先满心绝望地打给身在纽约的西尔维尔。给他打的三通电话分别持续了六分钟、十九分钟和一分半钟。凌晨1点45分（对于你来说是晚上10点45分），我又试了一次。这一次，你的电话占线。我坐在书桌前，一支接一支地抽了二十分钟的烟。凌晨2点05分，我再次打给你，这一次你接起了电话，我总算联系上了你。

12. 有一篇科幻故事,名字和作者我已经忘记了,里面讲了一群人被组织在一起接受一种乌托邦式的情感培训,为了让群交神圣化,他们把性爱的要素描绘成了外星人赋予的能力……"触摸的能力""低语轻吟的能力"等等。我相信我一定是从你那里获得了"写作的能力"。

13. 精神分裂症患者有一种锁定别人思想的能力。不需要任何口头的言语,他们如电流般直接进入。就像《星球大战》中的机器人,只要接入机器就能破解任何代码,精神分裂症患者也可以立即定位一个人:他的想法、欲望、弱点和期待。不觉得"处境"这个词也是个精神分裂的词语吗,既是名词又是动词??"精神分裂症患者……会忽然喊出你私生活中最令人难以置信的细节,那些你从来没想到有人会发现的事情,而且是以最唐突的方式告诉你那些你觉得是绝密的真相。"加塔利在接受卡罗琳·劳雷和维托里奥·马尔凯蒂的采访时这样说(《混沌学》)。精神分裂症患者不会沉浸在自我中。他们在联想方面极度活跃。世界就像是一座浩瀚的图书馆,而精神分裂症患者则是最慷慨无私的学者，因为他们在情感上就在那里，并非只是构想和观察。他们愿意生成情境化的个体预期。加塔利接着说："精神分裂症患者可以瞬间进入你。他能内化与你之间的所有联系，将其变成自己主观世界的一部分。"这与最高级的力量之间的共情：精神病患者变成了一位预言家，通过他/她自身的生成实现预言。但是，这种共情何时会消解呢？

14. 当我在5月份拿到了话费账单时，惊讶地发现那天夜里，也就是4月21日凌晨，我们进行了最后一次谈话。我们足足聊了八十分钟，我感觉还不到二十分钟呢。

15. 没人能永远在这种高度的反思型接受性状态下生活，虽然精神分裂症患者已经是所有人中最精于此道的了。因为这种共情的发生并非自愿，所以会有这样的恐惧。失去控制，一种渗漏。成为别的人，或者更糟糕，成为两个人之间的振动场域。

"但你又是谁呢？"布里昂·吉辛问的这个问题嘲笑了作者身份的真实性。（"从什么时候起，言语成了某个人独有的了？的确，有'你自己说的话'这种表述，但你又是谁呢？"）你越是仔细思考这个问题，就越恐惧。我意识到西尔维尔并不爱我后，因克隆氏症发作倒在了明尼阿波利斯，当时我发着烧躺在一个陌生人的沙发上，因疼痛直不起身，产生了一种穿过旋转的粒子、抵达了我的脸背后那张脸的幻觉。医护人员把导管塞进我的鼻子之前，我知道"我""不在""任何地方"。

16. 那天夜里打电话给你，是我发誓要做的折磨。"我必须要让你知道，"我说，"上周末在洛杉矶见到你后，我心中是怎样的感觉。"（已经过去十天了，但我的身体仍然被困在病痛中。）"要是不能把这些感觉告诉你，我就只能在心里记恨你，或者当众表达出来了。"

你说："你的情感勒索让我恶心。"

可我还是继续往下说，让你知道4月12日，也就是周三那天我回到纽约时，身上长了三种皮疹：一处皮疹让我的眼睛肿得无法睁开，一处皮疹长满了面颊，还有一处长在了身上。

你说："这不能怪我。"

不过周二夜里，我在从洛杉矶回纽约的飞机上却莫名地感到腹痛竟然消失了。腹痛是在前一天晚上开始的，也就在那天晚上，我按你的要求打电话跟你说了再见。我蹚进客舱后部的狭小座位，在飞过丹佛时通过空中电话对西尔维尔大声说着话，我的身体筑起了一道警戒，抵御克隆氏症的再次发作，但躯体本身是无法阻挡的，就像是在交通堵塞时加开的一条车道，也会很快被填满。周三上午，皮疹、眼泪、酵母菌感染和膀胱炎把我击得粉碎。情况严重到足以让医生给我开出了五张不同的处方。等我取完药开车驶往纽约州北部，已经是耶稣受难节了，天空阴云密布。

17. 因为只有抛弃自我才能完全认同另一个人，所以精神分裂症患者会感到惊慌失措，突然退出这些联系。连接再切断。康涅狄格州。他们能越过语言的范围抵达纯粹巧合的领域。摆脱了表意逻辑，时间向四面八方延伸开去。"把语言看作一种表意链。"（拉康）没有语言的指引，你就不在任何地方。

"虽然你我之间有百分之八十的事情完全是我臆造的，"我对你说，"但还有百分之二十是你造成的。"

你不同意我的话，坚称我们之间发生的事都是我捏造出来的。我十分怀疑这一论断。不错，痴迷算是一种被人为制造出来的精神疾病。但你我之间的事是异常而且私密的。八十分钟的谈话聊到最后也还是在原地打转。你倾听着，态度和善。然后，你就开始讲起那个百分比的问题。

精神分裂症是一种原生的形而上学。精神分裂症患者离开了肉体，超越了自我，凌驾于所有信仰体系之上。自由意味着恐慌，因为没有信仰，也就没有了语言。当你在共情中失去自我时，只有彻底关闭才是返回的唯一路径。

那么，这种共情何时会崩解呢？

18. 4月5日（周三），我离开纽约前往位于洛杉矶的艺术中心"授课一周"，希望有机会和你见上一面。整个冬天和春天，我一直穿梭于纽约州北部的贫困乡村、纽约市D大道和加州帕萨迪纳之间。周三下午，我搭了一辆出租车前往纽约肯尼迪国际机场，在美国航空公司的贵宾候机室里把机票升舱后乘上5点起飞的航班，晚上8点抵达洛杉矶。我开着租来的车开往帕萨迪纳的一家汽车旅馆。加塔利说，精神分裂症是晚期资本主义内在矛盾的范例。如果你也同意他的说法，那我全部的存在——经济状况就是精神分裂症式的。我旅行时的身份并不是克丽丝·克劳斯，而是西尔维尔·洛特兰热的妻子。"你也许很勇敢，"你在那个周末对我说，"但不够明智。"可是迪克，如果明智意味着闭口不言的话，那还不如扮演个傻子——

那天夜里，我在405号州际公路上迷路了，发现自己正在驶往你家的方向。我赶紧掉头，抄近道从101号州际公路开回了帕萨迪纳。实际上，只要周五到学校就可以，但我周三晚上就提前来了，因为我以为这样做会增加见到你的机会。除了这个理由，我还受邀参加朋友雷·约翰森在周三夜里举行的四十岁生日聚会。

晚上10点，我住进了科罗拉多河边的流浪者汽车旅馆。我洗了个澡，打开行李，然后给你打了电话。电话接通后，铃音响了八次，却无人应答。我洗了头，整理了下头发，然后又打了一次电话。这一次，电话被转到了自动答录机上，但我并没有留下语音信息。我抽了支烟，然后想了想出席雷的生日宴要穿什么。我明智地决定不穿那件带金色亮片的皮夹克。不过等我穿好衣服（黑色雪纺绸衬衫、英式军装裤和黑色真皮外套），我发现自己又陷入了另一个僵局。要是我在你的自动答录机上留言，就不能再给你打电话了。不，我必须要直接同你交谈。不过，我可以不去参加雷的生日宴守在电话旁吗？最后，我还是决定等到10点半。如果你还是不在，我就去参加聚会，等早上再打给你。10点35分，我再次拨打了电话。你接听了。

德勒兹在《混沌学》中写道：

> 生活体验不意味着可以被感知的特性，而是代表了一种强化。"我觉得"意味着我内心有什么正在发生。而精神分裂症患者的内心一直都有事情发生。当一个患者说"我觉得我正在成为上帝"，就好像他正在越过一个自身躯体的强度阈值……这名患者的身体类似一个蛋。一个紧张症患者的身体。

我说自己正在洛杉矶，你听上去似乎并不吃惊。

也许是故意表现得满不在乎。起先,你的语气很冷漠,一副事不关己的态度,但后来渐渐软化下来。你说自己当时没办法谈话……可接下来你做到了,真的。我已经不记得你刚刚从哪个欧洲国家参加了什么会议回来。你说自己累坏了,意志消沉。两天前的夜里,你在126号州道开车时差点被抓到酒驾,所以你决定戒酒。

"我感觉脑子从来没像现在这样清醒过。"经历了三十六个小时的戒酒后,你这样对我说。悔恨如潮水般一浪又一浪地从我的内心涌向我的手指。我紧紧地抓着电话,后悔自己见到你后开始了这个精神分裂症式的项目。你2月时对我说:"我以前从来没像这样被人紧追着骚扰过。"但这件事能算骚扰吗?爱上你,就如同一种吐真剂,因为你知晓一切。你让我觉得重新构建一种生活是可能的,因为毕竟你也远离了你曾经的生活。如果我能在自己的控制下爱上你,获得一种完全女性的经验并将其置于一种抽象的分析系统中,那么也许我还有机会明白点什么,可以继续生活下去。

"我从来没想要这些!"电话中的你说。听到这句,我感到愧疚至极。我的意愿凌驾于你所有的愿望和脆弱之上。我以这样的方式爱上你,已经打破了你所有的边界,伤害了你。

然后,你问我过得如何。你说日常社交客套话的样子让我想起了卢佛,像他那样单纯地倾听。好像真的想要听到回答似的。你这种贴心的无动于衷,让我变得什么都敢说了。"过得好极了,"我说道,但我想要你知道你对我做了多少好事,"就像——我总算从自己的想法中挣脱出去——我觉得自己不会回去了。"三天前,我在笔记本里写道:"自从认识了迪克,我的双眼已经掉入了胸腔里。我的身体变成了液态玻璃,所有的碎片都拼合了……"我还引用了诺特利引自约翰·多恩的话:"没有哪个女人是座女孤岛。"

然后,悔恨再次袭来。我想要你明白,我从来没想过用自己写的东西让你"曝光"。"听我说,我会改掉名字、日期和地点。全书会变成一个以过去时态叙述的牛仔爱情故事。我会给你起名叫'德里克·拉弗蒂',而不是'迪克'。"

你听起来似乎不太开心。这种情况下,还有机会收回我说的这些话吗?

（一个月前，我把《诠释》那部分手稿寄给你看了，在第一页，有一行文字是这样的："'你可真够骚的。'迪克·——说着，看了下自己的手表……"你吓坏了。"那可是我的名字！"你在电话里对我吼道。然后，你告诉我，你在写第一本书时如何努力地保护其中牵涉到的人，怎样隐藏他们的身份。"而且那是我曾经爱过的人，而你甚至都不认识我。"）

我对你的情感太过强烈了，我必须要找到一种方法让我对你的爱变得不那么自私。所以虽然我抱着可能见到你的希望大老远跑来，如果你不愿意见我，我也不会强求。当时是4月，正是血橙的季节，我的内心情绪奔涌，就像瑟曼镇那座房子后面的小溪，湍急却不乏暖意。我在想着当人们决定远离什么东西时，是何等脆弱啊，他们竟然变成了脆弱的蛋黄，只能依赖一层薄薄的蛋壳保护。

"所以——你还想过见我？"你说。

而这一次（如果道德迫使你选择正确的，而不是你想要的），我充满道德感地回答："我觉得这个问题还不如说是，你想见我吗？如果你不方便，我觉得还是干脆忘了这回事吧。"

但接下来,你说:"啊,我得查查未来几天的日程。不如你明天这个时候再打给我?"

当时的时间是晚上 10 点 52 分。因为紧握着电话,我的手已经汗湿了。

19.

> 爱情引领我至此
> 使我低微地活着
> 因为欲望,我即将死去
> 再也无法为自己感到难过
> 以及——

20. 因为紧握着电话,我的手已经汗湿了。我坐在汽车旅馆房间里的双人床边上。床头的刺眼灯光映照在窗玻璃上,照亮了整个房间。

等我抵达洛杉矶的银湖,已经是夜里 11 点 45 分,雷的生日聚会早就开始了。雷把我介绍给了米歇尔·迪布拉西,一位作家兼电影制作人,20 世纪 80 年代初曾经在纽约颇有名气。可是那些叱咤风云的人如今在哪里呢？（这个问题算是如今这些幸存者之间固定的谈话内容了，互相交流看见了哪些以前的著名人士现在端盘子、捡垃圾……）但米歇尔看起来过得很不错，那天下午我还在飞机上读到了她最新的作品。那是个每个人都会喜欢的故事，一个坚强的女孩发现了自己的弱点，成为了更为真实的自己。人们会喜欢这个故事，因为这个故事里的经验范围，完全是由一个人展现出来的。这个故事属于典型的女性作家作品。（我可以这么说吗？）因为其中所有的真实都建立在一个谎言之上：否认混乱的存在。米歇尔本人也不错，聪明，开放，容光焕发，极富魅力。

聚会上的宾客越来越少。雷·约翰森和我坐在一起，喝着啤酒，开始评论起我的写作。他说，我写作的"缺陷"在于，我一直在对着你说话。我应该学会更加"独立"。参加聚会的每个人都对阿曼达·普拉默没有到场感到失望，但我见到了另一位名人的妹妹。

21. 西尔维尔和我去年1月到你家吃晚饭，我给了你九十页的影印稿，是我在那之前写的一百二十封信。你说："太让我窘迫了。"其他的客人已经离开了，我们坐在餐桌旁喝着伏特加。你给西尔维尔倒酒时,酒杯裂成了碎片。我们三人约好第二天在羚羊谷的五角餐馆一起吃早餐。

第二天早上9点,西尔维尔和我到达餐馆时,你早已坐在里面了。那个早晨可真他妈的阴沉。你身上穿的那件破旧的雨衣,让我想起了前一天晚上你播放的唱片《莱昂纳德·科恩超级精选》。从几何学角度来看,我们三个人要么坐成一条直线要么坐成一个三角形。西尔维尔挨着你,我坐在你们对面。我们紧张地聊着天。西尔维尔说话很难懂,你说话很晦涩。我几乎没吃几口自己的燕麦粥。你锐利的目光总算落在了我的身上,问道:"你的厌食症还没好吗?"我在第二封信里提到了自己的厌食症。"并没完全康复。"我否认,希望你能多和我说几句。但你并没有如我所愿,于是我脱口问道:"你读了?你真的读了我的信?"

"哦,我就是简单浏览了一遍,"你回答,"今天早上一个人在卧室里,外面又下着雨,读你的信非常像在看'黑色电影'……"

我没明白你的意思(我没有细问),但现在我也体会到了:我孤身一人穿梭在城市中,就在4月5日夜里，我先来到机场，然后开上租到的车，接着到汽车旅馆……好像一张浮动的网上几个固定的点。汽车旅馆里的电话，烟灰缸。生日聚会上穿着德国乡村服饰的傻里傻气的服务员，阿尔卑斯山风格的恐怖秀，食物残渣，谈话闲聊。对着米歇尔·迪布拉西唠叨着自己电影的问题，愚蠢地用刀子猛戳我们刚刚结下的女性友谊。咔——咔——咔。就像是罗伯-格里耶遇见了玛格丽特·杜拉斯，然而突然间你就不知所踪了。丹尼斯·波特笔下的那位"歌唱神探"在20世纪70年代的某个夜里跌跌撞撞地走出一间地下酒吧，拐过了一个街角后就来到了"二战"时的伦敦。"涂成黑色"，就成了"黑色"风格。时间是未封口的信封，罪恶是痛苦的隐喻，是黑暗中恣肆情感的私密交响曲。

22. 当然了，加塔利用谈论精神分裂症的口吻谈论起爱情并不令人奇怪。三周前，我刚开始写这个部分时读到了一篇文章。现在已经是8月了，我无法找到引用的原文，以下只是我的翻译，也就是说，介于他说的和我借他之口说的之间：

> 就像这样——有人坠入了情网,而在一个曾经封闭的宇宙内,一切突然都变得可能了。爱与性都是符号化突变的介质。

我不同意这说法,至少我认为我不同意将那里的表述"符号化"。(亲爱的迪克,亲爱的马歇尔,亲爱的西尔维尔,什么是符号学呢?)爱与性都能导致突变,就像我觉得欲望不是因为缺乏,而是由于精力过剩,类似一种皮肤内的幽闭恐惧症。

加塔利继续道:

> 在曾经空虚的世界中,出现了之前从未想象过的各种系统。自由的新可能性也随之出现了。当然,可能性并不一定会实现。

现在,为时已晚。自从7月6日开始写这个部分到现在,我始终处于一种变化的状态中,比如,我的体重轻了十磅。

今天早上散步时,我考虑了下秋天要做的一场有关诗学的讲座(贵校邀请我了)。我打算播放一段两年前给吉姆·布罗迪的葬礼剪辑的录像。吉姆是个年轻的纽约诗人,流落街头后死于艾滋病。录像里,他谈到了旧金山诗人卢·韦尔奇。韦尔奇如果没在20世纪70年代自杀,也早晚会因酗酒而死。我还打算把女诗人艾丽丝·诺特利那篇才华横溢的文章《威廉博士的女继承人》打印出来在讲座上分发。诺特利在文章中说到像她这样的女性诗人,是怎样把内心的日常生活外化和变形的,在以前的女性诗人中几乎没人做过类似的事。评论家凯瑟琳·弗雷泽认为艾丽丝·诺特利仅仅表达内心而没有去创造,所以是一位失败的女权主义者。但不管怎么说,诺特利证明了写诗的可能性,而凯瑟琳·弗雷泽只是个学者而已。"没有哪个女人是座女孤岛。"呃……意思就是,**为时已晚**。很高兴你在加州艺术学院工作,但别忘了,你要靠妥协和矛盾活着,因为那些不这么做的人都像狗一样死了。

我得把这部分结束掉,赶紧切入主题。

23. 周四夜里(4月6日晚上10点45分),当我按照就在不到二十四小时前你要求的方式回电时,被转到了自动答录机,对此我并不惊讶。

欲望,幽闭恐惧症。如果我在答录机上留言,就得待在汽车旅馆的房间守候,还要纠结着你是否会回电话。所以我干脆挂上电话,抽了点大麻就出门了。大麻的劲儿很强,我眼前开始闪现二十年前的记忆场景(我认得,我认得)。想起了自己身为二十岁的女孩时是何种感觉,从记忆深处涌起的情感和经历把我淹没,一时无言以对。虽然我有好多好多的话要说,关于《道格拉斯·韦尔》和伊恩·马丁森、安哥拉、中国、摇滚乐——主流文化,男性。我的精神分裂症。这封信的内容都是关于过去的吗?不,这封信关于一种强烈的情感。R. D. 拉英一直都没有明白,"分裂的自我"是一种女性的主体性。一位受过教育的二十六岁"精神分裂症女孩"生活在20世纪50年代的郊区,该如何用文字表达呢?"……这位病人反复比照她的真实自我与顺从的虚假自我。"天啊,确实如此。

那天夜里,整个帕萨迪纳入眠后,我坐在路边,晕乎乎的,大脑快速运转,手上写着关于平房的笔记。

后来,我在你的答录机上留下一段语音:"嗨,我是克丽丝。打电话给你就是想知道你还想不想和我见一面。如果你没时间,告诉我就好。我明天早上9点前都在。"这条信息听上去太正常了,充满了超现实的氛围。

哲学家吕斯·伊里加雷认为,在现存的(男权)语言中,根本没有女性的"我"。在哥伦比亚大学一次关于索绪尔的会议上,她讲演时突然哭了起来,这恰好证明了她的观点。

24. 按照查尔斯·奥尔森的观点,最好的诗歌就是一种精神分裂症。诗歌并没有"表达"诗人的思想和感受,只是"诗人与读者之间的一种能量传递"。

25. 第二天(4月7日,周五)早上,你回了我的电话。

26. 你来电时是上午8点30分。廉价卡带收音机里正播放着"暴力妖姬"的那首《考虑得失》。我正准备出门去学校。"你好,克丽丝。我是迪克。"你的语气听起来有些拘谨,不太开心。这还是我第一次听见你说出你的名字,或者我的名字。"听我说,我发现今天晚上有个之前定下的约会。所以我们周末见面可以吗?你可以明早这个时候再打给我吗?"

一场海啸在我的心中翻腾着。电话机成了一件精神分裂症的仪器,你我这两个毫无逻辑关联的推论之间,被放置了一个"因此"。我必须要控制住自己。

"不!"我说,稍微收敛了一下语气中的暴力,"我只待到周二,而且还有其他事情要做。如果要见面,最好现在就定下来。"

你提议第二天下午一起吃午饭。

27. 戴维·拉特雷开始翻译安托南·阿尔托的作品时,还是个吸毒成瘾的二十六岁年轻人。他在达特茅斯学院时已经读过阿尔托作品的法文原版。但1957年当戴维独自一人住在巴黎时,他决心自己成为阿尔托。位于巴黎的法国国家图书馆旧馆的编目系统中,可以看到每本书被所有读者借阅的记录。当时,阿尔托过世不过几年时间。所谓的学术,不就是一群人因太过恍惚或害怕而未能趁大师在世时研究,等人死了才盯着不放吗?那一年,戴维·拉特雷借阅了安托南·阿尔托的每一部作品。

今天下午(8月12日),我去了洛杉矶西方学院的图书馆。室外的温度超过了38摄氏度。我想读凯瑟琳·曼斯菲尔德那部著名的短篇《在海湾》,故事发生在新西兰的惠灵顿。我希望故事中展现的气质——柔软的时间凝固在绿色与蓝色中——可以给我描写4月那个周六的午餐带来帮助。图书馆第二层凉爽又空旷,曼斯菲尔德所有的书都在那里。其中,有一本精装的短篇集《幸福集》,是纽约克诺夫出版社在曼斯菲尔德去世的1923年出版的,这本是第六次印刷的版本。封面是深绿色的,粗体印刷铅字深深地凹印在泛着细腻光泽的纸页上,衬纸则是活泼的绿色和橙色。这本书的装帧一下子让我回到了那段与书籍为友的岁月中。我坐在两排书架中间,开始迅速翻阅起来。这些书就像从太空望远镜中看到的金星表面那般美妙,让人忍不住想要去触碰。

下午大概3点钟,我借阅了《幸福集》和曼斯菲尔德另外一本《短篇小说集》后离开。我必须得尝试吃些东西,所以开车去了"棒小伙"墨西哥卷饼餐馆。餐馆的内部是用绿色和橙色的灰泥粉刷的。等着开胃汤上来的时间,我随便翻开了《幸福集》,翻到了第七十一页,里面那篇故事的名字是法语写的,叫

《我不会说法语》。除了我,餐厅里仅有的顾客是两个小伙子,一个叫维多,一个叫何塞,他们和我一样瘦,刚刚离开附近一座公立医院的"康复中心"(他们已经成功戒毒四天了)。像我这样一个坐在那里看书的女人,自然成为了路人倾诉的对象。维多坐到我身边说:"海洛因吸起来简直太太太爽了,但你知道,也非常有害。"既然他现在已经成功戒掉了,就想自己可以去加州小城拉夫林碰碰运气,听说那里的赌场有很多工作机会。他攒了点钱,想过去和他的妻子及出生不久的女儿生活在一起。"我不知道自己为何会喜欢上这个小咖啡馆。这里脏兮兮的,让人有些伤心。"《幸福集》第七十一页,第一次世界大战临近结束的一天下午,曼斯菲尔德坐在一间法国咖啡馆里。

"别对陌生人说那么多。"何塞对维多说道。我就像是一个学校教师,坐在书籍中间,提出各种建议。维多离开时说:"上帝保佑。"在那一刻,我不可救药地爱上了凯瑟琳·曼斯菲尔德。在她去世后,她的丈夫拒绝出版那段时间(1918年春季)在巴黎的书信,因为这些信"太令人痛苦"。

"我不相信人类的灵魂,我相信人就像一个旅行皮箱。"曼斯菲尔德在那篇故事开头这样写道，好像真有人会在意似的。"《幸福》这篇作品太棒了……"她的朋友弗吉尼亚·伍尔夫在写给珍妮特·凯斯的信中说，"……如此难懂，如此浅显，如此伤感，我得去书架上找点别的书看才能把它从脑海中驱散。"

凯瑟琳，这位在殖民地长大的勇敢女孩，"饼干盒子写作学院中的女王"，下定决心要在伦敦生活，即使她父亲从惠灵顿寄来的生活费十分有限。虽然惠灵顿是新西兰的首都，但依然是一个土路和马车的城市。男性作家用英雄化的韵文诗句来描绘这片土地。而二十八岁的凯瑟琳一个人在巴黎，身患肺结核，刚刚经历了第一次大出血。这个弱不禁风的女人执意要变得"正确"，发出属于自己的最纯粹的声音。

凯瑟琳喜欢写作爱情与世间的众声喧哗，她重新定义了生活的意义。包括 D. H. 劳伦斯在内的众多男性对她推崇备至，因为她的美貌和真诚。凯瑟琳是一个行为乖张的理想主义者，她的文学创作都是为了捕捉人们青少年时稚嫩情感的至高境界（《幸福》）。在伦敦时，凯瑟琳十分努力地想要成为弗吉尼亚·伍尔夫最好的朋友，但伍尔夫讨厌她，因为那些男性作家爱慕凯瑟琳这种纯真无辜的平庸女作家，却嘲弄自己。

1917年，凯瑟琳在给伍尔夫的信里写道："我的上帝啊，我喜欢把你看作我的朋友……我们从事同样的职业，而且你我二人追寻的目标也几乎一致，真是令人好奇又兴奋……"不过，她后来在写给约翰·默里的信中说，她觉得伍尔夫的写作"充满了知识分子式的自命不凡，冗长且无聊"。1911年是凯瑟琳在伦敦度过的第一年，她不自在地为拍摄一张人像照片摆姿势。浓密的眉毛，尖尖的鼻子，颈部微微前伸……在这张照片中，凯瑟琳并不是个美貌的女子。她在伦敦的生活只是一种浮夸的虚张声势，她的暴躁、"孔隙与蒸汽"，"让我们大多数的朋友震惊或迷惑"（弗吉尼亚·伍尔夫）。

但在凯瑟琳去世七年后，弗吉尼亚·伍尔夫承认自己还是会梦见她，因为凯瑟琳身上有一种伍尔夫"羡慕却不具备的"特质，所以从某种意义上说，伍尔夫也爱凯瑟琳。今天下午，凯瑟琳想要在伦敦变得"正确"的想法紧紧地抓住了我的心。迪克，不仅如此：无论你去往何处，总是有人先你一步。

因为和我一样,她也爱上了一位迪克。

在《我不会说法语》这篇故事中,她写道:

> 不可能不注意到迪克。他太能吸引别人的注意力了!他是在场的唯一一位英国人(这处强调是我加的),矜持而严肃,专门从事文学研究。他并没有优雅地在屋子里走动与人社交,而是待在一处,靠着墙站着,心不在焉地似笑非笑,用他低沉温柔的嗓音回应同他说话的人。

但他与你不同,这位迪克可没有什么"之前定下的约会"。他痛快地邀请凯瑟琳外出吃晚餐。两人在他的旅馆里一起过了夜。

> 我们聊着天,但话题并非仅限于文学。让我非常欣慰的是,我不需要与当下小说的流行趋势保持一致……不时地,似乎出于偶然,我会打出一张与整个牌局毫不相关的牌,就是想看看他会怎么回应。但他每次都会用自己心不在焉的眼神(强调是我加的)与依然如故的笑

容把我出的牌收拢起来。也许他心里在嘀咕"真有趣"。但实际上并非如此。

迪克是凯瑟琳完美的精神分裂症患者听众。按照罗海姆·盖佐的观点,迪克在恍惚中达到了共情,因为"自我界限的缺失使他无法为认同的过程设定限制"。凯瑟琳心潮澎湃:

> 迪克那种不动声色接纳一切的态度最终打动了我,让我着迷。这种态度牵引着我迈出一步又一步,直到我出完了手里所有的牌。我靠后一坐休息起来,看着他用手理着牌。

当时,他们两人已经醉得一塌糊涂。迪克并没有对她品头论足。他只是说了一句:"非常有意思。"而凯瑟琳就这样被征服了。

> ……一想到自己做了什么,我就心慌意乱。我向别人展示了我生活的两面。我尽己所能,坦诚而真实地对他说了一切。我承受了巨大的

痛苦，向他解释了我那令人作呕的、湮没的人生，可能再也无法看见白昼的明光。

我们谈论的精神分裂症巧合现象已经够多了吧？

上周在学校时，帕姆·斯特鲁加一直疑惑为什么杰出的年轻女性都早早地告别人世。凯瑟琳·曼斯菲尔德和西蒙娜·薇依都曾有过激情澎湃的生活，却都在三十四岁时分别因肺结核与饥饿死在了她们寄居的古怪"机构"里，在笔记本里幻想着童年的幸福和慰藉。

想到如此，我的眼泪便涌了上来。

* * *

几周以来，他们一直在谈论着蝴蝶溪。"咱们去蝴——蝶——溪吧！"埃里克·约翰逊缓慢庄重地说道，模仿着他父亲西里尔·约翰逊牧师那种拿腔作调的男中音。

惠灵顿在那个1月里达到了创纪录的高温。奇迹般无风无云的日子里，塔拉纳基街的汽车反射着阳光，好像自身就在发散出光芒。那年1月，所有的公司都在下午3点下班。职员与打字员聚集在东方湾浅褐色的新月形沙滩上。

在俯瞰威利斯街的阳台上，即使是牧师寓所的卵石墙面和铅玻璃窗也无法阻挡热浪的侵袭。西里尔·约翰逊牧师在英国读完教会学校和大学后就与妻子维塔－弗勒尔移民到了新西兰。既然选择了这里，他们也准备好面对这里的各种状况。整个夏天，他们的子女都可以喝到维塔－弗勒尔酿的姜汁啤酒。这份手艺还是从她母亲那里传下来的。作为一位英国圣公会传教士的妻子，她的母亲曾经在加勒比岛国巴巴多斯经历过十六年地狱般的炎热气候。阳台的菜园边放着五大罐姜汁啤酒，足够撑过好几年新西兰的夏天了。作为劳拉、埃里克、约瑟芬和伊莎贝尔的母亲，维塔－弗勒尔是一位身形巨大、穿着保守的鸡胸女人，婚姻幸福美满，再也不用像她母亲那样辗转于世界各地居住着深色人种的殖民地了。西里尔·约翰逊牧师为人严厉，充满才华，每个人都知道他早晚会成为主教。而维塔－弗勒尔的任务就是给惠灵顿最大的圣公会教区——圣史蒂芬教堂教区树立一个贤妻良母的典范。惠灵顿是新西兰的首都，而新西兰则是环太平洋沿岸的一大文化中心。因此，维塔-弗勒尔可算是世界至少三分之一人口的楷模了。

> 在我们脚下的
> 这片上帝的国度
> 我们因爱相聚在一起
> 主啊，请听我们虔诚的祈祷
> 上帝保佑新西兰

（周六晚8点，惠灵顿考特尼广场的派拉蒙剧院，在电影开始前，全体起立，脱帽，齐唱新西兰国歌。几颗巧克力豆顺着过道滚了过来……因为派拉蒙剧院放映的是"大众"电影，所以观众当中经常会有毛利人……）

现在是1月里的周日下午2点，牧师寓所的午餐刚刚结束。埃里克·约翰逊和康斯坦丝·格林在起居室窗下的地板上听着唱片。两人还是十几岁的少年，一直就英国民谣摇滚和美国摇滚孰优孰劣争论个不停。埃里克播放的是莉迪亚·潘斯和"费尔波特协定"的唱片，而康斯坦丝则用詹妮丝·乔普林和弗兰克·扎帕回应他。每过一刻钟，大人们（牧师夫妇、康斯坦丝的父母路易丝和贾斯珀·格林）都会坐在臃肿的扶手椅上朝他们俩大喊：**把音量调低些！**埃里克的姐姐们在楼上自己的房间里读着 *Elle* 和 *Vogues* 月刊英文版。而康斯坦丝的小妹妹卡拉正在外面的花园里玩耍。无聊，无聊，无聊。但对于埃里克和康斯坦丝两个人来说，这个夏日午后的奇迹尚未结束。

格林一家也是圣公会基督徒，12月刚从美国康涅狄格州韦斯特波特/格林尼治东北方向二十英里的郊外移民到新西兰。牧师的地理知识仅限于康涅狄格州的布里奇波特和老格林尼治周围二十英里的范围。贾斯珀和路易丝虽然是美国人，却是不折不扣的亲英派。他们仍然对搬到惠灵顿居住感到兴奋和紧张，因为与康涅狄格州的布里奇波特相比，惠灵顿绝对算得上是英语世界里的文化中心之一了。同时，埃里克和康斯坦丝则像两只陌生的动物般围着对方转。他们从来都没有见过像对方这样的人。

那年夏天，埃里克从位于新西兰北岛的旺加努伊男子学院永久性地"回家"了。他被学校开除了。他在那里忍受了六年的折磨：来自校监、同学甚至是低年级学生的殴打；而且没有人愿意让他加入自己的圈子；躲在卫生间里的哭泣。校方认定他有"性格缺陷"。也就是，他并没有把自己的同性恋身份用作在旺加努伊男子学院的权力层级中争取权益的筹码。埃里克是个彻底的同性恋：他顶着一头凌乱的金发，穿着件灰色衬衣，肤色苍白，身材瘦削，简直就是前拉斐尔画派画家笔下的奥菲莉亚。显然，男校是无法容忍他这种气质的男生的。十七岁时被"送回家"（从旺加努伊回到惠灵顿）后，埃里克想直接去念大学，但他的父母不同意，因为他们觉得他还"没准备好"同其他人打交道。他们坚持让埃里克去读中学七年级的选修科目，为大学数学和理科专业做准备。可是埃里克对父母的决定极为抗拒。无奈之下，牧师同意他选择惠灵顿的任意一所学校就读。

康斯坦丝十四岁，是个穿着橙色涤纶超短裙、戴着塑料耳环、满嘴脏话的女孩。她的父母路易丝和贾斯珀为了能拯救她满目疮痍的自尊，同样决定让康斯坦丝选择一所学校就读。她将要去读六年级。康斯坦丝和埃里克的第一次使彼此感到意外，是他们都选择了惠灵顿贸易与理工学院。进入这所学校,是他们为了让各自的父母感到震惊而分别做出的任性决定,也立刻将他们的命运绑到了一起。

惠灵顿贸易与理工学院坐落在城市唯一一处贫民区的边缘,大门上刻着一句令人印象深刻的拉丁文校训:*Qui Servum Magnum.* 但自从学校不再开设拉丁语课程,已经有至少二十年没有人能读出这句话了。"服务他人最高尚。"呃,对于这里的学生而言,未来没什么神秘的:终生做汽车修配工或打字员的工作。于是,每个人都尽情利用自己最后的三年校园时光,在生物课和自修课上吸毒或互相手淫。

埃里克的父母对格林一家的康涅狄格出身印象颇好,但埃里克一眼就明白康斯坦丝的拿捏作态都是装样子,只是为了掩盖自己美国中下阶层的出身。说话强硬的康斯坦丝成为了埃里克手中的创造物,成了他的"皮格玛利翁"。他首先要做的就是帮她摆脱难听的美国口音,改说他从父亲那里学来的约克郡口音。埃里克告诉康斯坦丝该读什么书,听什么音乐。有时候,康斯坦丝会讲述她过往生活中的某个场景,而埃里克则会对她的描述进行恰当的加工和修饰。埃里克赞同康斯坦丝的政治违法行为——小学时因阅读莱尼·布鲁斯的文章并为黑豹党发放传单而停学。不过对当时其他的时髦行为，比如商店行窃、飞车党、口交、藏匿毒品被捕、入室抢劫等等，埃里克就不那么认可了，因为那些勾当实在是太粗俗了。

整个夏天，埃里克和康斯坦丝经历了最美妙的冒险，就像亲历了伊妮·布莱顿的故事书一样。夜里，他们到夜总会闲逛。午后，他们乘上无轨电车跑到海湾，攀上火山岩观看日落。一天，他们背着野外吃的午餐来到了卡拉卡海滩附近，在那儿的山区徒步，那正好是出现在凯瑟琳·曼斯菲尔德著名短篇《在海湾》中的一处场景。埃里克使坏地模仿了《在海湾》中曼斯菲尔德寓意自我的角色凯琪娅，他们笑得太过起劲，竟然没有注意到一团浓雾正在翻滚而来。牧师一个人开车去找他们。他拿着手电筒，穿着油布风雪大衣，一脸英国中部居民特有的严肃神色，就像戈顿鱼饼广告里的那个人。坐在车上回家的途中，埃里克和康斯坦丝一直击打对方的肋骨来抑制大笑的冲动。"笑成羊屎了！"康斯坦丝说了句新西兰俚语。埃里克手里拿着一张从劳拉的 *Vogues* 杂志里撕下的照片，照片中是一对流浪的嬉皮士情侣,正在麦田边搭顺风车。这会是他和康斯坦丝吗?

牧师低沉的声音在车里嗡嗡响着,他声明自己主管的教区奉行自由主义,反对南非的种族隔离政策,其余二人听后点了点头。"咱们去蝴蝶溪吧!"埃里克再次说道,"你从皮托尼的出口开下去,到月光路之后右转,看到伊斯特本猫舍后往前开。你知道那个猫舍归亚历山大·特罗基的前妻所有吗?她从伦敦搬到了这里。你把车停到山里。前两个小时的步行路程中看到的都是灌木丛,光线昏暗。但是接下来,你会来到一片空地,应该说是片草场。那里有一条小溪和一处瀑布,到处都是蝴蝶。"

* * *

他们沿着大果冬青和四翅槐树荫下的一条小路,走进了林子的深处。他们已经离开了那片草场和那里壮丽的日落景象。地面又冷又湿。几乎没有阳光能穿透他们头顶上那张由蕨类植物构成的伞篷。男孩停下来喘口气。他透过上方浓密枝叶中的一缕裂缝看着天空时，被各种美妙的景象惊呆了。

* * *

28. 你那场在4月7日，也就是周五"定下的约会"，恰好我也在。从这里开始，事情变得有些奇怪了。之前"定下的约会"就是在圣莫妮卡艺术博物馆举办的杰弗里·瓦兰斯/埃莉诺·安廷/查尔斯·盖恩斯作品展开幕式。其中，安廷那件装置艺术作品《米内塔巷，一则鬼故事》刚从纽约的罗纳德·费德曼美术馆运送过来。我在1月份写给你的《每一封信都是一封情书》中描述了《鬼故事》。我2月份去羚羊谷找你之前，已经通过联邦快递把打印稿寄给你了。如果你在我抵达之前读过我对安廷作品的描述，对我的态度或许就不会那么残忍。

周五那天，当我在停车场看到你那辆黄色的雷鸟时，心里一阵翻腾。穿过马路走进博物馆前的广场时，我向陪我参加开幕式的朋友丹尼尔·马洛斯靠得更近了些。"他在这里！他在这里！"我说。果然，当我穿过展厅去买饮料时看到你在和一群人说话。你也看到了我——你赶忙举起双手,好像要保护自己不受伤害。后来,你在展厅里走来走去时,打定主意无视我的存在。

整个展馆如同一艘醉醺醺的船在我眼前来回摇晃。我想起了福楼拜的小说《情感教育》,在当布勒兹先生的精英沙龙上,我就像男主角弗雷德里克·莫罗,虽然未被邀请却不期而至。这场活动对我而言变成了一场偏执狂式的寻宝游戏,这间令人眩晕的展厅里到处都埋藏着让我充满负罪感的线索。每次我到处看都会看见你,而你一直刻意回避我的目光。我站在那里一动不动。

最后,我终于下定决心先开口。毕竟,你我又不是敌人,再说我们第二天下午还有个约会。我一直在一旁等着,直到你身边只剩下一个年轻的学生。"迪克!"我开口道。"你好!"你似笑非笑地对我点头问好,站在那里等待着。你并没有把我介绍给你的那位朋友,你的创造物。你等着我继续说下去,于是我便喋喋不休地聊起了展览。展览的话题讲完了,我突然沉默下来。"好吧,以后再见。"我说。"好,我们很快就会再见面了。"你回答。

那天夜里,你的黄色雷鸟出了车祸,而我租来的车则被拖走了。巧合二。精神分裂症不就是巧合的狂欢吗?你离开开幕式后就喝醉了,在一间汽车旅馆里过的夜。

* * *

29. 埃里克·约翰逊乘上了一列铁路客车,从惠灵顿来到了聂阿鲁瓦西亚。那会儿还是加塔利称为"冬日之年"的20世纪80年代初。埃里克已经三十四岁了。他连银行账户都没有,身上只有五十新西兰元现金。与心理辅导师谈话后,牧师夫妇无可奈何地切断了给埃里克的零花钱。"我在找工作。"埃里克对见到的任何人都这么说。他的声音在瘦削的胸口和骨骼分明的身体里回响着,他就像是哈姆雷特父亲的游魂,却游荡在李尔王被放逐的风雨大作的荒原上。

凯瑟琳·曼斯菲尔德一直渴望一种生活,于是她将其变成了一种文学类型。新西兰这个狭小的国家适合被改编成故事:这里的人们如同死水一般无事可做,只能以旁观彼此的生活为乐。埃里克背了个军用旅行包，带了件油布风雪大衣和一件他母亲给织的羊毛衣。他其余的个人财产包括一只睡袋、一条备用长裤、一把刀和一个旅行水壶。经历了十三年的漂泊后，埃里克多少也懂得些生存知识。铁路客车的终点是聂阿卢瓦西亚的城市主街。

"耶路撒冷！黄金国度！"埃里克几年前就是这样向康斯坦丝描绘聂阿卢瓦西亚的。聂阿卢瓦西亚，这里有宽阔的河流，有绵延的山峦，是毛利神话传说的发生地，就如同希腊神祇居住的奥林匹斯山。十五年前，这里曾经举办过摇滚音乐节，当时还有一个嬉皮士公社。可是现在，雷雨云在暮春下午4点的天空聚集翻滚着。看着雷雨云越来越大，埃里克嘴里咒骂着。他走啊走，路过了二手电器行和油腻腻的汉堡餐厅。埃里克刚刚从"海外"旅行归来。他差点儿就到了悉尼，但功亏一篑。不知为何，他总是做不好自己分内的事。社会服务？陶艺课？他也从来没遇见合适的人。经历一百次的拒绝才有一次正面肯定。他们辍学两年后，他差点儿在伯特·安德鲁的乡村小屋里强奸了康斯坦丝。这也是他对异性恋行为的唯一一次尝试。那时他还不完全是同性恋。他是在家庭心理治疗的过程中坚定了自己同性恋身份的。家人交谈着，却没人告诉他做什么。埃里克沿着主街走过了十个街区，边走边伸出手，竖起大拇指搭顺风车。还好没有下雨。

一周前，埃里克在惠灵顿见到了八年未曾谋面的康斯坦丝·格林，这次见面让他困惑极了。原本身在纽约东村的康斯坦丝给已经成为奥克兰教区主教的西里尔·约翰逊打过电话询问埃里克后，便旋风般回到了新西兰。浅薄轻浮的康斯坦丝现在依旧穿着各种时髦服饰，脑子里装着各种混乱的想法。她问埃里克自己是否可以拍摄一部关于他的影片。"关于什么的？"埃里克谨慎地问道。"哦，你知道，关于你的。"她回答。埃里克拒绝了她，在那副轮廓分明的五官下，他激动地大声说："凭什么要让你取笑我？"这句话犹如一盆冷水浇在她头上。也许，他们二人之间的距离并没有那么有趣。

* * *

30. 4月8日，周六，我们一起度过了一个完美的午后。你在中午时分到达汽车旅馆时,我还有些激动得发抖。那天上午,我没有去健身房,而是留下来写詹妮弗·哈伯里。就在那个月,哈伯里可是新闻中的风云人物,她几乎单枪匹马地推翻了危地马拉军政府。詹妮弗,一位美国左翼律师,在过去三年里一直要求危地马拉军队把她丈夫,一位失踪的印第安叛军领袖的尸体挖出来。詹妮弗的故事太振奋人心了……而我很开心能在这之前就了解她的事迹,虽然我写下她的故事只不过是为了转移自己对你的思念。我来回地在詹妮弗和她丈夫与我和"德里克·拉弗蒂"的故事之间穿梭。你看到自己的名字出现在前两个故事里时吓坏了,而我觉得如果我可以写写爱情如何改变世界,那就不需要非得写你本人了。

干她一次,她就能把这事写成一本书。你或许对别人会这样说。

我正在生成你。当我试图把你从我的思想中驱离,你就会通过我的梦境回来。而现在,我必须止步不前,考虑你的感受,这样才能证明我对你的爱。我必须负责任地行事……我读了你的那本《恐惧部》后记住了一些语句,我正在运用你的这些语句呢。

31.

> 为什么你不和我干一次
> 为什么你不和我干一次
> 相信我,我知道怎么做
> 只是你不让我与你做爱
>
> 为什么你不和我干一回
> 为什么你不和我干一回
> 我打赌这得看运气
> 但为了和你干一回,我已经等了
> 一辈子……[1]

32. 咱们聊着天,喝了果汁。你很喜欢我重新布置的汽车旅馆房间。(房间里摆满了洛杉矶的朋友们送给我的各种护身符和艺术品,他们觉得我现在需要保护。)我们一起看着萨比娜·奥特的黄色拼凑画,还有丹尼尔·马洛斯拍摄的一张照片,一群人在沙漠

---

[1] 引自"暴力妖姬"乐队的《考虑得失》,下同。

里，手中拿着香蕉形假阴茎。这张照片中那种非异性恋式的性意象引起了你的兴趣，把阴茎作为某种笑柄的处理方式让你有些不开心。还有贴在墙上的凯斯·理查兹与詹妮弗·哈伯里的几张照片也引起了你的注意。就是这些照片启发我虚构对"德里克·拉弗蒂"的牛仔式爱情故事的。我们又聊了一会儿，你解释了为何在前一天晚上的开幕式上无视我的存在，因为当时的情形太容易让人浮想联翩了。我明白你的意思。后来，我们都感到饿了。我们一起在一家黑人烹饪餐馆吃了午餐，我对你讲述了自己电影的失败。而你也承认在过去两年内什么书都没读过。这让我伤透了心。在餐厅外面，是周六午后嘈杂的东帕萨迪纳。你付了账单，然后我开车载着你去了湖滨大道附近的野生自然保护区。

"咱们去蝴——蝶——溪吧！"

沿着土路走在依然郁郁葱葱的山里，似乎我们之间的所有事情都平息了。你似乎打开了心扉。你告诉我，你十二岁时还是个英国中部小男生，坐在操场边读着拉丁文写的伟大帝王和战争的故事。你通过阅读认识了世界，就像我丈夫一样。你还讲述了你的生活和被你抛弃的东西。你是那样难过。情感诱惑。阳光很温暖。你脱下了上衣,似乎在吸引我去触摸你的身体,但我还是忍住了。负责任的渴求。你的皮肤柔软极了,非常白皙,简直就是个外星人。"太平洋从这里开始。"我说。山上的风景让我想起了新西兰。

  捣毁楼梯顶部的厨房
  能否让我加入你们的鬼混
  分一支烟,讲一个笑话
  你总得把握住机会实现一点儿愿望

  要记住的话,也是催眠的说辞
  让我嘴巴说个不停的句子
  让所有珍贵奖赏黯然失色的言辞
  身在你的双腿之间,我说不出一个字

  帕萨迪纳的山上并没有蝴蝶。但我们来到一片空地时,看到了一个瀑布。然后,我对你诉说了自己多么地倾慕你,你表示或者是暗示,我的所作所为帮你彻底地摆脱了自己生活中的一些东西。似乎一切都像大果冬青的树枝那样任人摆布,却又如蛋壳般脆弱。

33. 在流浪者汽车旅馆停车场那炫目的阳光下,你问我离开洛杉矶前是否可以再打个电话。也许我们还能再吃一次饭。我们彼此拥抱,而我是首先挣脱的那个。

34. 4月9日,周日,我去洛杉矶乐土公园见到了雷·约翰森,然后在笔记本里写下:幸福。

35. 于是,我在周一夜里给你打了电话。我计划周二晚上10点乘飞机离开。"任何试图影响精神分裂症患者的举动,都会导致患者的激烈反抗。这是因为精神分裂症患者自我界限的缺失使他们无法为认同的过程设定限制。"(罗海姆·盖佐)精神分裂症患者是性感的"赛博格"。当我想要靠近你时,你是那样冷酷,冷嘲热讽,疑惑我为何打来电话。我挂断电话,浑身冒汗。但我不能就这样离开,我必须要努力做到更好。

我再次打电话给你,抱歉道:"我——我只是觉得自己必须要问,你为什么听上去那么疏远,那么戒备?"

"哦,"你回答,"我不知道。我听上去很戒备吗?我刚才正在房间里找东西。"

> 你的想象,我的想象
> 要做的事,要看的东西
> 我就是这样认真分析
> 亲爱的,你最好等一下
> 最好考虑一下得失

上飞机前,我呕吐了两次。

36. 亲爱的迪克:

没有女人是一座女孤岛。我们坠入爱河,是希望能把自己固定在对方身上,不再坠落……

爱你的
克丽丝

迪克回信

克丽丝在 8 月底之前写完了《考虑得失》。第二天一早,她的右手意外地被碎玻璃割伤了。伤口留下了一道隆起的疤痕。她明白,《考虑得失》会是最后一封信。

从医院回来后,克丽丝把这封信寄给了迪克。她希望能得到回应,迅速的回应,因为她的电影总算有眉目了,她从 9 月开始就要到处奔波了。也许迪克一直没有回信仅仅是因为她未能强烈地表达出对他的感情?但《考虑得失》一定会让他感受到这份感情。她等待着迪克的回应,但直到 9 月初,迪克还是没有回电或是回信。

再一次,克丽丝的丈夫西尔维尔·洛特兰热出手了。他给迪克打了电话,恳求他能施舍点同情心:

"撇开其他不谈,你必须得承认克丽丝的信也算是某种新的文学形式了。这些信充满了力量。"迪克很犹豫。

9月4日,克丽丝前往多伦多,对《重负与神恩》进行后期制作。几天后的早上5点,她看完影片的最终拷贝后,跌跌撞撞地爬上了床。克丽丝对迪克写道:"今天是我人生中最开心的一天。"但她并没有把这封信发出去。

她回到洛杉矶后,很快便赶往纽约参加由独立电影人项目安排的影片首映。迪克那边还是没有消息。西尔维尔又打了个电话。这一次,迪克承诺会给克丽丝写一封信。

独立电影人项目还举办了一连串的放映、会议和鸡尾酒会。《重负与神恩》直到第四天才放映。参加第一天的活动时,迪克给克丽丝发了条留言询问她的地址。他想通过联邦快递给她寄封信。第二天,迪克又给她发了条留言,说他的客人不小心把她的回复删掉了。"我已经告诉他不准再碰答录机了,所以要是你回电话,我保证会听到你的留言。"

迪克的快递是在克丽丝的电影放映那天上午10点到达的。她把快递塞进包里,发誓不会打开看。但当出租车拐进第二大道时,她仔细查看了包装外面的航空运输单,改变了主意,撕开了包装。

包装里面还有两个白色的信封。一封给她,另一封给她的丈夫西尔维尔·洛特兰热。她先打开了给她丈夫的那封信。

9月19日

亲爱的西尔维尔:

这本就是我之前对你提到的有关意识改变和催眠状态的书。作者是乔治·拉帕萨德,他用意大利文和法文写作。我怀疑这本书也有法文版。不过,到目前为止还没有英文版。不知道你有什么想法。另外那本更玄乎的毒蛛病小册子暂时找不到了。如果它又冒了出来,我会寄给你的。

对于自己那么坚决地不与你们接触,以及未能及时主动了解后续的事情,我表示歉意。我真的没想给你或克丽丝造成任何的痛苦。去年年底，因为天气原因你们很可能没办法回圣贝纳迪诺，于是我邀请你们来我家过夜。而那晚之后发生的一系列非我所愿的事，在我看来，无疑导致了我们之间的沉默与尴尬。回想起来，面对你和科丽丝[1]在随后几个月发给我的那些信，我可能应该表明自己坚决的态度，而不是用令人困惑不解的沉默来应对。虽然与你们相处愉快，但我与你们两人算不上特别亲近的熟人。可我却因此成为了这种炽热迷恋的对象。我只能说，这件事现在依然让我感到难以理解。这件事起先让我感到费解，后来则令我不安。你圣诞节之前在电话里对我描述了某种怪诞的游戏。我现在最后悔的就是，当时怯于说出自己对稀里糊涂地进入这场游戏感到不安。

因为你们都收到了这件快递，我不知道我们现在的关系算什么。就我而言，友情的达成需要时间的积累。它建立在互相信任和尊重、互利互益和共同付出的基础上，珍贵而脆弱。

---

[1] 此处迪克误将 Chris 拼写成了 Kris。

这种关系的维持需要参与者们至少不能把友情看作理所当然或者事先假定的。友情意味着要经常互相协商让步,而不是无条件地索取。有些时候,至少现在如此,哪怕友情的各方都承受了太多的伤害使其岌岌可危,但只要是真正的友情,我们会再通过协商的方式恢复信任。也就是说,我仍然对你的著作充满了极大的敬意,仍然享受我们见面时的谈话。我和你一样,相信科丽丝拥有成为一名作家的才华。看到这封信后,你和克丽丝肯定会在聊天时说到我。我只想重申一遍我说过的话:虽然我不否认克丽丝的才华,但我并不认为我应该因为她的才华而牺牲自己的隐私权。

此致

迪克

*　*　*

一个奇特的巧合。西尔维尔早就认识乔治·拉帕萨德(他的姓氏在法语土话里意为"短暂的风情韵事"）。事实上，西尔维尔与拉帕萨德的私交甚好。1957年，催眠大师拉帕萨德还在巴黎索邦大学进行心理剧疗法的早期实践。在所有不知所措的志愿者中，有一位名为西尔维尔·洛特兰热的大一学生。这个学生第二年想要跟随法国的犹太复国运动组织前往以色列，领导一个集体农场。这个雄心勃勃的年轻人竟然没有丝毫的个人野心，他让乔治·拉帕萨德着迷。

"治疗修辞"[1]强调对个人选择的信仰。直到那时，西尔维尔都没想过自己还可以选择。乔治·拉帕萨德给西尔维尔提供了一个他从未想过的主意：拒绝前往以色列，脱离犹太复国运动组织。自西尔维尔十二岁时，这个组织就成了他的另一个家。在拉帕萨德的指引下，西尔维尔写了一封语气正式的辞呈。因此，他没有去以色列，而是留在了大学里。

出租车已经快到休斯敦大街了。克丽丝急切地打开了写着自己名字的信封，里面是写给西尔维尔那封信的复印件。

---

1 "治疗修辞"（Rhetoric of therapy）是美国学者戴娜·L. 克劳德创造的概念，指的是一套使用精神治疗学词汇的政治与文化话语。

这份复印件的重压让她屏住了呼吸。她吸了口气,走出出租车,去参加自己电影的首映。

致谢

我要在此感谢：罗米·阿什比、吉姆·弗莱切、卡罗尔·欧文、约翰·凯尔西、安·罗尔以及伊冯·夏菲尔。感谢他们通过鼓励与交谈给我的帮助。

我另外还要感谢埃里克·克瓦姆在法律方面的建议，感谢凯瑟琳·布伦南、贾斯汀·卡文和安德鲁·贝拉蒂尼在校对和事实核查上的付出，感谢肯·乔丹和吉姆·弗莱切二位编辑与玛西·夏拉特就精神分裂症误诊所提供的深刻见解和信息，还有西尔维尔·洛特兰热，感谢你为我做的一切。

代后记

理论小说

文 / 琼·霍金斯[1]

评论家似乎并不是很喜欢克丽丝·克劳斯的"小说"。我之所以使用引号,是因为我自己也无法完全确信,克劳斯的作品能否归入"小说"这一范畴。而正如西尔维尔·洛特兰热指出的,克劳斯的作品创立了"一种新的文学类型","一种介于文化批评和虚构作品之间的文体"。克劳斯自己则把这一类型杂糅的先声称为"孤独女孩现象学"。我更愿意称其为"理论小说"(theoretical fiction)。

我所谓的"理论小说",指的并不仅仅是通过理论进行叙述的作品,也不是通过文本自身来进行某种理论阐释的作品——例如萨特的《恶心》或是罗

---

[1] Joan Hawkins(1953—),美国学者、文化理论学家,执教于印第安纳大学布卢明顿分校。

伯-格里耶的"**新小说**"。确切说来，我指的是，使理论成为小说"情节"的内在组成，在作者创造的虚构世界中占有举足轻重的地位。在克劳斯的"小说"中，有关鲍德里亚和德勒兹的讨论，以及对克尔凯郭尔"第三次跳跃"的思考都构成了叙述不可或缺的一部分，而理论与评论本身在个别情况下也被"文学化"了。

尽管理论在克劳斯的作品中扮演了如此关键的角色，但在有关其作品的评论中，几乎看不到针对理论的探讨。她的第一部作品《我爱迪克》，就仅仅被描述为克劳斯对英国文化评论家迪克·赫布迪奇的一段单恋故事。

"谁应该有发言权，又是为什么呢？这才是唯一的问题。"克劳斯在小说中这样写道。我会把这句话进行如下修改：谁应该有发言权，谁应该就什么有发言权，以及为何这才是唯一的问题。没错，哪怕是读过了对克劳斯这部作品不吝赞许的评论文章，我也禁不住要这么问。为什么克劳斯的"小说"大都是同一种类型（她自己称这种类型为"愚蠢婊子的故事"）？为什么艺术评论家往往会修改、审查甚至故意删减掉她作品中的某些关键方面？我无法回答这些问题，不过我想尝试矫正这种不公，谈一谈克劳斯艺术创作中经常被人忽视的几个方面。

《我爱迪克》分为两部分。第一部分"一桩婚姻中的若干场景"给出了这个爱情故事的缘起，其中的情感基调与叙事技巧贯穿了接下来的整部作品。正如已故的艺术家乔瓦尼·因特拉所说，这部小说读起来"像是包法利夫人自己写的《包法利夫人》"。的确，《包法利夫人》就是克丽丝和她丈夫西尔维尔用的文学类比。书中有一个令我难忘的段落，西尔维尔写信给"迪克"时以"艾玛"来称呼自己的妻子，并且最后自己署名"夏尔"。"亲爱的迪克：我是夏尔·包法利。"克丽丝也加入了这个别出心裁的游戏中，在叙述性旁白中，她告诉读者"对艾玛来说，与夏尔的性爱无法代替迪克"。

但是，《包法利夫人》并非这部作品里唯一的文学典故。"我就陷入了这种怪异的境地，"克丽丝在写给迪克的第一封信中说，"我的反应太迟钝了！如果我们活在亨利·詹姆斯的小说《金钵记》的世界之中，就好比西尔维尔之于我，就如同玫姬之于夏萝。"

当西尔维尔没在想着福楼拜时,他把克丽丝对迪克的痴恋比作法国十八世纪马里沃喜剧的当代版本。一对夫妇通过写信试图诱惑第三者加入某个爱情艺术项目,正是这些信件驱动了主要的情节,所以这部书也有点像《危险的关系》[1]。与《危险的关系》类似,《我爱迪克》充满了自我反思式的内容,比如西尔维尔和克丽丝不断地评论彼此的行文、论点和情节遭遇。另一个与《危险的关系》的类似之处是,《我爱迪克》构建了一个虚构的场域,青春期的痴迷与中年的变态堕落在此重叠相交,"一如既往如初见"与令人厌倦的"重新来过"之间的关系,在此得到探讨挖掘(克丽丝甚至在一封信中称自己和西尔维尔是一对"贪婪浪荡子",这个词很容易让人想到拉克洛和萨德)。同时,正如《危险的关系》中,真正重要的一对人物关系是瓦尔蒙子爵和梅尔特伊侯爵夫人,在《我爱迪

---

[1] 《危险的关系》(*Les Liaisons dangereuses*)是法国作家拉克洛(Pierre Choderlos de Laclos,1741—1803)的一部书信体小说。该书的书信体形式和内容配合得天衣无缝,每一封信既是叙述手段,又体现并促进情节发展,出版后风行一时,引起巨大的社会反响。该书在19世纪却被法院以"内容淫猥、有伤风化"为由多次列为禁书,直到"二战"后才得以恢复法国文学名著的地位。

克》中，最引人入胜和持久的人物关系，则是两个最初似乎有些厌倦彼此的角色。就像一位颇具洞察力的评论家观察到的那样，读者/窥淫癖者归根结底并不关心克丽丝和迪克有没有上床，而更在意她最终有没有和西尔维尔在一起。(安妮－克里斯汀·达德斯基，《国家杂志》，1998)

对于任何文学爱好者而言，《我爱迪克》都算得上是一本好书。书中出现的文学典故也是我们更好地理解克丽丝和西尔维尔的有效途径。他们喜欢探究彼此的参考来源，喜欢分析和评论对方写的信件，他们都很清楚地意识到这类爱情故事需要"克丽丝与迪克的关系以上床告终"。可奇怪的是，评论家却倾向于以回忆录而非小说的眼光来看待《我爱迪克》，将其看作一部任何人都可以阅读的、风格陈旧的文本，就好像过去二十年间文学理论领域发生的剧烈变革丝毫没有影响到他们。

西尔维尔有一次对迪克写道："通过写信来与你交流是完全不可能的，因为正如我们所知，文本是自足的，所以它变成了一个游戏。"而评论家在评论这部作品时，似乎大多都无视了语言和文本这种如病毒般自我蚕食、自我复制的游戏特质。

《我爱迪克》的故事从一个夜晚开场。"三十九岁的实验电影制作人"克丽丝·克劳斯和她的丈夫——"来自纽约的五十六岁大学教授"西尔维尔·洛特兰热与"英国文化评论家,最近刚刚从墨尔本搬到了洛杉矶"的迪克共进晚餐。迪克是"西尔维尔的朋友",有兴趣邀请西尔维尔到自己任职的学校举办一场讲座和几次研讨会。克劳斯写道,吃过晚餐,"两位男士讨论了后现代主义批评领域的最新动向。而三人中唯一一位不是知识分子的克丽丝,则注意到迪克与自己之间频繁的眼神交会。"广播里的天气预报称圣贝纳迪诺高速公路附近会有降雪,迪克慷慨地邀请二人前往自己的住处过夜。"来到迪克家,深夜悄然而至,就像是埃里克·侯麦的电影《慕德家一夜》中那个酩酊的圣诞夜。"克劳斯如此写道。迪克不经意地播放了一条电话自动答录机上的留言。留言的是一位年轻女性,迪克与她在一起时"不遂人愿"。而西尔维尔和克丽丝则是作为一对彼此忠诚的异性恋夫妻"出场"的。迪克给他们播放了一卷录像带,他在录像中装扮成了约翰尼·卡什的模样。克丽丝注意到迪克在同自己调情。克丽丝和西尔维尔在迪克的沙发床上睡了一夜。第二天上午当他们醒来时，迪克已经离开了。

在羚羊谷的一家快餐店吃过早餐后，克丽丝对西尔维尔讲述了自己与迪克在前一天夜里的调情行为，即一种"观念性交"。因为西尔维尔与克丽丝早已没有了性生活，"他们通过解构的方式来维持与彼此的亲密关系，比如他们之间无话不说"。克丽丝告诉西尔维尔，迪克的离开恰好验证了"一种亚文化的潜台词，而且她和迪克都能理解其中的含义。她模糊地想起了自己以前经历过的诸多一夜情。那些男人总是在她醒来之前就早已不见踪影"。西尔维尔作为"教授普鲁斯特的欧洲知识分子非常善于分析爱情的细枝末节"。他同意了克丽丝对前天夜晚所发生之事的解读，在接下来的四天，二人除了谈论迪克几乎什么都没做。

他们开始合作撰写给迪克的情书。起先，他们只是彼此分享自己写的信，但随着信越写越多，从五十页增加到八十页再到一百八十页，他们又开始讨论创作某种类似索菲·卡勒式的艺术作品。为了完成这个作品，他们得把信件交给迪克。也许可以把信挂在他房前的仙人掌和灌木上，然后用摄像机拍摄他的反应。也许可以让西尔维尔在第二年3月到迪克学校举办文化研究研讨会时念出这些信？"这似乎是向着你所倡导的对抗性表演艺术前进了一步。"西尔维尔在一封信中，邪恶地对迪克写道。当克丽丝最后终于把信件交给迪克，"事情变得古怪起来"。那个时候，信件本身就已经成为了一种艺术形式，但是它们指向的人却与迪克毫无关系。

"把语言看作一种表意链。"克丽丝引用了拉康的话。而在这部作品中，你也能够看到一条表意链的形成，因为克丽丝写给迪克的信里甚至包含了多篇论文，有关犹太艺术家基塔伊、精神分裂症、女艺术家汉娜·韦尔克、阿迪朗达克山区、装置艺术家埃莉诺·安廷，以及危地马拉政治等方面。她写道："亲爱的迪克，我觉得从某种意义上说，我杀了你。你变成了我'亲爱的日记'……"

如果说克丽丝以一种隐喻性的方式"杀死"了迪克，并把他变成了自己的"亲爱的日记"，那么等迪克最后终于回信时，迪克却把克丽丝抹除了。虽然小说中他同克丽丝发生了至少两次性关系，二人还进行了多次漫长的交谈（克丽丝在书中写道："长途话费账单贴满了我日记本的空白处。"），但迪克坚称不认识克丽丝，坚称克丽丝对自己的迷恋完全基于过去几年间两次愉快却算不上亲密的会面。在小说结尾，几乎所有的评论家都指出，迪克最终做出回应的方式是直接写信给西尔维尔，而不是克丽丝。安妮－克里斯汀·达德斯基评论道：

> 迪克在回信中曾将她的名字克丽丝（Chris）错写成科丽丝（Kris），而且似乎一直在努力挽回他自己与西尔维尔的关系。他表达了悔恨、不安，对自己被当作他们私密游戏中的爱恋对象而感到愤怒，同时明确希望不要将这些书信往来付诸出版。迪克如此告知洛特兰热："虽然我不否认克丽丝的才华，但我并不认为我应该因为她的才华而牺牲自己的隐私权。"对待克丽丝时，他就更加唐突无礼了，只是给了她一份写给她丈夫的信件的复印件。这种做法是一种赤裸裸的羞辱，是一种毫无疑问的歧视。

不过,迪克选择给西尔维尔回信,从某种程度上,为这场由西尔维尔发起的文学历险划上了句号。书中的第一封情书并不是克丽丝所写,而是出自她的丈夫之手。正如伊芙·塞吉维克[1]指出的,在勒内·吉拉尔经典的"欲望三角"[2]中,女性起到了男性同性社交关系的中介作用。而这部"小说"揭示的,就是女性作为中介在其中参与的程度。"每一封信都是一封情书。"西尔维尔有一次这样写道。毫无疑问,他写给迪克的第一封信显露出了一种对亲密关系的渴望,这种亲密远远超出了惯常的异性恋友人和同行之间书信往来的内容。"一定是沙漠里的风把我的脑袋吹得有些不正常了,抑或是我那想要虚构真实生活的欲念在作祟……我们已经见过几次面了,而且我感觉与你

---

[1] Eve Sedgwick(1950—2009),美国当代著名性别研究、酷儿理论与批评理论研究者。其著作《男人之间:英国文学与男性同性社会性欲望》(*Between Men: English Literature and Male Homosocial Desire*)是该领域公认的突破性作品。塞吉维克强调"同性社会性"(homosociality)是现代西方男性气质的核心。在男同性恋作为禁忌的文化压制下,男性之间的同性欲望只能通过异性欲望来表达,以女性作为中介来隐藏男性的同性情欲。
[2] 按照法国人类学家勒内·吉拉尔(René Girard,1923—2015)创立的"欲望模仿"理论,欲望的主体与客体并非位于面对面的处境中,而是形成一种"三角"结构,由一个主体(模仿者)、一个介体(被模仿者)和一个客体组成。

之间有很多共鸣，渴望和你的关系能更进一层……"他这样写道。这封信中透出一种同性社交式的口吻，而西尔维尔又担心自己听起来像个被爱情冲昏头脑的小女孩，这两者看似矛盾，却刚好体现了男性之间克制与亲密并存的关系。怪不得克丽丝（她对迪克的暗恋才是整个历险的始端）感叹"我的反应太迟钝了！……好比一个愚蠢的婊子，所有男人都能在我心中搅起纷杂的情绪"。在迪克最后的回信中，他强化了克丽丝的次要地位。迪克选择回复西尔维尔的第一封信，无视了自己与克丽丝之间发生的所有事。信中的措辞正如达德斯基所言，迪克"似乎一直在努力挽回他自己与西尔维尔的关系"。

因此，从最简单的层面看，《我爱迪克》这部作品比各种评论宣称的更为复杂深奥。通过加入书信往来、电话录音以及在克丽丝和西尔维尔之间转换叙述主体等方式，这部作品解构了经典的异性恋三角恋情故事模式，并赤裸裸地展现了即使在高级知识分子的圈子里，女性很大程度上依然是男性交流的中介而已。然而，我这么说并不是把这部作品简单地看作伊芙·赛吉维克的著作《男人之间》的又一个例证。西尔维尔和克丽丝对理论太过熟悉，这恰好使他们无法以一种透明的方式来呈现文本/语言。因此，我们难以从他们的叙述中探寻真实。西尔维尔写信时，到底是依据自己的内心感受，还是依据自己的一种觉悟，即情绪的表达"取决于形式"？我们从文中无法得到明确的答案。但我们可以明确的是，克丽丝对"真实"并不感兴趣。"这个游戏是真实的，或者说比现实更真实，比它所意指的一切都更真实。"克丽丝在她的第一封信中这样对迪克说。西尔维尔认为克丽丝在此处对超真实的呼唤"太文绉绉了，太鲍德里亚了"。但克丽丝坚称："超越意味着踏入一种极为强烈的情感之中。"克丽丝渴望的，就是这种强烈的情感。

费利克斯·加塔利在《混沌学》中写道："生活体验不意味着可以被感知的特性，而是代表了一种强化。"虽然克劳斯在后面的篇幅中才引用了加塔利的话，但在她的第一封信中就可以感受到加塔利的影响了。事实上，令人感兴趣的是克丽丝设法借由鲍德里亚"拟像"（simulacrum）的概念，抵达德勒兹和加塔利的"强化"（intensification）概念。这也许就是整部作品的理论动机，而信件与几无诱因而起的恋情之拟像，充当了最真实、最恰当的途径，以绕开僵局、抵达德勒兹式的经验的再具体化。

西尔维尔和克丽丝宣称，《我爱迪克》是为了展现一种使生活文学化并超越真实的欲望。但很奇怪的是，这一点在本书的各种评论中鲜有提及，而讨论最多的反而是《我爱迪克》作为"影射真人小说"（roman à clef）这无关紧要的一点。《纽约》杂志曝光，书中的"迪克"就是英国学者迪克·赫布迪奇。有传言说，赫布迪奇为了阻止《我爱迪克》的出版，甚至威胁以侵犯隐私的名义起诉克劳斯。因此，正如达德斯基指出的，过多的注意力聚焦到了迪克这个在书中一直没有被给出完整姓名的角色上。但实际上，克丽丝已经在书中说得很清楚了，迪克并没有做出任何回复，他打开了电话答录机，从某种程度上把他自己"变成了一张空白的屏幕，我们可以尽情地将自己的幻想投射上去"。在乔瓦尼·因特拉的一次采访中，克劳斯谈到迪克时说："迪克可以是任何一个叫迪克的人……也可以是最厉害的那个迪克……反正都是一个过渡性的客体。"

当然，这是一个虚拟迪克。克劳斯在书中写的事情是否真的发生过,我们不得而知。而在书中不时被提及和引用的迪克著作则是虚构的。书中出现了一些真实存在的著作,却被冠以编造的标题,还有一些引自"迪克"的段落,作者实际上另有其人。这么做的目的,可能是为了进一步模糊迪克的真实身份,以免造成法律纠纷。不过,这种做法的效果尚不明了,因为打着迪克旗号的著作频繁指向克劳斯和洛特兰热。在一封西尔维尔的信后附言中,克丽丝向迪克索取一本他在1988年出版的《恐惧部》(这本书实际上是赫布迪奇的《藏于明处》)。还有一处是克劳斯引自"迪克"的《外星人与厌食症》,这本书其实是克劳斯在三年后出版的另一部小说。"你在《外星人与厌食症》这篇中写了你自己的身体经验——患上了轻微的厌食症。"她写道。然后,她引用了一段"迪克"的原文:

> 如果我的身体没有被碰触,就不可能进食。主体间性存在于性高潮的瞬间,这时界限被打破了。如果身体没有被碰触,我感觉皮肤就像一块带有磁场的磁铁。有时只有性交之后才能吃点儿东西。

接着,她又引用了一段出自"迪克"的原文:

> 厌食症是一种主动的态度。一种对复杂身体的创造。如何把自我从食物与餐食的机械符号中抽离出来呢?这种抽离的行为与想法几乎同时发生,比光速环绕地球的时间还要短。草莓奶油蛋糕、马铃薯泥……这些食物很快便成为了遥远的记忆。

迪克·赫布迪奇从来没写过《外星人与厌食症》,但克丽丝·克劳斯写过。我不清楚赫布迪奇是不是有轻微的厌食症,但克劳斯曾经写过自己患有此病。在小说《外星人与厌食症》中,她写道:

> 厌食症并不是逃避社会性别角色的方式,不是一种倒退。它是**一种主动的态度**:是对这种文化用食物传递给我们的犬儒主义的拒绝,是**一种复杂身体的创造**……这种抽离的行为与想法几乎同时发生,比光速环绕地球的时间还要短。草莓奶油蛋糕、马铃薯泥……这些食物

很快便成为了遥远的记忆。

有关对进食量变化的观察和"餐食的机械符号",实际是克劳斯在《外星人与厌食症》中对德勒兹的转述。但是,有关主体间性的部分似乎是她专门为迪克而写的。

"主体间性存在于性高潮的瞬间,这时界限被打破了。"克劳斯在《外星人与厌食症》中写道。但当原文与引用之间的界限变得模糊时,主体间性在文中却是通过互文性体现的。出自《外星人与厌食症》的这些话并非"迪克"所写。考虑到全书的语境,很难说到底是谁在引用谁。不过,我的猜测是,在《我爱迪克》中,克劳斯借"迪克"说出她自己的话,以此来照应她在书中其他位置清楚表达过的观点。正是对迪克的爱使得她开始写作,由于对他的炽烈感情,她找到了自己的声音。从这个角度讲,迪克才是她这部作品的"作者"。这种语言和自我指称的叠加,恰恰是这个"游戏"中精心构思的一部分,暗示了甚至(或者说"尤其")批评性文本也是不稳定的,也可以成为自给自足的表意链。甚至连批评性文本也可以 /

应该被看作"小说"。

克劳斯一直努力解决的一个问题,就是把写作与碎片化的主题弥合起来。但直到全书第二部分,她才开始连贯地以第一人称叙述。克劳斯在一个有关精神分裂症的段落中对迪克说:"几年来,我都在试着写作,但迫于生活的压力,我无法专注于此。而且'我'是'谁'呢?拥抱你和失败却改变了一切,因为现在我知道自己不是孤身一人。要说的太多了……"回想起早年写作的失败,她对迪克坦言:

> 无论何时当我尝试以第一人称写作,听起来总像是别的什么人,要不然就是我一直很想超越的最老套、最神经质的那部分自己……可是现在我觉得可以了,没错,没有什么固定不变的自我,但它存在着,而借由写作,你可以设法捕捉到自我的变化。也许第一人称写作同一幅人物拼贴画一样碎片化,只不过更加严肃:将改变与碎片聚拢起来,带回你真正所处的地方。

克劳斯似乎通过阅读现实中迪克·赫布迪奇的著作找到了一种谈论艺术的方式,一种让她觉得有意义的方式。"你在艺术方面的论述写得太棒了。"克劳斯在《我爱迪克》中对迪克写道。但是,她在这方面做得也很棒。在全书的第二部分"每一封信都是一封情书"中,艺术论文内容的信件与克劳斯对迪克的迷恋联系了起来(比如,她第一次独自开车前往迪克的住处打算与他上床,其间穿插了她对美国律师詹妮弗·哈伯里为了自己的丈夫进行绝食抗议的回忆/思考。)然而,信中的论文自有其生命,独立于迪克而存在。按照达德斯基的说法,那些是真真切切的论文,不是"即兴而作"。《犹太人的艺术》绝对是我读过的关于基塔伊作品的最佳评论,而她对汉娜·韦尔克与埃莉诺·安廷的思考则可算得上是艺术批评/艺术史方面的佳作。我尤其喜欢她借由这些论文激发我们的思索,到底是谁被"接纳"进了艺术世界殿堂,而谁又被拒之门外,背后的原因何在。一次又一次,她要求我们回到那个名为"先锋艺术"的时代,以一种稍微不同的视角重新审视它。在没有使用任何理论性语言的情况下,克劳斯谈及并阐述了理论,在运用理论进行小说创作上显得游刃有余。

罗兰·巴特在1970年时，写过一篇对朱莉娅·克里斯蒂娃一部早期著作热情洋溢的评论。他用 *L'étrangère* 一词来描绘克里斯蒂娃，这个法语词汇翻译过来大意为"一位陌生的或来自异域的女性"。虽然从表面上看，这是在暗示克里斯蒂娃的保加利亚国籍（她在1966年才第一次来到巴黎），但巴特却准确地捕捉到了克里斯蒂娃作品那令人不安的影响。他写道："朱莉娅·克里斯蒂娃改变了一切，她摧毁了最新的先入之见……她颠覆了权威。"在我看来，也可以对克丽丝·克劳斯的"异域"特质和她作品造成的影响做出类似的评价——"她摧毁了最新的先入之见……她颠覆了权威。"

克劳斯倾向于在写作的过程中运用理论，展示理论的重要性："每个问题，一旦形成，就是一个范式，其中包含着自有的内在真实。我们不能再用各种错误的问题来转移自己的注意力了。"在我看来，不妨用这句话总结过去十年间的文学理论领域，它同样也可以用于概括出现在书中的其他作家（包括迪克·赫布迪奇）的评论作品。

随着《我爱迪克》的再版发行,克丽丝·克劳斯的新作《死气沉沉》(*Torpor*)也已经出版。《死气沉沉》的故事恰好结束于《我爱迪克》之前,因此可以算作后者的前传。但《死气沉沉》比《我爱迪克》更直接地体现了时间和时态,所以这部作品也可以看作后者的续作——对某种遥远时间(也许是未来)的致意。

"有一种时态代表渴望和遗憾,你进行的每一个动作都要被耽搁、被改动、被阻碍。过去与未来都是假设的,只有在'如果'的条件下才存在完美的世界。本应该,这个词你再熟悉不过了。"如果用一个副词来代表《死气沉沉》的时空,那就是"也许"。

小说的开头这样写道:"现在是1989或1990年,乔治·布什担任美国总统,海湾战争刚刚在沙特阿拉伯打响。"杰罗姆·沙菲尔和西尔维·格林(分别是《我爱迪克》中的西尔维尔和克丽丝)正在旅行,穿梭在东欧前社会主义国家之间,"他们有一个看上去颇为高尚的目的——收养一个罗马尼亚孤儿"。但围绕着这一情节，其他的故事和记忆如框套般展开。杰罗姆是一位犹太人，"二战"时被非犹太人藏匿得以逃过一劫（这个故事也讲述了与法国官方宣传的二战抗争史迥异的黑暗一面），这段历史萦绕着整部小说和两位主角。"你会写一本关于那场战争的书。可以取名为《不幸人类学》。"西尔维本应该这样对杰罗姆说。杰罗姆和西尔维在电视上看到了正在进行的罗马尼亚革命，随后又驾车穿越贫穷的东欧国家，亲身卷入其中。就这样，过往那段悲剧性的个人经历和社会政治历史，与当下的革命关联在了一起。除此之外，其他的故事还包括：西尔维的堕胎、杰罗姆的另一个家庭（他的前妻和女儿）、学术圈与艺术圈中的现实政治、朋克式的过去以及《我爱迪克》后的未来。

美国作家加里·因迪亚纳如此称赞《死气沉沉》："复杂，有令人恐惧的灵敏笔法，充满了躁动不安的智慧。"《死气沉沉》如同《我爱迪克》一样，熟练地将个人经历与政治交织在一起，读来丝毫不显得生硬。这并不意味着《死气沉沉》沉闷而严肃。按照书中的说法，杰罗姆和西尔维"成了他们对自我的戏仿，成了一对小丑。他们是福楼拜笔下的布瓦尔与佩居榭[1],是美国喜剧夫妻档伯恩斯与艾伦,是萨缪尔·贝克特笔下的梅西埃和卡米耶[2]"。正如贝克特最惊人的幽默"衍生自他对充满痛苦的男女关系的描绘",克劳斯的幽默经常见诸这对没有子女的中年夫妇所遭遇的艰辛。《死气沉沉》中有很多喜剧段落,尤其是在小说的开头。和《我爱迪克》一样,这部作品的力量在于其中的喜剧效果折射出了某种岌岌可危的未来。

《死气沉沉》非常适合作为《我爱迪克》的姊妹篇来阅读,其中很多地方会让你想起《我爱迪克》中的某个时刻,很多典故、隐喻也会让你似曾相识。加塔利与约瑟芬这对"法国理论圈的'席德与南希'"的故事再一次出现,而杰罗姆和西尔维之间的互相折磨几乎与他们不相上下。欧陆理论界与20世纪80年代艺术界的联系再次被调侃,而纳粹大屠杀的幽灵对法国理论界和文学界的影响则被描写得更为直白。

---

1 19世纪法国作家福楼拜生前未竟作品中的人物。布瓦尔与佩居榭是两位退休的抄写员,因为生活无聊,开始互相口述抄写。
2 贝克特于1946年完成的小说《梅西埃和卡米耶》(*Mercier et Camier*)中的同名人物,二人多次尝试离开所在的城市,但每次都半途而废,回到城市中。

"你不觉得最重要的问题是恶行是如何发生的吗?"克劳斯在《我爱迪克》中发问,但此时已经临近全书的尾声了,当时她正在向迪克描述发生在拉丁美洲的可口可乐工厂罢工与她在危地马拉的见闻。而在《死气沉沉》中,叙述者将有关罗马尼亚的真实信息与略带喜剧色彩的"充满痛苦的男女关系"并置,于是这个问题很早便被无情地呈现出来。

与《我爱迪克》类似,《死气沉沉》笔法精妙。克劳斯能以一种极为简洁的表述方式结束段落,每次都会让我停下来思索。

"在离开杰罗姆之前的几个月里,她已经开始给一个不爱她的男人写情书了。她在洛杉矶时还在给这个男人写信,而且后来一直在写。"《死气沉沉》再次证明了《我爱迪克》的价值,很少有前作/续集会像这样。如果你和我一样,发现自己爱上了克丽丝,就请接着读下去吧。

图书在版编目(CIP)数据

我爱迪克/(美)克丽丝·克劳斯著;李同洲译. 北京:九州出版社,2024.8. --ISBN 978-7-5225-3143-4

I.1712.45

中国国家版本馆CIP数据核字第2024WE8937号

I LOVE DICK
by CHRIS KRAUS
Copyright © 1998, 2006 by Chris Kraus
Afterword copyright © 2006 by Joan Hawkins
This edition arranged with ROGERS, COLERIDGE & WHITE LTD (RCW) through Big Apple Agency, Inc., Labuan, Malaysia.
All rights reserved.

著作权合同登记号:图字01-2024-3560

我爱迪克

作　　者	[美]克丽丝·克劳斯 著　李同洲 译
责任编辑	周　春
出版发行	九州出版社
地　　址	北京市西城区阜外大街甲35号(100037)
发行电话	(010)68992190/3/5/6
网　　址	www.jiuzhoupress.com
印　　刷	山东韵杰文化科技有限公司
开　　本	787毫米×1092毫米　32开
印　　张	13.75
字　　数	194千
版　　次	2024年8月第1版
印　　次	2024年8月第1次印刷
书　　号	ISBN 978-7-5225-3143-4
定　　价	58.00元

★ 版权所有　侵权必究 ★